www.polaria.ch

Luca C. Heinrich
Die Zeit der Hochkönige

Erster Teil: Treue
Erstes Buch
Zweites Buch
Drittes Buch
Zweiter Teil: Ehre
Viertes Buch
Fünftes Buch
Sechstes Buch
Dritter Teil: Freiheit
Siebtes Buch
Achtes Buch
Neuntes Buch

Treue – Zweites Buch

Bibliografische Information der Deutschen Nationalbibliothek: Die Deutsche Nationalbibliothek verzeichnet diese Publikation in der Deutschen Nationalbibliografie; detaillierte bibliografische Daten sind im Internet über dnb.dnb.de abrufbar.

Erstauflage
© 2016 Luca Heinrich
Herstellung und Verlag:
BoD – Books on Demand, Norderstedt

ISBN: 978-3-741-28243-0

Die Zeit der Hochkönige

Treue

Zweites Buch

Inhalt

Karten

Areyiticä 7

Koboldien 8

Garland 9

Cammal 10

Prolog

Herbstsee 13

Geschichte

Erstes Kapitel - Herbstritter 35

Zweites Kapitel - Herbsternte 45

Drittes Kapitel - Sonnenrückkehr 59

Viertes Kapitel - Herbstreise 68

Fünftes Kapitel - Wellenstadt 83

Sechstes Kapitel - Oktobernebel 111

Siebtes Kapitel - Herbstgold 123

Achtes Kapitel - Herbstleid 150

Neuntes Kapitel - Sonnenheim 177

Zehntes Kapitel - Morgenschlacht 199

Elftes Kapitel - Herbstgarde 229

Zwölftes Kapitel - Klippendrang 248

Dreizehntes Kapitel - Herbsttrauer 265

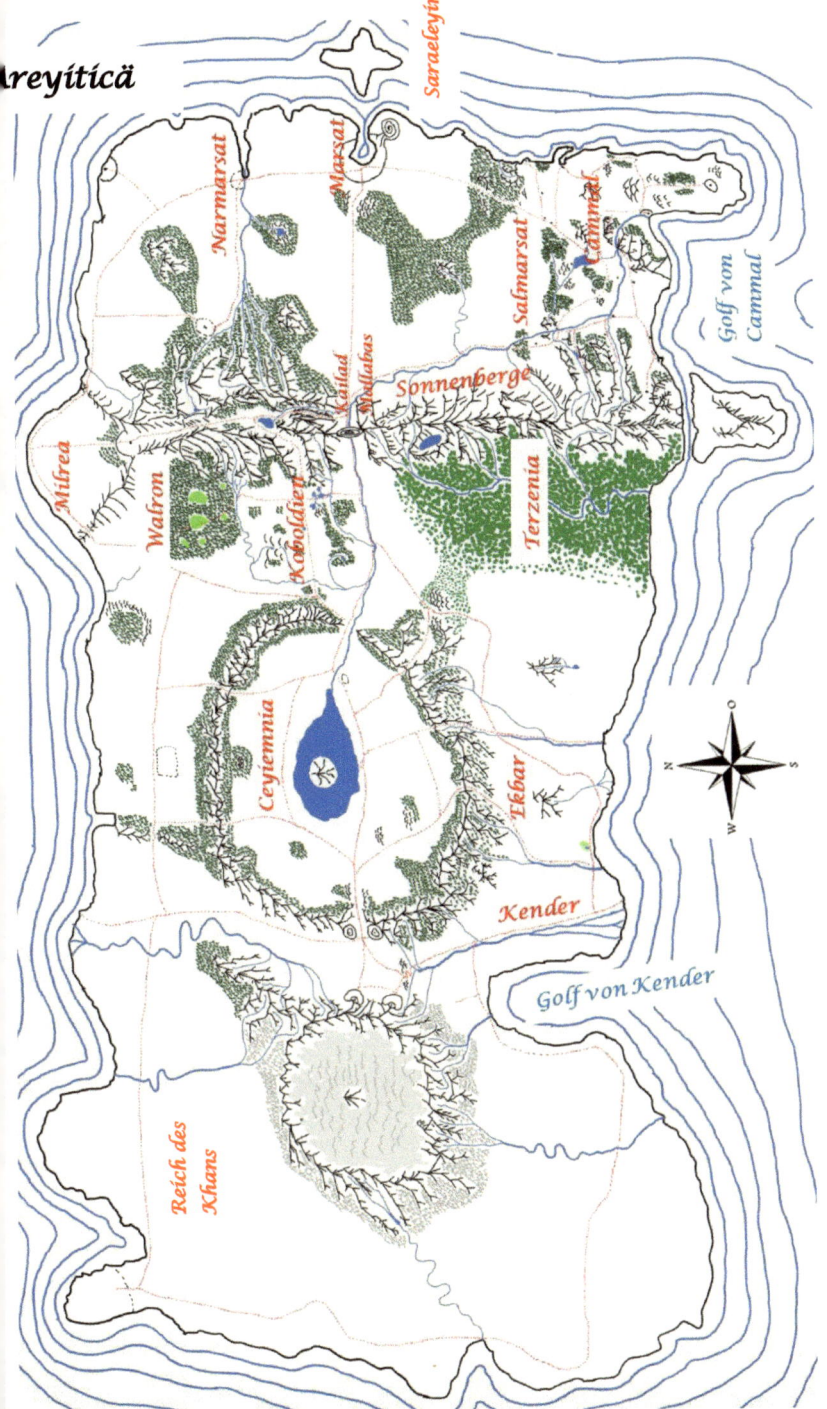

Koboldien

Garland

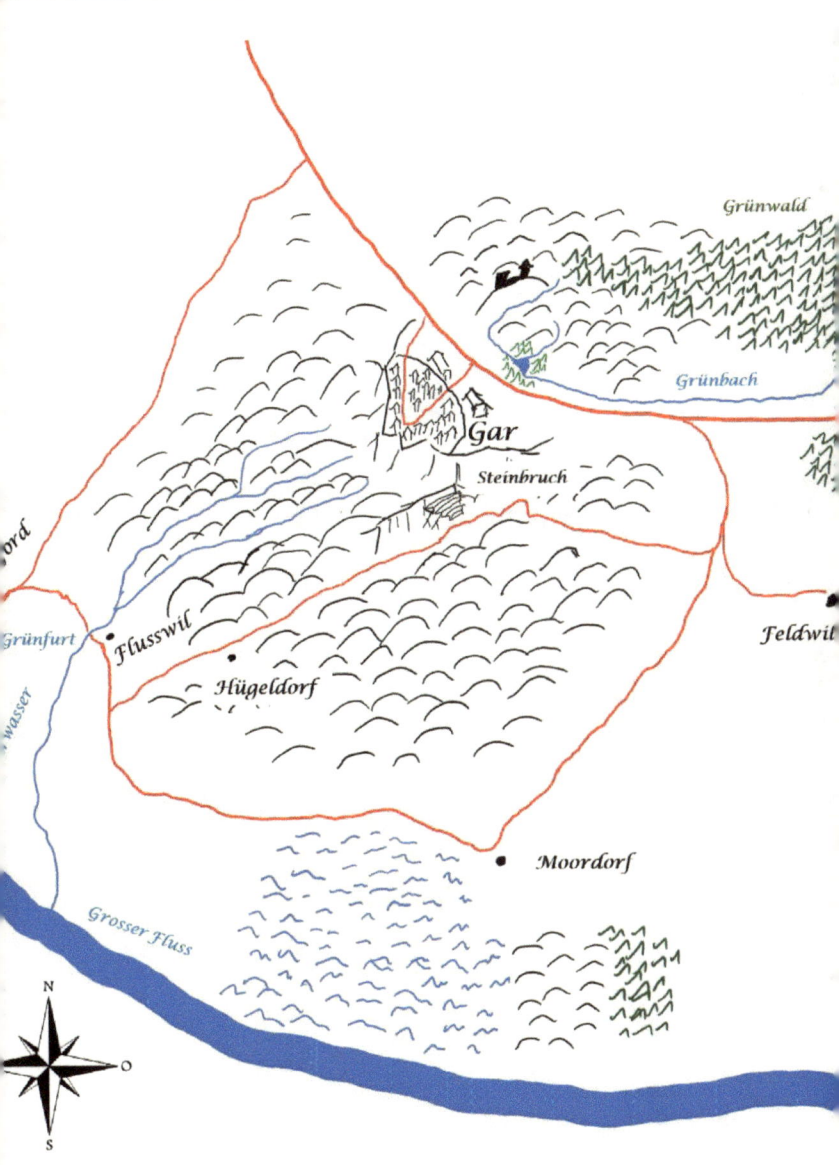

Treue

Zweites Buch

„So ist das nun mal im Krieg. Du gewinnst oder verlierst - und der Unterschied ist nur ein Wimpernschlag." (Douglas MacArthur)

Prolog
Herbstsee

Es war nun Herbst geworden, mehrere Monate bevor Haldak nach Gar kommen und Cammal den Krieg beginnen würde. Sorglos erlebten die Bürger von Gar die Jahreszeit der farbigen Blätter noch ein letztes Mal, bevor sich alles ändern sollte. Die Bäume hier hatten bereits ihre ersten farbigen Blätter verloren, und das Grün der Wiesen verwandelte sich allmählich in ein ödes Braun. Der frische Herbstwind wiegte die Bäume wie Fahnen am Mast und liess ihre Äste drohend ächzen.

Als Theophil Korbflechter und Gilbert Hofheimer mit ihren acht Gefährten zu den Seen an der Südgrenze Koboldiens kamen, waren diese bereits dick zugefroren. Ein kalter Wind wehte von den schneebedeckten Gipfeln der Sonnenberge herunter und liess die Fichten hin und her wanken. Die zehn Gefährten trugen nun nicht mehr ihre gewöhnlichen roten Trachten, sondern braune Mäntel über ihren Lederhemden, welche ausserhalb der Grenzen nicht so auffällig waren.

Verwundert sahen die Kobolde auf die Seen hinunter, für sie als Gewohnheitswesen passten die gefrorenen Seen gar nicht ins Bild. In dieser Jahreszeit sah man schliesslich normalerweise immer noch die Kobolde nach ihren Arbeitstagen zur Entspannung fischend am Ufer sitzen, gemütlich auf den warmen Steinen mit einer Pfeife im Mund. Dieses Jahr jedoch schien dies unmöglich zu sein, denn bei solcher Kälte war es einem Kobold nicht mehr behaglich genug. Selbstverständlich hätten sich die Leute hier überwunden, wäre das Fischen lebensnotwendig gewesen, doch das war es nicht. Manch ein Kobold liess die silbernen Fische, nachdem er sie gefangen hatte, wieder ins Wasser zurückgleiten.

Gilbert fiel ein Loch im Eis auf, doch war es bereits wieder dabei zuzufrieren. Ein Angler musste das Loch gemacht haben. Die Lust auf Fisch hatte ihn wohl aus seiner warmen Stube getrieben. Obwohl erst Oktober, war es bereits kalt wie im Dezember, von fern sah man die eingeschneiten Sonnenberge. Sie blendeten einen, wenn man sie anblickte, es war dieser Glanz, welcher diesen Bergen einst ihren Namen gegeben hatte. Langsam röteten sie sich in der Abendsonne, sodass ihre weissen Gipfel goldrot zu glühen begannen.

„Hätte Salzmann nicht so lange mit unserer Zusammenstellung gezögert, wären wir vielleicht schon fast dort und müssten nicht mit einem kalten Wintereinbruch rechnen", beschwerte sich Gilbert, „der trägt die goldenen Sonnenblumen bereits viel zu lange, um noch etwas von der Welt zu wissen."

Richard Gabelmeier, einer der zehn Boten, stimmte Gilbert mit einem Kopfnicken zu und meinte mürrisch: „Ich habe keine Lust, ausserhalb unserer Grenzen, wo uns alles unbekannt ist, in ein Schneegestöber zu geraten und elend zu erfrieren."
Nun pflichteten ihnen auch die übrigen Kobolde bei, auch Theophil, welcher dann jedoch gleich noch einwarf: „Uns wird kaum etwas anderes übrig bleiben als strikt unserem Auftrag zu folgen, schliesslich haben wir vor der Tagsatzung einen Eid darauf geleistet."
Mit einigen weiteren mürrischen Worten ritten alle zusammen auf ihren Eseln eine Weile über einen gut gepflegten Uferweg dem Braunfeldsee entlang. Dieser galt als der südlichste See von ganz Koboldien, dennoch war auch dieser See dick zugefroren. Dem See entlang genossen noch einige Schafe das letzte Gras, während meist junge Kobolde in einen dicken Mantel gehüllt und Pfeife rauchend neben ihnen sassen und sie hüteten.
Gilbert kamen die Geschichten in den Sinn, welche ihm seine Mutter über diesen See erzählt hatte, als er noch ein Kind gewesen war. Er war hier in den Seelanden aufgewachsen und kehrte immer gerne hierher zurück. Jene Geschichte, die ihm nun in den Sinn kam, war ein Gedicht, nur ein kurzes und dennoch eines seiner liebsten. Leise flüsterte er zwei der unzähligen Strophen vor sich hin:

„Wer wohnt in einer Höhle ganz tief im See
Ein Monster niemand weiss wie ihm gescheh
Laut gurgelnd und brodelnd
Besingen wir es jodelnd

Es mag das Gute
Sein Schwanz ist wie eine Rute
Setzt es ein gegen das Böse
Soll untergehen mit Getöse."

Es solle ein Monster in diesem See leben, ein grosses Monster, welches jeden verschlinge, der Böses im Sinn habe. Denjenigen, der Gutes sinne, soll es jedoch verschonen. So hatte sie ihm immer erzählt, sei seit vielen Jahren niemand mehr verschlungen worden, denn keiner wollte Böses.
„Ich hoffe, wir werden diese komischen Menschen finden", brach Ekbrand Hausheimer das Schweigen, „zumindest hoffe ich, sie haben etwas mehr Manieren als jene in Holzheim."
Egbrand spielte damit auf ein Ereignis an, das er einige Tage zuvor erlebt hatte, denn Holzheim war eine Menschenstadt gleich über der südlichen Grenze Koboldiens. Die Menschen dort waren grundanständig, lieb und so wie man sich Nachbarn jenseits der Grenzen am liebsten vorstellte, doch besassen sie kaum Manieren. Auch wenn sie es meist gut meinten, kam das nicht immer gut rüber.
„Mein Onkel meint, die Sagen würden stimmen, und die Menschen, die wir suchen, seien wirklich so edel und hilfsbereit wie es immer heisst", erwiderte Theophil daraufhin, „sie werden uns sicher einen guten Rat geben, schliesslich sollen sie gebildet sein und die Geschichte bis weit zurück kennen."
„Und sie sollen alt werden, sehr alt, sehr, sehr alt", fügte Fredi Gurbert hinzu, „das sagten mir meine Mutter und meine Grossmutter, beide Grossmütter, väterlicherseits und mütterlicherseits."

Darauf lachten einige, sie mochten einfach Fredis Ausdrucksweise, er war einer der nettesten Kobolde den sie kannten und auch immer zur Stelle, wenn jemand Hilfe benötigte, allerdings waren seine Sätze manchmal etwas dümmlich und unbeholfen.
Gilbert nahm daraufhin einen grossen Schluck aus seinem Wasserschlauch, worauf er meinte: „Hoffentlich sind nicht auch noch die Flüsse zugefroren, sonst müssen wir uns Pickel suchen um Wasser nachzufüllen."
Die anderen stimmten ihm ernst zu und auch die Esel stiessen ein lautes „I Ah" aus, womit sie seinen Sorgen beizupflichten schienen. Mit einem Seufzer nahm Theophil seine Feldflasche hervor und spasste: „Ich denke, dünnes Eis sollte ich mit dieser Flasche zerschlagen können, schliesslich ist sie schwer genug. "
„Du brauchst wieder einmal deine Extrawurst und kannst nicht einfach einen Wasserschlauch mitnehmen", meinte nun wieder Gilbert, während er seinen Kameraden in die Seite stiess, „woher hast du die eigentlich?"
„Die habe ich von meinem Vater zum Geburtstag bekommen, sie wurde von Gnomen gefertigt, ganz gute Arbeit", antwortete daraufhin Theophil etwas belustigt.
Sie ritten munter weiter, mehrere Tage ohne grössere Zwischenfälle. Mit Theophils Feldflasche liess sich tatsächlich Eis durchschlagen, was ihre Reise weiter beschleunigte. Sie kamen rasch voran, überall grüsste man die Boten der Tagsatzung höflich und sorgte dafür, dass sie genug Verpflegung erhielten. In der Zwischenzeit hatten sie das Holzwasser überschritten und Koboldien somit verlassen. Auch an der koboldischen Grenze wurden sie ausser einem kurzen Gespräch mit den Grenzwächtern, welche ihnen Glück

wünschten, nicht aufgehalten. Eine Weile ging es zügig weiter und sie kamen durch Holzheim, eine freundliche Stadt der Menschen mit gutmütigen Seelen, doch dümmlich und schwer von Begriff. Einzig am Rande eines grossen Waldes zwischen dem Holzwasser im Norden und der Grossen Oststrasse im Süden wurden sie durch einen Zwischenfall kurz aufgehalten.

Eine Weile ritten sie nun auf der Grossen Oststrasse, wie sie sie nannten, entlang des Grossen Flusses, welcher ruhig neben ihnen dahinfloss. Die Strasse war mehrheitlich gepflastert und hatte kaum Kurven. Dort wo es Runsen gab, waren diese einst aufgefüllt worden, und grosse kolossale Brücken schwangen sich über die Bäche. Gab es einmal einen Felsen, der eine Kurve verlangt hätte, so wurde dieser durchstochen. Manchmal führte die Strasse fast schon durch künstliche Schluchten, sie liess sich von nichts beeinträchtigen, nicht einmal der Wald konnte sie im Laufe der Zeit erobern, auch wenn sie seit ewiger Zeit nicht mehr gepflegt wurde. Sie schien eine gerade Linie zu sein, die von der Natur nicht überwältigt werden konnte, ein Werk aus Urzeiten, deren Erbauer sich von nichts hatten einschüchtern lassen, als sie noch auf der Höhe ihres Könnens standen und ihr Volk noch auf dem Zenit seiner Macht und Weisheit gestanden hatte.

Manchmal ritten die Boten auch neben der Strasse auf den weichen Wiesen, was ihre Esel sehr schätzten. Die grossen Durchstiche umritten sie weitläufig, denn die Menschen in Holzheim hatten sie vor Hinterhalten der Banditen gewarnt, welche es auf nichtsahnende Reisende abgesehen hätten.

Als sie eine Zeitlang nahe dem Ufer des Grossen Flusses entlang geritten waren, bemerkten sie, dass unweit davon

breite Wege angelegt waren, doch konnten sie sich den Grund dafür auch nach langem Kopfzerbrechen nicht erklären.
Sie ritten weitere Tage immer hin zu den Sonnenbergen, welche sich nun noch höher über sie erhoben, einige von ihnen schienen sogar in den Himmel zu stechen. Sie meinten, in den Schneefeldern und Geröllhalden alte Gebäude zu erkennen, welche den Jahren des Verlassenseins Widerstand geleistet hatten. Gilbert meinte zu Theo gewandt: „Vielleicht wohnen in diesen Steinbauten dort oben einige der gesuchten Menschen."
„Ich glaube kaum, eher könnten das die Häuser der Gnome sein. Allerdings sollte man die sagenumwobenen Menschen, die wir suchen, so wie ich gehört habe, in ihrer Baukunst nicht unterschätzen", erwiderte Theophil, „zudem müssen wir auf schnellstem Weg unser Ziel, das Tal der Könige in den Sonnenbergen, erreichen, ich habe das Gefühl, es wird bald bis hier herab schneien, auch wenn es das zu dieser Jahreszeit noch nicht tun sollte."
Sie ritten weiter und weiter, bis sie schliesslich beschlossen, auf einer Hügelkuppe zu rasten, denn es war schon fast dunkel. Die Sterne leuchteten hell am Himmel und der Mond stieg immer höher. Als erstes war Fredi am nächsten Tag wach und schrie plötzlich voller Begeisterung: „Da, da wo gestern noch Nebel war, seht, seht. Dort ist das Tal, das Tal mit dem Hügel in der Mitte."
Verschlafen setzte sich auch Richard auf und meinte die Augen reibend: „Ja, du hast recht, das Tal mit dem Hügel in der Mitte. Ich nehme an, die Menschenfestung befindet sich auf diesem Hügel, wenn nicht, so will ich nicht Richard Gabelmeier sein."

Sie packten rasch zusammen, führten ihre über Nacht angepflockten Esel zu einem Bach in der Nähe, welcher noch nicht zugefroren war, und liessen sie trinken, während sie ihre Wasserschläuche füllten und Theophil seine Feldflasche. Das Wasser war kalt, aber es erfrischte die müden Beine der Esel und die verschlafenen Gesichter der Kobolde. Als sie einige Happen gegessen hatten, brachen sie auf, kehrten auf die Strasse zurück und ritten dem Hügel entgegen, in welchem die Strasse zu enden schien. Als die Sonne vor ihnen aufging und über den Hügel leuchtete, erkannten sie, dass es gar kein Hügel war, doch blendete es sie zu stark, als dass sie erkannt hätten, was es genau war. Auf jeden Fall war die Silhouette zu kantig, um ein natürlicher Hügel zu sein.

Erst als die Sonne schon fast senkrecht über ihnen stand und sie ein gutes Stück nähergekommen waren, meinten sie es zu erkennen. Es waren Mauern, die das ganze Tal in einem Halbkreis durchquerten und mit den Mauern zur anderen Seite hin drei Ovale bildeten, hoch aufragend und eine gewaltige Bastion einschliessend. Das Hauptgebäude inmitten dieser Mauern glänzte in der Mittagssonne und strahlte durch das ganze Tal. Türme erhoben sich von der Bastion in der Mitte und auch an den Enden, wo beide Mauerringe zusammenliefen. Ihre Dächer waren wie eine geschlossene Blüte mit vier hohen Blättern geformt.

Als sie näher kamen, sahen sie die drei Mauern noch besser, welche sich vor ihnen emporhoben, helle breite Mauern aus glattem Stein, wie ihn die Kobolde noch nie gesehen hatten. Die Strasse führte sie an ein seltsames Tor, das aus einem ihnen fremden Metall bestand und mit Gold beschlagen war. Das Gold bildete, auf beide Torflügel aufgeteilt, ein Blatt, dessen Stiel ein Schwert darstellte.

Doch dann sahen sie etwas, was ihnen Schrecken und Staunen durch die Glieder jagte, wie sie es bisher nicht erlebt hatten. Der Fluss verschwand einfach in der Festung, er verschwand durch ein Gitter aus demselben Stahl wie das Tor. Das Gitter schien ebenfalls alt zu sein, dennoch hatte ihm die Zeit nichts anhaben können. Es verdeckte einen Eingang, durch den imposante Schiffe fahren konnten, so hoch, dass selbst Segelschiffe mit aufgerichteten Masten hindurchgleiten konnten.

Sie schritten an das edle Tor und klopften laut an die hohe Pforte. Das dumpfe Geräusch widerhallte im zuvor stillen Tal. Es schien längere Zeit so, als wäre die Festung verlassen, doch auf einmal ging eine kleine Tür im grossen Tor auf und mehrere Menschen sprangen heraus, Menschen, die mit Bogen auf die Kobolde zielten und solche, die sie mit Schwertern langsam einkreisten. Es waren Recken, grösser als die Menschen von Holzheim, mit breiteren Schultern und strengeren Zügen. Die Augen in ihren vernarbten Gesichtern sahen die Kobolde stechend an, sodass diese das Gefühl hatten, durchbohrt zu werden.

Ängstlich legten die Kobolde ihre Ohren an den Kopf und hoben die Hände langsam in die Höhe. Plötzlich rief einer der Menschen den anderen etwas zu, was die zehn Boten nicht verstanden, ein anderer rief ihm zurück, nun für die Kobolde verständlich: „Ah, Kobolde! Lasst eure Waffen sinken, das sind Freunde."

Alle folgten dem Befehl, und einer von ihnen trat vor Theophil. Theophil seinerseits fühlte sich vor dem grossgewachsenen Mann nicht mehr grösser als eine Maus, obwohl der

Unterschied kaum drei oder vier Köpfe ausmachte. Allerdings blickte ihn dieser Mann so durchdringend an, dass Theophil sich noch kleiner vorkam als zuvor.

Theophils Ohren erreichten aber fast die Schultern des Mannes, welcher die Kobolde nun neugierig mit seinem scharfen Blick musterte. Sein gut gepflegter kurzer grauer Bart umkränzte sein Gesicht, erweckte jedoch keinerlei Misstrauen bei den Kobolden, welchen Bärte ansonsten schnell einmal Angst einflössten. Ausser einem Schnauzer war es unter den gutbürgerlichen Kobolden sowieso nicht Sitte, Barthaare stehen zu lassen, einzig im Herbst, wenn ihnen die kalten Winde die Wangen einzufrieren drohten.

Als Theophil dem Mann ebenfalls in die Augen starrte, begann dieser mit freundlicher Stimme: „Dürfte ich Eure Namen wissen, Herr Feldbote, wenn ich mich nicht irre? Und Eure Absichten, schliesslich sind wir es nicht gewohnt, Kobolde hier als ganze Gruppe anzutreffen."

Verwundert sahen die Kobolden den Mann an, als er die Bezeichnung Feldbote erwähnte, welche ausserhalb der Grenze Koboldiens nicht gebräuchlich war. Auf einmal wurden seine strengen Züge freundlich, und ein sanftes Lächeln trat in das zerfurchte und vernarbte Gesicht.

Zögernd begann Theophil: „Ich bin Theophil Korbflechter, meine Begleiter sind Gilbert Hofheimer, Richard Gabelmeier, Ekbrand Hausmeier, Fredi Gurbert, Johann Frehnrich, Hans Gilbsenn, Karl Trastelmann, Heinz Waldenser und Grif Ebenhart. Wir sind auf der Suche nach dem alten Volke der Menschen, welche einst unsere Verbündeten gewesen sein sollen."

„Hm, altes Volk, ich glaube, Ihr seid richtig, Herr Korbflechter", erwiderte der Mann mit einem stolzen Lachen, „mein

Name ist Galdrior. Seid willkommen, denn auch wir kennen die alten Sagen von jenen langohrigen Armbrustschützen, welche ihr Ziel nie verfehlten."

Nun traten die Jäger durch die Tür zurück in die Festung, und der grossgewachsene Mann gab den Kobolden ein Zeichen, ihnen zu folgen, worauf diese ehrfürchtig durch die schwere Tür eintraten. Fredi Gurbert war so damit beschäftigt, sich die Tür anzusehen, dass er stolperte und der Länge nach hinfiel. Rasch war einer der Jäger zur Stelle und half dem armen Kobold wieder auf die Beine. Dieser bedankte sich verdattert bei dem Mann, der ihn weit überragte.

Als sie eintraten, verschlug es den zehn Kobolden beinahe den Atem, denn nun merkten sie, wie dick die Mauer der Festung war. Bis sie auf der anderen Seite ankamen, mussten selbst die grossgewachsenen Wächter mehr als zwanzig Schritte machen. Für die Kobolde galt es umso mehr auszuschreiten und umso imposanter kam ihnen die Festungsmauer vor. Von allen Seiten her sahen ihnen in die Mauer gehauene Steinkrieger entgegen, fein gearbeitet mit strengen Gesichtszügen voller Entschlossenheit. Theophil fiel im Schein einer Fackel das Blatt mit dem Stiel in der Form eines Schwertes auf, das alle diese Figuren auf der Brust und auf dem Helm trugen. Hastig versuchte Gilbert in das Sonnenlicht auf der anderen Seite des Tunnels zu treten. Ihm war auf einmal so kalt vor Ehrfurcht aber ebenfalls ganz warm ums Herz, als er ahnte, dass das die Menschen waren, die sie suchten.

Hinter der ersten Mauer befanden sich zahlreiche Steingebäude, viele von ihnen am Fusse der zweiten Mauer errichtet, welche sich weit in den Himmel hob. An der vorderen Mauer standen ebenfalls grosse Bauten, und dennoch führte eine breite Strasse zwischen den Gebäudereihen hindurch.

Die edlen Bauten sahen verlassen aus und wirkten unheimlich in ihrer Grösse und Pracht auf die kleinen Kobolde, welche sich nun noch kleiner vorkamen. Weit über ihnen sahen sie die Wachttürme der zweiten Mauer aufragen, hoch gegen den Himmel zu. Das ehrfürchtige Schweigen, welches seit ihrem Eintreten geherrscht hatte, wurde erst von Theophil gebrochen, als dieser flüsternd Galdrior fragte: „Wie alt sind diese Bauten und diese Mauern?"

„Ich weiss es nicht genau", antwortete der Jäger ebenfalls flüsternd, „allerdings stehen sie hier seit langer Zeit und werden noch lange erhalten bleiben. Sie standen bereits hier, als ich geboren wurde und das ist lange her in eurer Zeitrechnung, sehr lange, dennoch wurde die Mallabas Festung von einer Generation erbaut, die lange vor mir gelebt hat."

Nun sah sich Theophil noch neugieriger um, er hatte noch nie etwas Derartiges gesehen, nichts in dieser Grösse und Pracht. Viele dieser einzelnen Häuser waren um einiges grösser als die grössten Gebäude in ganz Koboldien. Deswegen verwunderte es ihn umso mehr, als einer der Jäger neben ihm plötzlich traurig meinte: „Die Pracht dieser Festung ist leider vergangen, keine Fahne, kein Banner weht mehr über den Türmen, diese Zeiten sind längst vorbei."

Es war ebenfalls ein grauhaariger Jäger mit faltigem Gesicht, doch war er etwas kleiner als Galdrior. Später erfuhren die Kobolde, dass er Fruniar hiess und er scheinbar der älteste der Menschen war, welche sie durch die Festung begleiteten.

Nachdem sie lange der vordersten Mauer entlang gegangen waren, kamen sie zu einer Treppe, die auf die Mauer hinauf führte. Die Stufen bereiteten den Kobolden einige Schwierigkeiten, denn sie waren viel höher als sie es sich gewohnt waren, vor allem Fredi stolperte mehrmals.

Auf der Mauer verschlug es ihnen erneut den Atem, vor ihnen erstreckten sich der Grosse Fluss, die breite Strasse und das ganze Tal, durch welches sie gekommen waren. Die Aussicht war überwältigend. Gilbert schaute mit offenem Mund zwischen zwei Zinnen hindurch, ihm war, als ob er sogar die ersten Hügel Koboldiens in der Ferne erkennen könnte. Sie sahen, wie die Sonne allmählich dem Horizont entgegensank und sich die ersten Wolken am Himmel hinter ihnen rosarot einfärbten. Solch einen Ausblick hatte noch keiner der Kobolde jemals genossen, es war für die kleinen Kerlchen wie ein Traum, aus dem sie nicht mehr erwachen wollten.

Gilbert bemerkte, dass die anderen inzwischen weitergegangen waren. Sie hatten bereits eine Brücke erreicht, welche sich von dieser Mauer aus in einem hohen Bogen in die nächste hinein schwang. Einigen der Kobolde wurde es fast schwindlig, als sie von der schmalen Brücke hinabblickten und die Dächer der hohen Bauten unter ihnen sahen. Auf der Brücke selbst musste man im Gänsemarsch gehen. Auf den Seiten hatte es einzig eine kniehohe Brüstung. Ihnen wurde erklärt, dass es zu beiden Seiten, wo die zwei Mauern zusammenliefen, Tore gab, die hinter die höhere Mauer führten. Für die dritte Mauer lagen die Tore wieder in der Mitte und gaben den Weg frei an den Fuss der imposanten Bastion, die mitten zwischen der gewaltigen Festung in den Himmel ragte.

Durch eine weitere kleine Eisentür hoch über den Dächern der Häuser stiegen sie in die zweite Mauer ein und folgten einem langen, nur von einigen Fackeln erleuchteten Gang. Kurz darauf traten sie durch eine weitere Tür aus der Mauer hinaus auf einen gepflasterten Platz, den sie rasch überquerten. In der Mitte des Platzes erhob sich eine hohe Statue aus Stein mit dem Bildnis eines Mannes, der vermutlich einst ein grosser Krieger gewesen war. Doch was die Kobolde verwunderte, war die kleinere Statue neben ihm. Sie stellte einen kleinen Mann dar mit einem Helm, durch dessen beide Löcher zwei spitze Ohren hervorschauten. In der Hand trug er eine Armbrust mit einem aufgelegten Pfeil, auf dem Rücken einen Köcher und an der Seite einen langen Säbel. Er sah genauso aus wie die gewöhnlichen Kobolde, einfach in fester Rüstung und in Stein gemeisselt. Auffällig waren seine grimmigen Gesichtszüge, Kobolde waren sonst gutmütige Wesen.

„Ja, das ist einer der Euren", begann nun Galdrior lachend, als er die verdutzten Gesichter der Kobolde sah, „einst bestand ein Bündnis zwischen unseren Völker. Dieses Bündnis wurde auf diesem Platz geschlossen, und obwohl Euer Volk uns vor zweitausend Jahren noch einmal beistand, weiss niemand, wann und von wem das Bündnis geschlossen wurde. Die Aufzeichnungen aus alter Zeit sind verschollen, genauso wie zur selben Zeit unser König verschollen oder gestorben ist. Diese Aufzeichnungen, heisst es, liegen in einer verborgenen Stadt in den Bergen. Eine Strasse dorthin führt nicht weit von hier in östlicher Richtung in die Berge, eine andere soll dem Vernehmen nach durch Euer Land führen."

Nun waren die Kobolde erneut erstaunt und Fredi Gurbert meinte fragend: „Also dann, dann waren wir, die Kobolde, auch schon an Kriegen beteiligt. Dann stimmen die Geschichten also wirklich, die mir Mama immer erzählt hat, dann sind sie also nicht erfunden, das muss ich ihr erzählen, wenn wir wieder zu Hause sind."
„Nein, sie sind nicht erfunden, die Tapferkeit der Kobolde ist bei uns bekannt, ebenso ihre Schiesskünste", erklärte nun Fruniar zustimmend, „man sagt sogar, kein Pfeil, abgefeuert von einer Armbrust der Kobolde, würde sein Ziel verfehlen, selbst aus grosser Entfernung nicht, keine lebende Gestalt sei ohne beste Rüstung vor ihren spitzen Pfeilen sicher."
„Das stimmt", meinte nun Richard Gabelmeier, „wenn unsere Armbrustschützen schiessen, dann treffen sie auch. Zu wissen, dass das selbst unter den Menschen bekannt ist, macht uns stolz."
Als niemand mehr etwas erwiderte, traten sie in ein hohes Gebäude, das an der zweiten Mauer angebaut war. Durch die grossen Fenster oberhalb des Eingangs schien die rötliche Abendsonne herein und liess das helle Gestein feurig erstrahlen.
In der Mitte des Saals stand eine grosse runde Tafel mit vielen gepolsterten Stühlen. In der Mitte der Tafel waren feine Schnitzereien zu sehen, und Gilbert rief laut aus, nachdem er sich auf seinen Stuhl gestellt hatte, um die Schnitzereien genauer zu betrachten: „Da sind ja ebenfalls Kobolde!"
Lautes Gelächter brach aus, als sie alle das überraschte Gesicht des kleinen Kerls sahen, der sich niemals vorgestellt hätte, dass seine Vorfahren einst Seite an Seite mit diesen

grossen tapferen Recken gekämpft hatten. Dann, als sich alle gesetzt hatten, schritt einer der jüngeren Jäger zum Kamin, welcher sich im vorderen Teil des Saales befand und begann einzufeuern.

„Ihr müsst bestimmt hungrig sein", begann darauf Galdrior, „lasst uns etwas essen und trinken, bevor wir uns um Euer Anliegen kümmern. Narior hat heute in der Früh einen Hirsch erlegt und wird ihn nun für uns braten. Dazu gibt es ein gutes Bier, denn wie ich aus Gedichten gehört habe, ist das Euer Lieblingsgetränk."

Die Kobolde strahlten von einem Ohr zum anderen, als sie sahen, wie der Mann am Feuer einen Hirsch zu braten begann, umso mehr, als das erste Fass mit hellem Bier angezapft wurde und jeder einen grossen schäumenden Krug bekam.

Daraufhin öffnete sich Tür und einige Frauen kamen herein, verwundert sahen sich die Kobolde zu ihnen um und staunten einmal mehr. Die schönsten Frauen aus Holzheim konnten sich nicht annähernd mit diesen Menschenfrauen vergleichen. Wie die Männer hatten auch sie edle Gesichter, und es schien Gilbert, als wären sie allesamt Königinnen. Zart glitzerte ihre Haut und hell schimmerte ihr Haar, doch in ihren klaren Augen lag der gleiche stechende Blick wie in jenem ihrer Männer. Die Kobolde erwachten allerdings aus ihren Wachträumen, als sie sahen, dass sie Brot, Käse und Kartoffeln mit sich trugen. Die Frauen stellten die Esswaren auf den Tisch und setzten sich dann ebenfalls. Kurz darauf traten vier weitere Jäger ein. Sie trugen zwei grosse Fässer und stellten diese auf einen Tisch nebenan, auf welchem zuvor leere Fässer gestanden hatten.

Nachdem weitere Jäger eingetreten waren, sich an den Tisch gesetzt hatten und der Hirsch gebraten war, begannen sie zu essen. Für die Kobolde war es das erste richtige Mahl mit gebratenem Fleisch, seit sie Kobelstein verlassen hatten. In einem der Fässer war Bier, im anderen Wasser, und es war keine Frage, aus welchem die Kobolde ihre Krüge füllen liessen. Die Kobolde erfreute es umso mehr, als sie sahen, dass noch ein zweites Fass mit Bier gebracht wurde, denn auf Wasser hatten sie nach den letzten Tagen keine Lust mehr.

„Die Trinkfreudigkeit Eures Volkes wird bei uns ebenfalls in alten Liedern besungen", meinte Galdrior, als er sah, wie die Kobolde den Gerstensaft genossen.

Darauf begann die Frau an Galdriors Seite, seine Frau Marlea, mit ihrer leichten Stimme: „Ich kann Euch eines der Lieder in Eurer Sprache vorsingen, es sollte sich reimen, obwohl es in unserer Sprache gedichtet wurde."

Rasch tranken die Kobolde einen Schluck und sahen dann Marlea erwartungsvoll an. Diese begann mit feiner Stimme:

„Spitze Ohren
Spitze Pfeile
Zu grossen Kriegern erkoren
Selbst tapfer hängend an einem Seile

Das Ziel getroffen
Die Schlacht gewonnen
Doch dann wird gesoffen
Und ihre Sorgen sind zerronnen

Krug um Krug
Wird getrunken
Das ist kein Trug
Und auch nicht erstunken

Die Fässer leeren sich
Der Kopf wird schwer
Doch würden andere kleinlich
Wollen die Kobolde noch mehr

Bänke wären zum Sitzen da
Tische zur Mahlzeit bereit
Oh wie täuscht man sich
Die Kobolde tanzen darauf in freudiger Zeit."

Die Kobolde staunten betroffen, denn sie wussten, dass es stimmte, an ihren grossen Festen wurde Fass um Fass gelehrt, und je später es wurde, je höher stiegen sie. Am Anfang des Abends eines Festes wurde immer noch auf dem Boden getanzt oder auf den Bänken gesessen, allerdings kannte es besonders Johann nur zu gut, wie mit der fortschreitenden Zeit und der Anzahl Krüge die Höhe stieg. Der einzige Grund für einen Kobold, spät in der Nacht am Boden zu tanzen, war dann, wenn der Tisch und die Bänke zusammengebrochen waren.

Das Bier der Jäger war nicht schlecht, doch dachte Theophil an die Fässer, welche sein Vater immer hatte, gebraut in einem Tal in den Ausläufern der Sonnenberge, das Bier des alten Paul Braumeister, dessen Familie schon seit ewigen Zeiten das beste Bier in ganz Koboldien braute.

Die Kobolde liessen sich das Essen schmecken und konnten kaum genug vom saftigen Hirschfleisch bekommen, ebenso genossen sie das frisch gebackene Brot und die gebratenen Kartoffeln. Seit Holzheim hatten sie nicht mehr aus Tellern gegessen, umso edler empfanden sie die Zinnteller, auf denen ihnen nun das Essen serviert wurde. Zahlreiche Krüge Bier beendeten das Mahl, und einige der Frauen räumten zusammen mit mehreren Jägern die Zinnteller und das Besteck ab.

Als die Tafel wieder leer war, begann Galdrior: „Welchen Rat wollt Ihr nun von uns erhalten, was ist geschehen, dass die Kobolde erstmals seit so vielen Jahren wieder die Menschen aufsuchen? Die Zeiten haben sich wahrhaftig geändert und etwas zieht herauf, doch kann ich den Grund Eures Kommens nur erahnen."

„Etwas Furchtbares", begann Theophil und nahm einen grossen Schluck aus seinem Krug, bevor er fortfuhr, „Koboldien wurde angegriffen."

Der Jäger sah den Kobold erschrocken an und fragte: „Von wem? Was genau ist passiert?"

Theophil erzählte ihnen die ganze Geschichte in allen Einzelheiten. Besonders als er die furchtbaren Gestalten erwähnte, sahen die Gesichter der Jäger erschrocken und überrascht aus, beinahe furchterregt. In ihrer Sprache begannen sie beunruhigt miteinander zu sprechen und sahen dann wieder ihre Besucher an.

„Es war furchtbar, so etwas habe ich noch nie gesehen", fügte Theophil hinzu, als er geendet hatte, „was kann das bedeuten? Was ratet ihr uns zu tun?"

Anstatt zu antworten rief Galdrior seinen Männern hastig etwas in der Sprache der Jäger zu, woraufhin einige eilends

den Saal verliessen. Dann wendete er sich den Kobolden zu und meinte: „Ihr müsst Eure Grenzen schützen. Sollte das nicht gelingen, zieht mit Eurem Volk in die Berge zu den Gnomen oder hierher in diese Festung, das zweite wäre mir lieber. Diese Nachricht ist äusserst beunruhigend, allerdings könntet ihr hier Zuflucht finden, auch ohne starke Besetzung würden wir die Mallabas Festung lange verteidigen können. Zusammen mit Euren Armbrustschützen würde sie für ein gewöhnliches Skralgas Heer uneinnehmbar."
„Was waren das für Kreaturen?", fragte darauf Gilbert.
„Das waren diese Skralgas", begann Galdrior nachdenklich, „doch so weit weg von den Sonnenbergen waren sie schon lange nicht mehr, sie wollen etwas erreichen. Im Süden, auf der Ostseite der Sonnenberge, haben sie bereits einige Siedlungen des Reiches Cammal angegriffen, doch sind sie noch nicht zahlreich und noch nicht weit vorgedrungen. Etwas scheint sich zu wandeln, lange Zeit wurde nichts mehr von diesen Kreaturen gehört. Ich habe Boten entsandt, sie sollen unser Volk darüber unterrichten, dass Gefahr droht."
Nach einer Weile des Schweigens meinte Richard zu Galdrior gewandt: „Würdet Ihr uns helfen, wenn wir angegriffen werden?"
Zögernd erwiderte der Jäger: „Das kann ich nicht sagen, einige Männer kämen bestimmt, doch sind wir nicht zahlreich genug und zu weit verstreut, um grosse Schlachten zu schlagen. Wir versuchen einzig, die Menschen diesseits in Caibreyiärea, der Region zwischen den Sonnenbergen und dem Meer, zu schützen. Die Könige der Reiche der gewöhnlichen Menschen vermögen es nicht, ihr Volk vor Banditen zu bewahren. Einzig jene unseres Volkes, welche sich unter

diese Menschen gemischt haben, erkennen das Leid, welches in den Völker herrscht, während die Könige blind dafür bleiben und es sich in ihren Hallen gut gehen lassen. Sollte Cammal tatsächlich in einen Krieg mit den Skralgas verwickelt werden, so wird es in einem Gemetzel enden. Auf jeden Fall werden wir Euch helfen, möglichst viele Eures Volkes hierher in Sicherheit zu bringen, sollte es nötig sein."
Darauf herrschte eine Weile lang Stille, einzig das prasselnde Feuer hörte man im Saal. Es war dunkel geworden, und mehrere Fackeln wurden angezündet. In diese Stille begann Fruniar plötzlich zu sprechen: „Der Krieg wird den Süden aufzehren, Urak kann sein Land nicht ohne hohe Verluste verteidigen. Der Statthalter von Marsat sollte endlich die Suche nach dem König aufgeben, schliesslich hat er nun das Recht dazu, zweitausend Jahre sind verstrichen, und der König ist vermutlich schon seit damals tot und seine Linie erloschen. Haldrior soll uns anführen, unser Volk würde geeint anstatt weiter zu zerfallen. Lasst uns ihn auffordern sein Recht einzufordern. Wenn unsere Feinde wieder stärker werden, müssen wir es auch tun."
„Du kennst Haldrior", erwiderte Galdrior verärgert in ironischem Tonfall, „er will es der zwanzigsten Generation überlassen, der grossen Generation, er selbst streift lieber in einem zerfetzten Mantel durch die Wälder anstatt eine prachtvolle Rüstung zu tragen und ein glänzendes Heer anzuführen. Lieber lässt er zu, dass sich unser Volk von den alten Sagen abwendet und sich mit den Menschen in den dreckigen Städten vermischt. Selbst jene, die in den Festungen und glanzvollen Städten der Vergangenheit Wache halten, lässt er über die Bauern wachen. Die Hofgardisten von Isula kämpfen in der Zwischenzeit für Urak ebenso wie

die Palastwachen von Peyirisula, da Urak der Erbe des Statthalters von Isula ist. Sie würden allerdings keinen Augenblick zögern, Haldrior zu folgen, sollte er die Macht annehmen, doch wird er das nicht tun, so, wie ich ihn kenne. Nicht einmal einen Sohn hat er, der ihn beerben könnte."

Darauf trat Narior an den Tisch und erzählte geheimnisvoll: „Es gibt Gerüchte, nach welchen Lakalt, ein Hofgardist in Cammal, sein Sohn sein soll. Lakalts Mutter habe dann jedoch einen Adligen geheiratet. Bald soll Lakalt sogar zum Ritter geschlagen werden und Ritter der Hofgarde werden, der oberste Hofgardist."

„Dieser Mistkerl von einem König in Isula", rief nun Fruniar fluchend aus, „seine Linie verriet uns, benannte die Stadt in Cammal um, doch behält er die Hofgarde bei, die nur aus Polariä besteht. Sie werden jedoch nicht zu Rittern geschlagen, weil sie nicht adlig sind, dennoch gut genug, um die gefährlichsten Einsätze zu übernehmen. Alle gewöhnlichen Menschen in dieser Hofgarde fallen bei ihren ersten Einsätzen. Lakalt muss unser Blut haben, sonst würde er nicht mehr leben. Es könnte tatsächlich sein, dass dieser Lakalt der Erbe Haldriors ist."

Geschichte

Erstes Kapitel - Herbstritter

Es war ein milder Spätsommertag in Cammal, als Lakalt das Fenster seines Zimmers im Schloss des Königs Urak öffnete. Von dort aus sah er auf die Stadt hinaus. Es war eines der grösseren Zimmer im Palast, ein Ritterzimmer. Das geschnitzte Himmelbett wurde von roten Vorhängen umgeben, und ein farbiger, geknüpfter Teppich lag davor. Der Boden war aus hellem Stein ebenso wie die Wände. In der Ecke befand sich ein prasselnder Kamin, der das Zimmer wärmte und wilde Schatten an den Wänden spielen liess.
Der September hatte nun richtig begonnen und der heisse Sommer klang aus. Lärmend lag die Stadt unter ihm, auf die der Ritter mit traurigen Augen hinabblickte. Man sah in den verdreckten Gassen kaum junge Männer. Viele Frauen erledigten schwere Arbeiten, die früher von ihren Männern und Söhnen gemacht worden waren.
„Würde dieser Krieg doch sogleich enden", ertönte eine traurige Stimme hinter Lakalt, „würden diese Bestien doch einfach in die Löcher zurückkriechen, aus welchen sie gekommen sind."
Es war Arak, welcher eingetreten war, sich neben Lakalt stellte und fortfuhr: „Würde mein Vater doch nur das Angebot aus Salmarsat annehmen, seinen Teil vom gefallenen Helrendar abtreten und dafür die Hilfe König Gelrads annehmen, die Männer könnten endlich zurückkehren. Das

Volk ist unzufrieden, Lakalt, der Krieg sollte seit drei Jahren zu Ende sein, doch fallen Tag für Tag mehr Männer und es ist kein Ende in Sicht. Es wird nicht mehr lange gehen, und eine weitere Stadt wir vom Landvolk verwüstet, wie damals Gar, kurz nach Beginn des Krieges."

„Ich hörte Gerüchte, Meerschlossfels wolle ein Bündnis zwischen deinem Vater und Gelrad verhindern", bemerkte darauf Lakalt misstrauisch und sah Arak an.

„Ich weiss", antwortete dieser, „ich weiss nicht alles, doch glaube ich, dass Jandraer auf Druck seines Sohnes handelt, welcher sich ein eigenes Fürstentum erhofft auf dem Gebiet, welches an Salmarsat übergeben werden soll."

„Meinst du nicht, da liegt mehr dahinter", erwiderte Lakalt ärgerlich und misstrauisch, „meinst du nicht, dass an der Sache etwas faul ist. Ich habe Mendrieno bis jetzt noch nie im Kampf gesehen, dieser Gockel bevorzugt Feste anstatt sich um die wahren Probleme zu kümmern. Ich nehme an, er hat diesen Sommer einmal mehr um die Hand deiner Schwester angehalten."

„Ich mag Mendrieno auch nicht", stimmte Arak zu, „doch hat Meerschlossfels dem Königshaus schon gute Dienste erwiesen und stand immer loyal hinter dem König. Wir sollten uns mit unserem Misstrauen zurückhalten. Zudem weisst du genau so gut wie ich, wie es vor Jahren, als mein Grossvater noch König war, auf der Blaim Halbinsel zu- und hergegangen ist. Was Celeyia betrifft, so weisst du es in der Zwischenzeit genau, dass sie nicht meine leibliche Schwester ist, Soldaten haben sie damals aus den Fängen von Plünderern befreit, als sie kaum mehr als zehn Jahre alt war."

„Sie hat etwas an sich, das ich bisher bei kaum jemandem gesehen habe. Sie scheint in gewisser Weise nicht menschlich zu sein, zu schön ist sie dafür", entgegnete der Ritter dem Prinzen, „Auf den Krieg zurückzukommen, so habe ich bereits vom Blaim Krieg gehört, doch wollte mir mein Stiefvater nie viel darüber berichten."
Daraufhin begann der Prinz zu erzählen: „Es war in einem der ersten Jahre, als mein Grossvater Nuniak die Krone erhielt. Der damalige König von Salmarsat dachte sich, er könnte dem jungen König den einzigen Stützpunkt Cammals auf der Blaim Halbinsel abnehmen und somit den Eingang zur Fischenbucht alleine kontrollieren. Zudem wollte er auch den Ort Fischenbucht mit seinem grossen Hafen einnehmen. Lange hielten es die Könige unserer Reiche gut miteinander, doch da Salmarsats König Nuniaks Schwester nicht zur Frau bekam, trübte dies das Verhältnis und es gab keinen Bund mehr, der die Reiche zusammenhielt. Das einzige, was diese Fehde beenden könnte, wäre, wenn Danrad die Prinzessin zur Frau bekommen würde, was wiederum Meerschlossfels mit Missgunst aufnehmen würde. In Meerschlossfels war Cheleio der Heermeister, er war Jandraers Vater. Grosse Schlachten wurden geschlagen, vorwiegend auf der Halbinsel, doch auch in der Meerenge und bei Fischenbucht starben viele Männer. Zuerst schien es, als wäre Nuniak taktisch so schwach wie erwartet, doch übertrug dieser die Heerführung im ganzen Krieg Cheleio, der mit guten Schachzügen nicht nur den Feind abwehrte, sondern auch einige Gebiete Salmarsats erobern konnte, so dass nun, wie du weisst, die gesamte Fischenbucht in Cammals Besitz ist. Es schien, als wären dem damals jungen Cheleio ungewöhnliche Talente gegeben. Seine mutigen und erfolg-

reichen Feldzüge sind bis heute noch legendär. Für seine Taten hatte er die Blaim und das Land um die Fischenbucht herum als Fürstentum erhalten."

Nun blickten sie beide schweigend zum Fenster hinaus, sie sahen in die Wälder und auf die Felder, welche die Stadt umgaben. Wehmütig blickte Arak in den roten Laubwald, auf die alten zerfallenen Steinruinen und meinte traurig zu Lakalt: „Ich würde gerne einmal Cammal in dieser Grösse und Pracht sehen, wie es einst gewesen sein musste, den Ruinen nach zu urteilen."

„Ich auch", antwortete Lakalt mit trauriger Miene, „ich auch. Zu gerne würde ich jene Zeit erleben, in der das alte Volk noch die Herrschaft über diese Gebiete innehatte."

„Nun lass uns ins Ratszimmer gehen, um die neuen Pläne zu besprechen", schlug Arak vor, „und anschliessend gehen wir zum Bankett, bevor wir die Stadt morgen wieder verlassen."

Beim Wort Bankett wurde Lakalts Miene etwas heiterer, und ein Lächeln huschte über sein müdes Gesicht. Die beiden machten sich auf den Weg ins Ratszimmer, wo die anderen anwesenden Ritter bereits auf die beiden warteten. Das Ratszimmer war ein hoher Saal in einem der Seitenarme des Schlosses. Banner aller Ritter zierten die Wände, und oberhalb des prasselnden Kamins hingen die Familienschwerter eben dieser Ritter, zuoberst jenes der Königsfamilie. Sie setzten sich an einen grossen runden Eichentisch. Zu Araks Rechten sass Lakalt als oberster Hofgardist und Ritter, zu seiner linken Feriak als oberster Ritter unter dem Prinzen.

Feriak war der älteste Ritter und ein enger Vertrauter des Königs, doch weder Lakalt noch Arak mochten ihn beson-

ders. An Lakalts Seite sass Gawair, Hauptmann der Hofgarde, zweiter Hofgardist. Haldak und dessen noch lebender Bruder Jolak, der Zwilingsbruder von Haldaks gefallenem Bruder Jelak, waren ebenfalls zugegen.
Zudem waren noch Helbik, Gelak und Obelek, alles weitere Ritter Cammals, anwesend. Viele weitere Ritter waren allerdings nicht im Schloss, sondern kämpften jenseits des Grossen Flusses gegen die schrecklichen Feinde. Als erstes ergriff Feriak das Wort und begann mit seiner stolzen Stimme: „Der König will, dass wir mit einem grossangelegten Vorstoss den Krieg so schnell wie möglich beenden. Unsere Strategie der kleineren Vorstösse hat uns bisher nicht weit gebracht. Wir werden die Truppen an einigen Orten sammeln und dann mit grossen Streitmächten vorrücken. Es mögen uns Verluste zugefügt werden, doch wären diese viel grösser, wenn der Krieg noch lange dauern sollte. Wir werden von Süden aus eine Streitmacht in Markander sammeln, dann Meerstadt sichern und anschliessend von Süden über Martenapor Richtung Bergbachtal vorstossen, während ein Teil nach Bergheim zieht und unsere Flanke sichert. Eine weitere Streitmacht werden wir in Brückstadt zusammenziehen. Wir werden die Besatzung in Sonnenheim verstärken und dann nach Süden zum Bergbachtal vorstossen. Sobald Bachtal gesichert ist, können wir nach Bachhausen ziehen, während die Truppen aus Sonnenheim ebenfalls versuchen vorzustossen. Da die Truppen in Sonnenheim nicht besonders gross sein werden, müssen sie von drei Vierteln der Hofgarde unterstützt werden, zudem hofft der König auf die Unterstützung der Jäger."
Hastig stand Gawair auf, seine Augen glühten und sein Gesicht lief rot an: „Bei allem Respekt vor dem König und

Euch, Herr Feriak, trotzdem wird die Hofgarde zusammen mit den geschwächten Truppen in grosser Unterzahl sein. Zudem werden wir als erste vom Winter überrascht, das könnt Ihr nicht wirklich wollen. Lasst uns Sonnenheim verteidigen und den Spitzbach sichern, bis wir im nächsten Sommer leichter und mit Unterstützung vorstossen können."

„Setzt Euch, Hofgardist", schrie nun Feriak den Hauptmann an, „Ihr werdet tun, was man Euch sagt. Solltet Ihr nicht zufrieden sein, könnt Ihr von mir aus einige der neuen Männer haben, welche wir noch rekrutieren werden. Zudem steht die Hofgarde unter dem Schutz der Jäger, ich würde wetten, durch Eure eigenen Venen fliesst das Blut dieser Halunken. Zusammen mit diesem Gesindel werdet Ihr das schon schaffen."

Arak konnte sich nur knapp zurückhalten, seine Finger bohrten sich tief in die Schnitzereien an seinen Stuhllehnen, er knirschte mit den Zähnen. Lakalt jedoch konnte sich nicht mehr beherrschen und stand auf: „Halunken? Das ist nicht Euer Ernst, Ihr beschimpft jene als Halunken, welche die Leben der unseren retten. Sie sind uns nicht zur Treue verpflichtet. Wie könnt Ihr so einfach annehmen, dass sie diesem Vorstoss folgen werden?"

„Ihr wagt es, die Entscheide des Königs anzuzweifeln", nun war auch Feriak aufgestanden, „ich bitte Euch, Prinz Arak, schliesst dieses Grossmaul von der Versammlung aus."

Arak schüttelte nur den Kopf und zog die beiden wieder auf ihre Stühle zurück. Dann stand er selbst auf und meinte zur ganzen Runde: „Wir sollten uns nicht streiten, doch empfinde ich es ebenfalls als Zumutung, solche Dinge von der Hofgarde und den Jägern zu erwarten. Wir kennen alle den kalten Winter, welcher uns am Spitzbachtal droht. Ich sehe auf der Karte, dass ich die Truppen in Markander und Haldak jene in Sonnenheim anführen soll. Ich habe keinerlei Zweifel an Haldaks Führungsqualitäten, doch will ich selbst bei der Hofgarde sein und zusammen mit Lakalt und Gawair Sonnenheim sichern. Ein Zeichen soll es den Soldaten sein, dass selbst des Königs Sohn nicht vor dem harten Winter zurückschreckt."

„Aber Herr", erwiderte darauf Feriak, „Lakalt ist bereits für Markander eingeteilt, wir können nur einen Ritter für Sonnenheim entbehren."

Darauf antwortete Arak ruhig und mit bedachten Worten: „Ich sehe, dass bereits Obelek, Helbik, Jolak und Ihr für den Süden eingeteilt seid, zudem ist der Sohn des Grafen von Markander ebenfalls ein fähiger Heerführer, und er kennt sich an den Küsten aus. Bei meinen Überlegungen wäre ich dafür, dass Ihr selbst, Feriak, Gelak und Jelak den Vorstoss dem Bachtal entlang unterstützt."

Feriak schwieg, und jeder wusste, dass er selbst eigentlich nur in der Nähe des warmen Meerwindes bleiben wollte, die leicht zu verteidigende Stadt Meerstadt sichern, den anderen Rittern den Vorstoss zum Gebirge überlassen und sich selbst vom König auszeichnen lassen, sobald er zurückkehren würde.

Nun stand Haldak auf und wandte ein: „Der Plan macht Sinn, doch brauchen wir frische Kräfte für diesen Vorstoss. Wir müssen noch mehr Männer aufbieten, um diesen Plan durchzuziehen, allerdings weiss ich nicht, ob das Volk sich das gefallen lässt ohne aufmüpfig zu werden. Die Leute wissen nicht, ob ihre Verwandten noch am Leben sind. Ich bringe nun hervor, was ich für klug halten würde. Lasst uns auf die Unterstützung Salmarsats zählen, seine Kämpfer sind zahlreich, haben den nördlichen Teil Helrendars bereits befreit und könnten uns nun zur Seite stehen."

Plötzlich ertönte eine laute Stimme von der Tür her. Jemand stand dort im Türrahmen und brüllte: „Nein!"

Haldak zuckte zusammen, sah sich um und erkannte den Mann. Es war König Urak, der mit wutverzerrtem Gesicht im geschnitzten Türrahmen stand. Haldak setzte sich mit einer Verbeugung und gab kleinlaut zurück: „Verzeiht mein Herr, doch denke ich, wir könnten auf diese Art viele Verluste verhindern und das Leid unter dem Volk schmälern, was das Ansehen Eurer Hoheit stärken würde."

Nun trat Urak ins Licht des Feuers, er hatte gepflegte lange graue Haare und einen kurzen Kinnbart. Auf dem Kopf trug er einen mit Rubinen und Brillanten besetzten Goldreif, und sein roter Seidenmantel wurde von weichem Hermelinpelz gesäumt. Er hatte überraschend wenig Ähnlichkeit mit dem Prinzen. Seine Gesichtszüge waren streng, seine Augen voller Wut und Hass. Ihm schien etwas zu fehlen, doch wusste keiner der Ritter, was es sein konnte.

Feriak berichtete Urak das Resultat der Versammlung, dabei liess er die Widerspenstigkeit von Lakalt und Gawair nicht aus und sorgte dafür, dass der König ihnen wütende Blicke zuwarf.

„Ich werde kein Bündnis mit Salmarsat eingehen", erwiderte der König erzürnt, „doch bin ich mit einigen Änderungen meines Sohnes einverstanden, ausser damit, dass Feriak in den Norden geschickt wird. Ich will die Verantwortung nicht einem Jüngling aus dem Hause Markander übertragen. Feriak wird den Vorstoss nach Meerstadt führen."

Feriak sah Arak nun mit gehässiger Miene an, während dieser nichts einwenden konnte und schweigend sitzen blieb.

Der König verliess den Saal wieder und die Ritter folgten ihm. Sie gingen durch hohe gläserne Säulengänge in den Haupttrakt des Schlosses, wo sich der Königssaal befand. Es war ein hoher langer Saal mit breiten Säulengängen zu beiden Seiten. In der Mitte stand eine lange reich gedeckte Tafel, an der bereits viele enge Vertraute und Adlige des Königs Platz genommen hatten. Am Ende der Tafel stand ein hoher Thron mit goldenen Verzierungen, zu dessen Seiten kleinere Throne standen. Der eine davon war für den Prinzen gedacht, auf dem anderen sass eine wunderschöne junge Frau, jünger als Arak. Ihre Anmut und ihr Liebreiz waren weitherum bekannt, selbst über die Grenzen Cammals hinaus. Sie war die Adoptivtochter des Königs, man sagte, sie wäre die letzte aus einer Adelsfamilie, die vom König selbst vor Banditen gerettet wurde, als sie erst zehn Jahre alt war.

Viele junge Grafen und Fürsten hatten bereits um ihre Hand angehalten, der König jedoch wollte sie in eine grosse Königsfamilie einheiraten, zudem wies die Prinzessin selbst jeden Bewerber ab. Ihre königlichen Züge waren nicht zu übersehen und ihr wunderbar glänzendes Haar war mit einem silbernen Reif zurückgebunden. Als der König in den Saal trat, standen alle auf und verbeugten sich. Als Lakalt sah, dass auch Mendrieno, der junge Grafenprinz von Meerschlossfels, anwesend war, ärgerte er sich missgünstig.

Der junge Grafensohn von Meerschlossfels hatte nur Augen für die Prinzessin, obwohl er von ihr bereits mehrere Male abgewiesen worden war. Dennoch umwarb er sie ständig in der vielen Zeit, in der er am Hofe des Königs war, der die Gesellschaft des Sohns seines engen Vertrauten sehr schätzte.

Lakalt setzte sich neben den Prinzen, ihm gegenüber Feriak. Die beiden konnten sich nicht ausstehen. Feriak sah Lakalt schadenfroh an, da er wusste, dass dieser vom König noch getadelt werden würde, sobald die Feier beendet war, zusammen mit seinem Freund Gawair. Der oberste Ritter wusste schliesslich genau, dass die beiden nicht durch die Gunst des Königs in ihre Stellungen gelangt waren, sondern nur durch das Zutun des Prinzen, der bereits Seite an Seite mit ihnen in der Schlacht gestanden hatte.

Lachend stiessen die Gäste mit ihren vollen Weinkelchen an. Das klirrende Silber erinnerte Arak an das Schwerterklirren, so dass ihm der Appetit verging. Der Prinz konnte sich zudem des Gedankens nicht erwehren, dass ein grosser Teil des Volkes während ihres Gelages Hunger litt.

Zweites Kapitel - Herbsternte

Die heissen Sommertage waren vorbei, die Bauern brachten ihre Ernten ein, und an den Hügeln im Garland und am Grossen Fluss wurden die Früchte gepflückt. Larior half Derik und dessen Frau, die einige Reben am Nordhügel besassen, die Trauben zu lesen.

In der Zwischenzeit war aus Larior ein kräftiger junger Mann geworden. Die harte Arbeit in der Schmiede stärkte seinen Körper. Seine Schultern und seine Brust waren breiter geworden, so dass selbst der alte Schmied zugeben musste, dass er sich allmählich gut machte. Derik war sehr zufrieden mit dem Lehrjungen, den er vor mehr als drei Jahren eingestellt hatte, er arbeitete gut und konnte Derik beim Verkauf im ganzen Garland helfen. Viele Händler kamen bei ihnen vorbei. Deriks Ware war hoch angesehen, besonders seine Waffen. Dieses Geschäft blühte, denn wer es sich leisten konnte, versuchte sich etwas zuzulegen, mit dem er sich gegen die zahlreicher werdenden Banditen schützen konnte.

Von Lariors Bruder hatten sie schon längere Zeit nichts mehr gehört, ausser dann und wann eine neue Regelung für das ganze Garland, welche vom jungen Bürgermeister erlassen worden war. Erfreut hörten sie immer wieder, wie Grindor vom Volk bereits begeistert als bester Bürgermeister bezeichnet wurde, den Gar jemals hatte.

Moordorf war in den letzten drei Jahren von den Aufgeboten des Königs zum Heerdienst fast ganz verschont worden. Einzig im letzten Frühjahr wurden drei junge Männer aufgeboten. Grimbert, der Sohn einer Bauernfamilie etwas ausserhalb des Dorfes, Halfred, der Sohn von Esmeralda, der Wirtin, und Kurt, der Junge des Landmannes, der sich in den letzten Jahren sehr mit Larior angefreundet hatte. Allerdings war von keinem eine Nachricht gekommen, was in der Zwischenzeit als beruhigend aufgefasst wurde, denn die meisten Nachrichten, die ins Garland kamen, berichteten vom Tode eines Sohnes.

Larior hatte das Glück, nicht eingezogen zu werden. Jene, die von seiner Herkunft wussten, vermuteten, sein Bruder würde dafür sorgen, dass er nicht in der königlichen Armee dienen müsste, andere behaupteten, ihm fiele dasselbe Recht wie seinem Vater durch seine Abstammung zu und wieder andere wollten wissen, dass der Prinz höchstpersönlich dafür sorgte, da ihm der Junge in Gar das Leben gerettet hatte. Allerdings wurde dieser Grund von vielen als Gerede abgetan, das der Bürgermeister ausgestreut haben soll.

Vom Hügel aus sah man Marals Haus sehr gut, der Kamin des allein stehenden Hauses war geneigt, und die Stelzen, auf welchen es im Moor stand, schienen jeden Augenblick zu brechen. Die blauen Trauben zwischen ihren Fingern glänzten saftig, so dass sich die drei nicht gegen die Lust erwehren konnten, ab und zu einmal eine zu kosten. Sie schmeckten himmlisch, wenn sich der Saft auf der Zunge verteilte und langsam den Gaumen hinunterrann.

Blickte man von der höchsten Kuppe des Hügels in Richtung Gar, konnte man die Türme der alten Ruine erkennen. Sie

ragten prachtvoll hinter jenem Hügel hervor, an welchem Gar liegen musste. Jene Ruine, an die Larior so viele gute Erinnerungen hatte, dort, wo er wichtige Geheimnisse des Schwertkampfes erlernt hatte. Einzig Maral hatte ihm einiges weiteres beigebracht, so dass der junge Schmied einmal mehr über die Beweglichkeit des alten Mannes überrascht war. Er hatte ihm Dinge gezeigt, die Larior nicht einmal bei den Jägern gesehen hatte, schnelle Streiche, wie er sie kaum vorausahnen konnte. Der alte Mann hatte ihm immer erzählt, diese Dinge stammten aus der Schwertkunst des Volkes von Lariors Mutter. Derik sah, wie sein Lehrjunge wehmütig in Richtung Gar blickte, und er versuchte ihn etwas aufzuheitern: „Dieses Jahr sind die Trauben besonders gut, das gibt einen hervorragenden Wein."
Dieser Hinweis munterte Larior wieder auf. Er lachte und meinte: „Das glaube ich auch, Maral darf einfach nicht davon Wind bekommen, sonst lässt er irgendwann eine Flasche mitgehen."
„Ja, Wein ist die Schwäche des alten Mannes", stimmte Derik zu, „er kann ihm einfach nicht widerstehen, doch habe ich das Gefühl, der Wein habe auf den Kauz gar keine Wirkung, der schüttet ihn noch hinein, wenn andere bereits umfallen würden. Ich wüsste nur zu gern, wie alt Maral ist, er sah bereits so aus, als er hierher gezogen ist und ich noch ganz jung war."
Die beiden erinnerten sich lachend an das letzte kleine Frühlingsfest. Obwohl es in Moordorf nicht besonders gross war, reichte es, dass sich Maral einmal mehr einen Namen dafür gemacht hatte, am meisten Wein aller Einwohner zu trinken und dennoch am nächsten Tag der erste zu sein, der pfeifend über die Felder spazierte.

Eine angenehme Brise zog übers Land und trieb die Wolkenfetzen am blauen Himmel vor sich her. Der Wald auf dem Steinhügel, jenem Hügel, an welchem sich der garländische Steinbruch befand, rauschte, die Fichten schwankten leicht im Wind.
Auf den Wiesen rundherum graste das Vieh, vor allem Schafe gab es hier. Ihr Geblöke wurde vom Wind hinfort getragen. Das Korn fiel rundherum, Sensenschlag um Sensenschlag, die Windmühle am Dorfrand würde noch einiges zu tun haben. Die Flügel der Mühle drehten sich rasch im Wind, und Bert, der Müller, schleppte grosse schwere Mehlsäcke heraus. Sein Sohn Gart half ihm dabei. Sie stapelten sie in einem Schuppen, der an die Mühle angebaut war. Auf jeden Sack schrieben sie mit Kohle den Namen des Bauern, dem er gehörte, wenn dessen Name nicht bereits eingestickt war.
Einige der Bauern sollten an diesem Abend noch das Mehl abholen, welches sie entsprechend ihrem Korn zugute hatten, und Bert neues Korn bringen, welches dieser am nächste Tag mahlen wollte. Einen grossen Teil des ungemahlenen Korns behielten die Bauern jedoch für sich und brachten es erst zu Bert, wenn sie kein Mehl mehr für frisches Brot hatten.
In der Ferne sah man den Grossen Fluss, wie er ziemlich geradewegs nach Südosten zu den Meerbergen floss, deren hohe Silhouetten man in der dunstigen Ferne kaum sah.
Als sich ihre Arbeit dem Ende zu neigte, meinte Derik zu Larior: „Ich würde so gerne einmal das Meer sehen. Es liegt eigentlich gar nicht so fern, man müsste nur dem Fluss folgen."

„Ein weites Stück ist es schon, glaube ich", erwiderte Larior, „Kari, der fahrende Händler sagt, es sei ein ziemliches Stück zu Fuss, doch die Ritter Cammals auf ihren Pferden legen diese Distanz innert kürzester Zeit zurück."
„Nur schade, dass ich kein Pferd habe.", meinte nun Derik mit einem Gähnen, „Wenn wir gerade von Rittern sprechen, stimmt es, dass du Prinz Arak und Ritter Lakalt persönlich kennst?"
„Ja, mit Lakalt habe ich am Frühlingsfest vor dreieinhalb Jahren das erste Mal gesprochen, mit Arak damals, als Gar verwüstet wurde", antwortete Larior, der die beiden nicht mehr gesehen hatte, seit er Gar verlassen hatte. Für ihn war Lakalt nicht der edle Ritter wie für alle anderen, sondern der Sohn des Anführers der Jäger und damit der rechtmässige Erbe Marsats.
Er hatte allerdings in der Zwischenzeit nur die Lieder gehört, welche die Heldentaten besangen, welche die Ritter aus Cammal jenseits des Grossen Flusses vollbracht hatten.
Derik dachte gerade an jene Lieder und meinte nun zu Larior: „Weisst du noch, mein Vetter Manfred von Cammal, der mich im vorletzten Winter kurz besucht hat, bevor er nach Brückstadt ging, der hat mir ein Lied vorgesungen. Kannst du dich noch an ihn erinnern?"
Larior nickte und musste grinsen. Derik wusste, dass er an die komische Redensart des bärtigen Schmiedes aus Cammal dachte. Dann begann der alte Schmied mit dem Lied. Es klang hübsch mit der tiefen Stimme des Schmiedes, er sang es genauso, wie es ihm sein Vetter vorgesungen hatte:

„Rote Mäntel wehn hinter ihn'
Schnell reiten`s als würden`s fliehn
Scharfe Schwerter an der Seit
Reiten`s als hätten`s keine Zeit

Tapfer, mutig und siegreich
Alles zugleich
Schützen sie das Königreich

Rote Mäntel wehn hinter ihn
Schnell reiten`s als würden`s fliehn
Doch siegreich sind die Ritter
Keine Probe ist ihn` zu bitter"

Mit einem tiefen Seufzer endete der Schmied und meinte anschliessend: „Würden sie doch nur siegreicher sein, dann würden endlich jene, die noch leben, zurückkehren und die Mütter müssten sich keine Sorgen mehr um ihre Söhne machen."
Sie pflückten noch die letzten Trauben von den Reben und legten sie behutsam in die Flechtkörbe. Ihre Finger waren schon ganz bläulich, als sie endlich die Körbe aufhoben und den Hügel verliessen. Die Sonne neigte sich langsam der Erde zu und liess den Himmel in einem sanften Abendrot erstrahlen. Von Osten kam bereits die erste Dunkelheit, doch schien es ein milder Herbstabend zu werden.
Maral sass am Ofen und las gerade in einem seiner dicken Bücher, ein ledriges mit silbernem Einband, als Larior kam. Seine Lippen bewegten sich langsam, als würde er jemandem vorlesen. Er bemerkte Larior erst, als dieser hinter ihn trat und meinte: „Ah, wieder einmal ein Buch auf Eyilreäis."

Maral schreckte hoch und schlug das Buch mit den seltsamen Buchstaben zu, welche ein bisschen wie Äste aussahen.

„Das ist der Nachteil, dass du diese Sprache und diese Schrift kennst, ich kann dir nicht einfach irgendwas sagen, was ich lese, wie all den anderen", meinte Maral lachend, „ausserdem, erschrecke mich bitte nicht mehr so!"

Nun musste auch Larior lachen und fragte den alten Mann neugierig: „Was liest du denn da genau?"

„Das geht dich eigentlich gar nichts an, es ist eines der Bücher aus meiner Kammer, doch will ich es dir verraten."

Nachdem er eine Weile gezögert hatte, fuhr er zur Erleichterung Lariors fort: „Es geht um eine Stadt in der Bergen, doch ist nur die Schrift Eyilreäis. Wenn du es lesen würdest, wüsstest du, dass es in der Sprache des alten Volkes geschrieben ist."

Verwundert griff Larior nach dem Buch, doch Maral zog es hastig weg und verstaute es in seiner Kammer. Als er zurückkam, begann er das Abendessen aufzusetzen, ohne ein weiteres Wort über das Buch zu verlieren.

Ein Laib Brot stand auf dem Tisch, dazu ein grosses Stück Käse und viele frische Trauben, Trauben, die Larior von Derik bekommen hatte. Es waren blaue Trauben, sie schmeckten dem Jungen, obwohl dieser sonst weisse Trauben bevorzugte. Maral hingegen mochte die blauen lieber, er genoss Frucht um Frucht, bis seine Lippen ganz blau waren und der Saft seinen Bart verklebte. Larior brachte rasch einige Trauben für sich in Sicherheit, bevor Maral alle gegessen hatte.

Draussen wurde es dunkel, und Larior zündete die Kerze auf dem Holztisch an, während Maral das Geschirr in einem

Holzeimer abwusch. Danach verschwand der Gast des alten Mannes in seiner Kammer und Maral in der mittleren, um das Buch wieder hervorzuholen. Larior hingegen nahm das Schwert unter seiner Matratze hervor, welches er vor Jahren selbst gefertigt hatte. Das Schwert aus dem Stahl seines Vaters mit der unglaublich dünnen Klinge. Maral wollte zwar aus irgendwelchen Gründen nicht, dass er es zu oft in der Hand hielt. Er schwang sein Schwert und richtete es auf seinen eigenen Schatten, der im Lichte der Kerzenflamme auf seinem Nachttisch tanzte. Hastig führte er einige Streiche aus und liess die scharfen Schneiden durch die Luft zischen. Lange tat er dies und versuchte sich an alle Streiche zu erinnern, die ihm von Trendior, von seinem Vater und von Maral beigebracht worden waren. Endlich ging er schlafen, nachdem er sein Schwert wieder sicher unter seiner Matratze versteckt hatte.

Maral las noch lange in die Nacht hinein, seine Augen begannen bereits zu schmerzen, als er das Buch endlich weglegte. Er war zu müde, um aus seinem neuen bequemen Ohrensessel aufzustehen und entschloss sich, gleich sitzend zu schlafen. Am nächsten Morgen wurde er von einem Hahn geweckt, der in der Nähe laut krähte, doch erschreckte es ihn, als er vor sich eine Gestalt sah. Er rieb seine Augen und war schnell beruhigt, da es Larior war, der am Tisch sass und ein Buch las, ein dickes Buch mit ledrigem Einband und silbernem Beschlag. Rasch sprang Maral auf und riss Larior das Buch weg, denn es war das Buch, welches er vor dem Einschlafen gelesen hatte. Dann schrie er ihn an: „Ich will nicht grundlos, dass du diese Bücher nicht liest, du wirst solche Dinge noch früh genug erfahren, genügend Jahre

hast du noch vor dir, zu viele, als dass du bereits von solchen Dingen wissen solltest!"
„Was ist daran nicht gut für mich?", fragte Larior ganz erschrocken, „es geht ja bloss um eine Stadt in den Sonnenbergen und deren Soldaten. Ich weiss schon lange, dass es Dailron gibt, mein Vater hatte immer Stahl von dort."
Das beschwichtigte Maral fürs erste, das Buch behielt er dennoch in seiner Obhut. Nachdem er den Titel eine Weile lang angestarrt hatte, meinte er zu Larior: „Trotzdem will ich nicht, dass du es liest. Diese Dinge wirst du noch früh genug erfahren, das ist nichts für junge Leute wie dich."
Larior war ganz erschrocken über die Art, wie Maral das sagte. Es schien ihm wirklich wichtig zu sein, dass der junge Mann nicht in diesem Buch las. Erst jetzt merkte Maral, dass es draussen regnete, es waren dicke Tropfen, die an die Scheibe spritzten. Mit grossen Klatschern fielen sie in den braunen Schlamm des Moores.
Larior hatte bereits den Ofen eingefeuert, das Feuer prasselte freudig vor sich hin und wärmte das Wohnzimmer. Maral setzte rasch eine Kanne mit Wasser auf, um Tee zu kochen, während Larior kurz in seinem Zimmer verschwand um etwas zu holen. Es waren Teeblätter, die ihm Derik vor mehreren Tagen gegeben hatte. Es sei ein ganz besonders feiner Tee, meinte der Schmied. Er hatte nicht übertrieben. Während es draussen wie aus Kübeln goss, genossen die beiden den heissen Tee, bevor Larior in die Schmiede gehen musste. Nachdem er noch etwas gegessen hatte, machte er sich missmutig auf den Weg dorthin.
Er zog seinen Mantel dicht um sich, um sich vor dem kalten Regen zu schützen, doch war er völlig durchnässt und fror, als er in der Schmiede ankam. Nachdem er Derik begrüsst

hatte, setzte er sich dankbar gleich vor das heisse Feuer. Belustigt sah der Schmied Larior zu, wie er schlotternd vor dem Feuer sass und sich die Hände rieb. Er selbst schwitzte bereits, während er auf etwas herumhämmerte, das aussah, als würde es sich um eine Sense handeln.

Der Tag ging nur schleppend voran, man konnte gar nicht abschätzen, welche Uhrzeit es war. Draussen regnete es ununterbrochen weiter, den ganzen Tag lang ohne auch nur ein Anzeichen dafür, dass es aufhören würde.

In der Zwischenzeit überliess Derik auch die Feinarbeit öfters Larior, der im Umgang mit den zahlreichen Werkzeugen viel Erfahrung gesammelt hatte. Kurz nach Mittag klopfte es plötzlich laut an der Tür. Derik öffnete sie mit einem kräftigen Ruck. Ein Mann stand draussen, platschnass war er, doch Larior erkannte sofort die Tracht von Gars Stadtwache, und nachdem der junge Mann seine Haare aus dem Gesicht gestrichen hatte, rief Larior, der hinter Derik stand, freudig aus: „Darweil, was machst du denn hier?"

„Larior!", rief dieser ebenfalls überrascht, „ich wusste gar nicht, dass du jetzt in Moordorf bist. Viele haben behauptet, der alte Mann habe dich zu den Jägern gebracht."

Dann unterbrach Derik die beiden und fragte Darweil: „Was brauchst du, oder ich nehme an, der Bürgermeister?"

„Wir haben den Auftrag, dem König Waffen zu liefern, es heisst, er beginne einen grossangelegten Feldzug, der den Krieg beenden werde, und dafür brauche er Waffen. Nun fordert der Bürgermeister von allen Schmieden im ganzen Garland Höchstleistungen", entgegnete Darweil, zog ein Blatt aus seiner Ledertasche und fuhr fort, „von Euch, Herr Derik, erwartet er fünfzehn Schwerter und zehn Lanzenspitzen, Ihr sollt sie noch innerhalb der nächsten Woche nach Gar bringen."

„Woher soll ich in so kurzer Zeit so viel Stahl nehmen", erwiderte nun Derik verärgert, „könnt Ihr mir das bitte sagen. Ich habe kaum genug Eisen, um meine sonstigen Arbeiten zu erledigen."

„Morgen wird eine Ladung kommen", beruhigte Darweil den Schmied hastig, als er dessen grimmiges Gesicht sah, „morgen, das versichere ich Euch, mehrere Barren. Ein Händler wird sie Euch bringen, zusammen mit Holzstangen für die Lanzen und Leder für die Griffe der Schwerthefte."

Als Darweil bereits gehen wollte, rief ihm Larior nach: „Wie geht es eigentlich meinem Bruder?"

„Dem Bürgermeister geht es gut", antwortete Darweil zögernd, „ich denke jedoch, dein Bruder geht in eine ähnliche Richtung wie der alte Bürgermeister und könnte bald zu sehr auf Gewinn der Stadt aus sein. Es scheint, als hinge eine Krankheit der Geldgier an dieser Stellung."

Mit diesen Worten verschwand Darweil in der regnerischen Dunkelheit, während Derik bereits zu fluchen begonnen hatte: „Ich hasse das, wie soll ich in so kurzer Zeit so viel Arbeit erledigen, ich hasse diese Oberschicht."

„Ich habe bereits einiges an Erfahrung, was Schwerter betrifft. Es ist schon eine Weile her, doch sollte ich es noch können", versuchte Larior den Schmied zu besänftigen. Darauf beruhigte sich Derik etwas, schien jedoch immer noch aufgeregt zu sein und ging nervös vor dem Feuer auf und ab.

Nachdem sie die Arbeit des Tages abgeschlossen hatten, verliess Larior die Schmiede. Innerhalb kürzester Zeit war er wieder völlig durchnässt und fror, als er zu Hause ankam.

Maral sass bereits am Tisch, auch er schien draussen gewesen zu sein, denn seine Schuhe hingen umgekehrt über dem Ofen, in welchem ein knisterndes Feuer brannte. Draussen war es dunkel geworden, man sah gar nichts mehr durch die regnerische Finsternis, einzig das Licht der Laterne vor dem Dorf schimmerte schwach, als wäre es in weiter Ferne. Umso mehr erschraken sie, als sie auf dem Steg draussen Schritte hörten und das laute Wiehern eines Pferdes. Maral sah Lariors überraschtes Gesicht, als er plötzlich ein langes glänzendes Schwert aus einem dreckigen Tuch auswickelte. Er ergriff es mit der einen Hand, während er in die andere eine Laterne nahm. Bevor es klopfte, riss Maral die Tür auf und hielt die Laterne vor sich hin, so dass die dunkle Gestalt schützend die Arme vor ihr Gesicht hielt. In der anderen Hand hielt der alte Mann sein Schwert bereit, das jenem von Lariors Vater sehr ähnlich sah.

„Ich bin kein Bandit", rief die Gestalt mit vertrauter Stimme, „lasst mich bitte eintreten, Maral."

Darauf trat Maral zur Seite, das Schwert jedoch immer noch bereit in der Hand. Der Mann trug einen nassen Kapuzenmantel und hatte ebenfalls ein Schwert bei sich. Als er im Licht des Feuers stand, zog er seine Kapuze zurück und sein Gesicht kam zu Vorschein.

„Lakalt!", rief Larior aus und sah den Ritter ganz überrascht an, welcher nun den Finger auf den Mund legte, um Larior zu zeigen leise zu sein. Im Flüsterton erwiderte er: „Niemand darf wissen, dass ich hier gewesen bin, ausser uns weiss es nur der Prinz."

„Was führt dich hierher?", fragte Maral.

„Ich habe euch beide gesucht, besonders Larior", entgegnete Lakalt beunruhigt, „der König plant eine Grossoffensive

und braucht dafür mehr Männer. Er wird auch dich einziehen, Larior. Er will vor allem nun auch die jungen Männer aus den Dörfern holen. Ich bin hier, um dir zu sagen, dass du nach Cammal kommen sollst, dort kann ich dafür sorgen, dass du zur Verstärkung nach Sonnenheim kommst, zu dem Ort, von wo aus auch ich, Prinz Arak und ein grosser Teil der Hofgarde vorstossen werden. Es ist der sicherste Ort, die Jäger werden uns vermutlich dort unterstützen."
„Wann soll ich denn nach Cammal kommen und was soll ich dort bis zum Einzug machen?", fragte Larior. Darauf warf Maral ein: „Derik, der Schmied, hat einen Vetter in Cammal, dort wirst du möglicherweise unterkommen können."
„Das ist gut", fuhr nun Lakalt fort, „du solltest spätestens in vier Wochen dort sein, ich werde dafür sorgen, dass du mit den Volkssoldaten nach Sonnenheim kommst. Allerdings kann es sein, dass du in die Hofgarde aufgenommen wirst, sollten wir Verluste einstecken müssen und du dich im Feld beweisest."
Dann wandte sich Lakalt zu Maral und fragte ihn: „Wie geht es meinem Vater, ich habe schon lange nichts mehr von ihm gehört."
„Das letzte Mal, als ich ihn gesehen habe, ging es ihm blendend", antwortete der bärtige Mann, „allerdings ist er langsam alt, möglicherweise wirst du das tun müssen, wozu ihm der Mut fehlt."
„Das ist gut", meinte Lakalt immer noch flüsternd, „ich muss nun gehen. Bis dann in Cammal, Larior. Ich muss zurück nach Norford, dort lagern wir diese Nacht."
Lakalt verabschiedete sich und verschwand auf seinem braunen Pferd in der Dunkelheit. Verwirrt setzte sich Larior hin und sah fragend zu Maral hin, welcher seinen Bart

nachdenklich um seine Finger zwirbelte und immer wieder zu jenem Jungen aus Gar blickte, der nun zu einem Mann geworden war, und dann nach draussen. Bis er plötzlich zu Larior sagte, als hätte er gewusst, was dieser dachte: „Ja, du musst nach Cammal, es ist die beste Lösung, hier würdest du in irgendeine Truppe eingezogen. Allerdings sehe ich dich bei den Jägern auch nicht gern. Sie mögen edel und ehrenvoll sein, doch halten sie an der Vergangenheit fest, anstatt in die Zukunft zu schreiten."

„Du hast recht", stimmte ihm Larior zu, „ich habe kaum eine andere Wahl, ich muss nach Cammal gehen."

Maral schwieg und schien wieder in seine Gedanken versunken zu sein. Er setzte sich in seinen Ohrensessel und sagte zu Larior: „Am besten gehst du jetzt zu Bett. Ich habe gehört, ein grosser Haufen Arbeit werde auf alle Schmiede zukommen."

Larior folgte seinem Rat und verschwand in seiner Kammer. Kurz darauf hörte Maral nur noch ein gleichmässiges Schnarchen aus der Kammer.

Drittes Kapitel - Sonnenrückkehr

Am nächsten Tag stand Larior schon früh auf, Maral schnarchte in seinem Ohrensessel, ansonsten war alles ruhig. Der Regen hatte über Nacht aufgehört, doch hatte dieser die Luft so abgekühlt, dass Larior fror, als er das Haus verliess. Über Moordorf stieg aus verschiedenen Kaminen feiner Rauch auf, aus der Schmiede hingegen qualmten bereits schwarze Rauchschwaden. Der Boden war aufgeweicht und die Wege schlammig. Larior versuchte möglichst ins verschlafene Dorf zu kommen, ohne dass seine Stiefel durchnässt wurden. Zu seinem Glück gab es mehrere Steine, auf welchen er gehen konnte, allerdings musste er aufpassen, dass er nicht ausrutschte.

Wagenspuren, welche ins Dorf führten, wiesen darauf hin, dass der Wagen bereits da gewesen war, um dem Schmied Eisen zu bringen, denn die beiden schlammigen Spuren führten zur Schmiede und von dort wieder weg. Einige schwere Paletten standen noch draussen unter einem niedrigen Vordach, doch schien der Schmied bereits kräftig bei der Arbeit zu sein.

Derik war daran, das Feuer mit einem Blasebalg zu entfachen, während bereits ein Eisenbarren im Feuer weich wurde. Sein Hemd war durchnässt vor Schweiss. Er begrüsste Larior kaum, sondern wies ihn an, den anderen Blasebalg zu drücken. So entschloss sich Larior zu warten mit der Mitteilung, dass er Moordorf verlassen müsse. Als das Feuer kräftig zu lodern begann, schickte der alte Schmied Larior nach draussen, um die restlichen Barren hereinzutragen.

Sobald das Eisen weich genug war, zog es Derik mit einer Zange heraus, legte es auf den Amboss und begann sofort zu hämmern. Larior drehte das Stück mehrmals mit der grossen Feuerzange. Langsam nahm es die Form eines Schwertes an. Als es endlich die richtige Form hatte, hielt es Derik in ein Fass voll Wasser. Das Wasser zischte, und ein feiner Nebel bildete sich über dem Fass. Durch das geschickte Eintauchen zur richtigen Zeit wurde der Stahl hart, doch durfte er nicht brüchig werden, die hohe Kunst des erfahrenen Schmieds.

Nachdem Derik am Ende seiner Kräfte war, wechselten sie ihre Posten, Larior hämmerte und Derik drehte das Eisen. Sie wurden an jenem Tag mit einem Drittel der Schwerter fertig, doch waren sie alle noch ungeschliffen und bei weitem nicht so edel, wie sie es sich erhofft hatten. Allerdings war in dieser kurzen Zeit sowieso kaum ein besseres Ergebnis möglich.

Als Derik seinen Gehilfen gehen lassen wollte, erzählte ihm dieser die Neuigkeit, dass er Moordorf verlassen müsse, Lakalts Namen liess er jedoch aus. Derik hörte aufmerksam zu und meinte daraufhin: „Hm, ich denke schon, dass Manfred eine Anstellung für dich finden wird, bis du eingezogen wirst. Bis wann wirst du noch hier bleiben?"

„Bis wir diese Arbeit hier beendet haben", gab Larior zu Deriks Freude zur Antwort, „ich werde einige Tage nachdem wir die Waffen abgeliefert haben, nach Cammal gehen."

Dann verabschiedeten sie sich, und Larior stapfte durch den tiefen Schlamm nach Hause. Die Abendluft war rein und der

Himmel klar, doch blies ein frischer Wind von den Bergen her, kein starker, doch ein beissend kalter.

In den nächsten Tagen arbeiteten Derik und Larior an den Waffen, früh am Morgen begannen sie und erst spät am Abend beendeten sie ihre Arbeit. Sie machten gute Fortschritte, und nach fünf Tagen war die Grobarbeit beendet. Sie hatten sogar den Königstag durchgearbeitet, sodass nun alle Lanzenspitzen und Schwerter ungeschliffen dastanden. Am sechsten Tag gaben sie sich dann der Feinarbeit hin, dem Schleifen der Klingen, dem Aufsetzen der Holzgriffe mit den Lederüberzügen auf die Schwerthefte und dem Zusammensetzten von Lanzenspitzen und deren Holzstangen. Lange hörte man noch den Schleifstein in der Schmiede drehen und das Klirren der fertigen Schwerter. Die Arbeit war schweisstreibend. Maral sah Larior nur noch während des Essens, bevor er schlafen ging. Maral selbst war in den letzten Tagen aussergewöhnlich oft fort, was Larior allerdings kaum auffiel, sie sahen sich sowieso nur am Abend.

Der Tag war gekommen, an welchem die bestellten Waffen fertig waren. Endlich würden sie die Waffen nach Gar bringen und wieder etwas Erholung haben. Derik erwartete Larior bereits, er hatte den Wagen von Bert, dem Müller, ausgeliehen, zusammen mit dem Esel, der ihn zog. Sorgsam wickelten sie die Lanzen und Schwerter in Tücher ein und luden sie auf. Nachdem sich Derik von seiner Frau verabschiedet hatte, machten sie sich auf den Weg. Holpernd fuhr der Wagen aus Moordorf hinaus, Larior und Derik hatten darauf Platz genommen. Zu ihrem Glück war der Boden wieder trocken und nicht mehr so schlammig und unwegsam. Der Tag schien schön und warm zu werden, keine

Wolke trübte den stahlblauen Himmel, einzig der kalte Wind aus dem Westen bereitete den beiden Schmieden Unbehagen.
Obwohl der Weg von tiefen Furchen durchzogen war, kamen sie rasch voran. Einige Bauern bestellten bereits ihre Felder, ansonsten herrschte noch völlige Ruhe. Erst an der Abzweigung zum Steinbruch begegnete ihnen ein anderer Wagen. Dieser fuhr in Richtung Steinbruch und wurde von zwei Maultieren gezogen. Derik vermutete, sie würden schwere Blöcke holen, vielleicht hatte Gar ja wieder einmal ein grösseres Bauprojekt geplant.
Als sie auf die grosse Strasse einbogen, wurde Larior nervös. Er hatte Gar seit seinem Wegzug nicht mehr gesehen, geschweige denn mit jemandem von dort gesprochen ausser mit jenen wenigen, die sich nach Moordorf begeben hatten wie kürzlich Darweil. Bis dahin begegneten sie nur einigen Reisenden, welche ihnen entgegenkamen oder welche sie überholten. Dann, als sie um einen Hügel herumgefahren waren, sah Larior die Stadt, den Ort, an welchem er aufgewachsen war.
Gar war bedeutend kleiner als damals, doch schien es sauberer zu sein. Die neue Mauer umgab nun eine kleinere Stadt, weiter oben am Hügel. Dort wo einst das Haupttor gestanden hatte, sah Larior einen Bauern seinen Kartoffelacker rund um die Ruinen herum bestellen. Die Strasse gab es hingegen immer noch, doch schien nur noch jene, welche zum Haupttor führte, gepflegt zu werden. Jene, welche einst zum Nebentor geführt hatte, wurde langsam von Unkraut überwuchert. Neben dem Weg hinauf in die Stadt standen die Ruinen der Keller einiger alter Häuser. Larior blickte in jene Richtung, wo die Schmiede gestanden hatte.

Es waren nur noch Mauerreste des Kellers und der Werkstatt übrig. Derik sah den wehmütigen Blick in seinen Augen, jenen Blick, den Larior jedes Mal hatte, wenn er an seine Vergangenheit erinnert wurde.
Sie kamen immer näher an das Tor. Ein Torbogen ganz aus Stein, zwei beschlagene Eichenflügel und silberne Buchstaben, mit denen der Stadtname Gar geschrieben stand, das war der erste Anblick. Nur schon das Tor war prachtvoller als früher, auch die ganze Mauer bestand zu einem guten Teil aus Stein. Am Tor wurden sie von den Wachen angehalten. Einer der Wachen war Breg, ein ehemaliger Schulkamerad von Larior. Zuerst meinte dieser, Larior zu erkennen, doch dann dachte er sich, er würde sich irren, es müsse ein Verwandter sein, doch nicht sein ehemaliger Kamerad selbst. Nach der Warenkontrolle fuhren sie weiter über die gepflasterte Strasse, vorbei am neuen Marktplatz und der neuen Markthalle bis vor ein ganz neues hohes steinernes Gebäude mit Ziegeldach. Rasch erkannte Larior, dass es die neue Kaserne war, denn über dem Eingang war ein geschnitztes Schild mit zwei gekreuzten Schwertern unter Gars Wappen zu erkennen.
Gleich kamen einige Stadtwachen heraus, um die Ware abzuladen. Larior blickte suchend die Stadt hinauf und sah das neue Rathaus. Gars Banner wehte im Wind über einem spitzen Türmchen. Das neue Rathaus stand jetzt neben dem Goldenen Fuchs. Der Platz davor sei nun der Hauptplatz, hatte ihm Derik vor einiger Zeit erzählt.
Nachdem die Ware abgeladen war, rief Larior einer der Wachen zu: „Dürfte ich vielleicht kurz den Bürgermeister sehen, er ist mein Bruder, ich habe ihn schon lange nicht mehr gesehen."

„Tut mir leid", antwortete der Mann, welcher gerade noch zwei der neuen Schwerter in den Händen hielt, „der Bürgermeister ist beim Herbstrat in Altfestungshausen, die Bürgermeister treffen sich nun dort. Tut mir wirklich leid."
Derik klopfte Larior, welcher traurig seinen Kopf sinken liess, mitfühlend auf die Schulter. Sie machten kehrt und verliessen die Stadt wieder. Obwohl Derik verzweifelt den Versuch unternahm, seinen Begleiter aufzuheitern, war dieser den ganzen Rückweg niedergeschlagen und schwieg. Der Nachmittag war bereits weit fortgeschritten, als sie wieder in Moordorf ankamen. Als der junge Schmied ins Haus kam, sah Maral als erstes seinen niedergeschlagenen Blick. Er ahnte, woran es lag, fragte jedoch nicht nach und liess Larior in Ruhe.
Larior stand am nächsten Morgen erst spät auf, er war nicht mehr betrübt, sondern frisch und übermütig, als er aus seinem Zimmer kam und Maral grüsste. Maral, der sich gerade seine Pfeife angesteckt hatte, sah verwundert zu Larior und fragte ihn: „Wo gehst du hin?"
„Ich werde mich noch von Derik verabschieden", erklärte Larior, während er zur Tür hinausmarschierte. Es war ein schöner Tag, obwohl es noch kalt war. Die Luft war frisch und der Boden vom nächtlichen Tau feucht. Hastig ging er über das Gras, er rannte fast.
Derik sass an seinem Tisch in der Schmiede und schien Münzen zu zählen. Er sah Larior erst, als dieser ihn grüsste. Erfreut sah der alte Schmied, dass es ihm wieder besser ging.
„Ich wollte mich nur noch von dir verabschieden", begann Larior, „ich werde das Dorf bereits morgen in der Früh verlassen."

„Ich werde dich vermissen, mein Junge", entgegnete Derik etwas wehmütig, „immerhin ist aus dir in der Zwischenzeit ein richtiger Mann geworden. Ich will dir noch etwas mitgeben."

Derik nahm einen Lederbeutel vom Tisch, überreichte ihn Larior samt einigen Silberlingen und Eisenmünzen und meinte: „Für eine Weile in Cammal wird das reichen. Du kannst es besser brauchen als ich, ich denke, du wirst es noch zu etwas bringen. Versprich mir jedoch, dass du mich noch einmal besuchen wirst, bevor ich von dieser Welt scheide, damit ich sehen werde, was aus dir geworden ist. Du bist immer willkommen hier bei mir und in Moordorf."

„Ganz bestimmt", antwortete Larior mit einer Träne im Auge, „irgendwann werde ich wieder hierher zurückkehren und dich besuchen, wahrscheinlich mehr als einmal."

Dann umarmten sie sich und verabschiedeten sich schweren Herzens. Derik winkte Larior nach, als dieser aus dem Dorf in Richtung des einsamen Hauses im Moor ging.

Als Larior ins Haus kam, war er erfreut, er sah auf dem Tisch eine Ananas und Maral, der daneben sass.

„Woher?", begann Larior, wurde jedoch sofort von Maral unterbrochen. Marals Augen glänzten, als er das Lachen auf Lariors Gesicht sah und erklärte: „Kari ist im Dorf, er wird morgen ebenfalls abreisen, du kannst mit ihm nach Periula gehen, so seid ihr zu zweit."

Larior liess sich nicht zweimal bitten und ass die Frucht genussvoll auf, der Saft lief aus seinen Mundwinkeln, für Maral war es eine wahre Freude Larior zuzusehen.

Im Laufe des Nachmittags begann Larior wehmütig seine Sachen zu packen. Er legte seine selbst gesparten Münzen zu denen im Beutel, den Derik ihm geschenkt hatte. Vorsichtig packte er den Beutel in die Innentasche seines Mantels. Da er nicht viele Kleider besass, hatte er den grossen Lederrucksack, welchen Maral ihm gegeben hatte, bald gepackt. Der Rucksack war beinahe so gross wie er selbst, er reichte ihm bis zu den Kniekehlen. Das Schwert seines Vaters konnte er in seinem Rucksack verbergen. Sein eigenes Schwert steckte er in die Scheide des Gürtels, welchen er damals in der Schlacht in Gar getragen hatte. Er musste mit seinem Messer ein neues Loch stechen, sonst wäre ihm der Gürtel zu eng gewesen. Sein Kettenhemd packte er ebenfalls ein, es machte den Rucksack gleich nochmals etwas schwerer, allerdings bei weitem nicht so schwer, wie er erwartet hatte.

Dann kam der Abend. Nach einem reichlichen Abendessen begab sich Larior schon früh ins Bett. Er konnte lange nicht einschlafen. Er war nervös, er wusste nicht, was ihn in Cammal erwarten würde, zu wenig hatte er bisher über die Hauptstadt des Reiches gehört.

Am nächsten Morgen weckte ihn Maral bereits früh, er gab ihm ein Stück Käse, einen Laib Brot, einige Trauben und zahlreiche Streifen Trockenfleisch mit auf den Weg. Kari wartete bereits in Marals Haus und grüsste Larior freundlich, als dieser mit gepacktem Rucksack aus seiner Kammer kam. Larior warf seinen Mantel über, schulterte seinen Rucksack und schnallte seinen Gürtel um. Kari hatte das Haus bereits verlassen, als Maral in der Sprache der Jäger zu Larior meinte: „Failam, Larior. Auf Wiedersehen, Larior."

Auch Larior verabschiedete sich von Maral und wollte sich bereits umdrehen und Kari folgen, als Maral plötzlich beifügte: „Sprich in Cammal weder die Sprache der Jäger noch Eyilreäis, es würde dir grossen Schaden zufügen."

Dann winkten sie sich noch einmal zu und Larior folgte dem fahrenden Händler. Kari hatte seinen Wagen vor dem Dorf abgestellt, sein Maulesel war bereits vorgespannt. Der Wagen war fast leer, Kari schien seine Ware verkauft zu haben und musste vermutlich deshalb nach Periula zurückkehren. Der alte Händler erwartete Larior bereits ungeduldig, er trat von einem Bein aufs andere, er hatte kalt, denn der Morgen war frisch.

Der Maulesel begann nun trottend den Wagen über den holprigen Weg zu ziehen. Kari schritt mit einem Spazierstock neben dem Wagen her und Larior ging neben ihm. Es war ein ruhiger leicht bewölkter Tag, ein frischer Wind wehte und zerzauste Larios Haare, während er drohte, Karis Filzhut davonzutragen. Kari hatte unter mehreren Körben ebenfalls ein Schwert versteckt, dessen einfaches Heft zu erkennen war, wenn man genau hinsah. Als er Lariors Blick sah, meinte er: „Man kann nie wissen, es ist immer von Vorteil eine Waffe dabei zu haben. Viele Banditen nehmen Reissaus, sobald sie ein Schwert sehen, sofern sie selbst nur mit Knüppeln bewaffnet sind. Es gibt jedoch auch jene, denen man besser gibt, was sie wollen, wenn man überleben will, lass uns jedoch hoffen, dass wir denen nicht begegnen, denn die geben sich mit nichts zufrieden."

Larior nickte nur zustimmend, man sah ihm an, dass er keine Lust hatte, Banditen zu begegnen. Lautlos kreiste ein Habicht auf der Suche nach Mäusen über den Feldern und stiess dann und wann mit angelegten Flügeln auf die Äcker herab. Lariors Blick folgte dem Vogel, sodass er mehrmals stolperte und fast hingefallen wäre.

Viertes Kapitel - Herbstreise

Schon seit mehreren Tagen folgten sie der grossen Strasse, bald würden sie an der Wegscheide bei Altfestungshausen sein, bis dahin waren es jedoch noch zwei Tagesmärsche. Larior und Kari hatten sich auf ihrer Reise besser kennen gelernt und verstanden sich gut. Bisher gab es keinen unvorhergesehenen Zwischenfall. Immer wieder begegneten ihnen Reisende oder ein paar Reiter in der Rüstung Cammals, welche über die Strasse wachen sollten. Manchmal zogen Nachschubtruppen aus dem Süden an ihnen vorbei, die sie misstrauisch beäugten.

Es war ein nebliger Tag, an ihren Haaren hatten sich kalte Wassertropfen gebildet, und Kari beschwerte sich darüber: „So eine Brühe hab ich doch selten erlebt, vor lauter Nebel erkennt man kaum mehr seine eigene Hand vor dem Gesicht. Eine Einladung für alles Gesindel, an der Strasse aufzulauern."

Larior hörte zuerst noch hin, versuchte dann jedoch möglichst nicht mehr an Banditen zu denken. Der Weg führte durch einen Wald, es dunkelte bereits. Ein frischer Wind wehte, die Strasse war mit gefallenem Laub übersät, und die beiden Reisenden spürten ihre kalten Finger kaum noch. Die braunen Wiesen um sie herum setzten bereits Raureif an, sie empfanden es als bitterkalt.

„Ich kenne ein Gasthaus nicht weit von hier", versprach Kari, als er sah, dass auch Larior vor Kälte schlotterte, „dort können wir uns stärken und unsere Sachen trocknen. Ich kenne den Wirt gut von meinen Reisen."
Sie gingen eine Weile weiter. Kari begann sich misstrauisch umzusehen.
„Was ist?", fragte Larior verunsichert, „hast du etwas Auffälliges gesehen?"
Kari zögerte eine Weile und meinte dann: „Es ist mehr ein Gefühl, hier wurde ich schon einmal überfallen. Ausserdem hatte ich vorher gemeint Stimmen zu hören, hoffentlich täusche ich mich."
Nervös und aufmerksam marschierten sie weiter über die Strasse, zu deren beiden Seiten sich hier Steilhänge erhoben. Kari zog das Schwert ein bisschen weiter unter den Körben hervor, bis er es kräftig umklammerte und es dann wieder etwas losliess. Seine Augen huschten von einer Seitenböschung zur anderen. Alte Erinnerungen kamen wieder in ihm auf, er konnte sich noch genau an damals erinnern, als er hier von skrupellosen Banditen überfallen wurde.
„Genau hier war es", meinte er darauf zu Larior, „vor sechsunddreissig Jahren, ich war kaum zwanzig und mit meinem Meister unterwegs, einem guten, anständigen Herrn. Dann, kurz bevor es dunkel wurde, sprangen plötzlich Banditen aus dem Gebüsch. Sie packten uns, nahmen uns alles ab was wir hatten, ausser unserer Kleidung, daraufhin schlugen sie uns nieder. Mein Meister Emeler, möge er in Frieden ruhen, versuchte sich mit seinem Dolch zu wehren, doch warfen sie ihn zu Boden. Er bat sie ihn zu verschonen, dann jedoch stachen sie auf ihn ein. Ich konnte entkommen, er starb jedoch noch an jenem Tag. Ich suchte

das nächste Gasthaus auf. Gleich nebenan war ein kleines Fort. Ich erzählte dort was passiert war. Darauf ging der Leutnant mit einigen Männern los und fand das Lager der Räuber. Einige der Banditen waren anwesend und wurden kurz darauf in Cammal gehängt. Das Raubgut bekam ich zurück, allerdings war der grösste Teil der Meute nicht im Lager und entkam. Dank dessen, dass ich das Gut zurückerhielt, konnte ich mich selbstständig machen und mein eigenes Geschäft aufbauen. Ich hoffe, dass jene Banditen, die uns damals überfallen hatten und entkamen, nicht wieder hierher zurückgekehrt sind."

Plötzlich tauchte vor ihnen im Nebel der Schatten einer Gestalt auf. Eine finstere Stimme frohlockte: „Doch, das sind sie, dann haben wir also auch den, dessentwegen mehrere meiner Freunde gehängt wurden. Dafür wirst du büssen!"

Kari umgriff sein Schwert, Larior das seine ebenfalls und zog es mit einem schneidenden Laut aus der Scheide. Neben der Gestalt erschienen vier weitere, von der ersten konnte man bereits das Gesicht erkennen. Es sah schrecklich aus, voller Narben, die zum Teil von einem ungepflegten gräulichen Bart bedeckt wurden. In der einen Hand hielt der Mann ein schartiges Schwert, während in der anderen ein spitzer Dolch aufblitzte. Zwei seiner Gefährten trugen Äxte und einen Dolch, während die anderen beiden ebenfalls mit schartigen Schwertern bewaffnet waren. Die wilden Gesichter der fünf Banditen waren voller Hass.

Langsam schritten sie auf den Händler und seinen jungen Gefährten zu. Zwei weitere Banditen tauchten hinter den anderen auf und knurrten schadenfroh. Einer der Begleiter trat vor und hielt die Hand hin und forderte Geld. Einer

weiterer rief: „Lasst sie uns doch einfach kalt machen, ihre Sachen können wir uns auch nachher noch nehmen!"
„Klappe", schrie ihn der Anführer der Bande an, „der Alte gehört mir. Für den Jungen können wir vielleicht ausserhalb der Grenzen noch einen guten Preis erzielen."
Kari packte nun sein Schwert fester, er zog es und schlug jenem, der ihnen die Ware abnehmen wollte, die Hand ab. Der Bandit schrie überrascht mit schmerzverzerrter Stimme auf, doch packte er mit seiner anderen Hand seinen Dolch, wurde allerdings sogleich von einem weiteren Schlag durch Karis Schwert niedergestreckt.
„Das war für Emeler", schrie Kari laut, bevor sich zwei weitere auf Larior stürzten. Sie versuchten ihn an den Armen zu packen, doch sogleich zuckten sie zurück. Einer der beiden schrie überrascht und entsetzt aus: „Der hat auch ein Schwert, was sollen wir machen, Boss?"
Kari und Larior standen nun Seite an Seite, als jener, den sie Boss nannten, laut schrie: „Tötet sie! Tötet sie auf der Stelle! Tötet sie beide!"
Nun stürzten fünf Banditen auf sie los, einzig ihr Boss blieb zurück. Mit erhobenem Schwert sprang einer auf Larior los. Erstaunt sah Kari, wie sein Gefährte in eine seltsame Position ging, seitlich und tief in den Knien. Der Bandit holte aus und drosch sein Schwert auf Larior nieder, doch prallte es auf die Klinge des eleganten Schwerts, mit einem leichten Klirren bekam es eine tiefe Scharte und brach kurz vor dem Heft ab. Den Dolchstich des überraschten Banditen parierte Larior ebenfalls und streckte den Banditen mit einem Gegenschlag nieder. Währenddessen hatte einer der Angreifer versucht, sich um seine Opfer herumzuschleichen, er holte bereits zum Schlag aus und brüllte laut. Larior konnte sich

noch rechtzeitig umdrehen und schlug ihm die Axt aus der Hand. Kari durchbohrte mit einem Stich seinen Leib. Mit schmerzverzerrtem, hasserfülltem Gesicht ging der Angreifer zu Boden und blieb regungslos liegen. Als die anderen das sahen, nahmen sie Reissaus. Kari ergriff den Dolch eines gefallenen Banditen und schleuderte ihn dem hintersten der Flüchtenden nach. Der Dolch traf sein Ziel, und der Bandit ging mit einem Schrei zu Boden, er rührte sich nicht mehr.

Aus dem Nebel kam noch der dumpfe Ruf: „Das wirst du mir noch büssen, Händler, irgendwann bist du alleine und dann kriegen wir dich. Du wirst dir wünschen, du wärst niemals geboren, dafür werde ich sorgen! Deinen jungen Freund werden wir ebenfalls irgendwann kalt machen. Ihr beide werdet diese Strasse nicht mehr sicher entlanggehen können."

Daraufhin verschwanden alle Gestalten in der Dunkelheit, doch Kari war immer noch beunruhigt und umklammerte mit seinen kalten Fingern den Griff seines Schwertes. Larior behielt sein Schwert ebenfalls in der Hand und sammelte die Waffen der gefallenen Banditen ein, das zerbrochene Schwert liess er liegen. Aufmerksam durchsuchten sie die Banditen, obwohl Kari lieber weitergefahren wäre. Sie fanden bei ihnen viele Silberlinge und Eisenmünzen, vermutlich an den Tagen zuvor von Reisenden geraubt. Die beiden beschlossen, alles Diebesgut beim Fort abzugeben, welches Kari vor dem Überfall erwähnt hatte. Sie luden alle gefundenen Sachen auf Karis Wagen und setzten ihre Reise beunruhigt fort. Beide schritten wachsam zu je einer Seite des Wagens, bis im Nebel ein kleines helles Licht auftauchte. Endlich sahen sie das Gasthaus vor sich, ein immer heller

werdender Schein im Nebel. Es war ein hoher Bau mit einigen beleuchteten Fenstern. Rundherum standen mehrere Gehöfte, und am Ende eines Feldes war eine kleine Burg zu sehen, das Fort. Die beiden beschleunigten ihre Schritte noch mehr, trieben den Maulesel an und stapften rasch auf das gemütliche Gasthaus zu.
Der Weg, der von der Strasse zum Gasthaus führte, war von zwei hellen Laternen erleuchtet. Der Nebel hatte sich in der Zwischenzeit etwas gehoben und gab ihnen einen weiteren Blick frei. Die Räder des Wagens klimperten auf dem Kiesweg. Karis Maulesel schien allmählich am Ende seiner Kräfte zu sein. Über der Tür des Gasthauses hing ein breites Schild, auf dem in grünen Buchstaben „Grüner Wagen" geschrieben stand, darunter war ein grüner Wagen gemalt.
Als sie beim Gasthaus ankamen, stand gerade der Stallbursche davor. Nachdem ihm Kari einige Eisenmünzen gegeben hatte, führte er den Maulesel in ein Gehöft und meinte: „Seid willkommen im Grünen Wagen, Reisende. Der Wirt, der Herr Ferdinand, wird Euch empfangen."
Müde traten die beiden ein, sie traten in das grelle Licht einer Schenke. Viele Tische standen da, an einem davon sassen mehrere Soldaten aus dem Fort, nahe an einem prasselnden Kamin, an den meisten anderen sassen Reisende und Händler. In einer schattigen Ecke sassen einige übel aussehende Gestalten mit hohen Bierkrügen, und an der Theke standen ein paar grossgewachsene Männer mit dunkeln sauberen Mänteln.
Die beiden standen nun im Raum, als die Tür vom Durchzug laut zugeschlagen wurde. Alle drehten sich zu ihnen um, die Soldaten griffen an ihre linke Seite, wo sie ihre Dolche trugen. Erst jetzt im Licht fiel Larior auf, dass sein Mantel und

jener von Kari voller Blut waren, während Kari immer noch fragend umherschaute. Dann stand einer der Soldaten auf und kam auf die Eintretenden zu. Mit barscher Stimme fuhr er sie an: „Was ist geschehen?"

„Wir wurden überfallen", brachte Kari zaghaft heraus, „nicht weit von hier, wir konnten mehrere Banditen töten und die restlichen haben Reissaus genommen. Ich würde gerne mit Eurem Leutnant reden. Es war ein Bandit dabei, der mich schon vor einigen Jahren überfallen hat, vielleicht könnt Ihr ihn diesmal schnappen."

Einer der Soldaten brach in lautes Gelächter aus und meinte zu Kari: „Wollt Ihr uns bald auch noch weismachen, Ihr hättet die Sieben Beisser in die Flucht geschlagen."

„Ruhe!", schrie der Mann vor Kari zu dem Soldaten, er schien ihm übergeordnet zu sein, denn der Soldat am Tisch schwieg nun und wandte seinen Blick beschämt ab.

Dann, als der vorgesetzte Soldat die beiden blutverschmierten Händler eine Weile gemustert hatte, ertönte plötzlich ein Ruf hinter der Theke hervor. Der Wirt Ferdinand kam erschrocken auf Kari zu und rief: „Was ist geschehen? Das sieht ja fürchterlich aus. Gebt mir eure Sachen, meine Frau wird sie für euch waschen."

„Mir und meinem Gefährten wäre jetzt lieber eine warme Mahlzeit", erwiderte Kari hastig, ohne den Blick vom Soldaten vor ihm zu lassen.

„Selbstverständlich könnt ihr beide zu essen haben, ich werde es gleich zubereiten", antworte der rundliche Wirt erfreut und machte sich auf den Weg in die Küche.

Als der Wirt verschwunden war, ergriff der grossgewachsene junge Soldat vor ihnen wieder das Wort: „Verzeiht mir, wenn ich zuvor misstrauisch war, Ihr seht wie ehrliche Bür-

ger aus, doch ist das Blut nicht besonders vertrauenserweckend. Mein Name ist Korporal Gerald, ich muss Euch bitten, sobald Ihr Euch gestärkt habt, mir ins Fort zu folgen."
Als er sah, wie müde Larior war, fügte er noch hinzu: „Es reicht, wenn einer mitkommt, der andere kann sich ausruhen."
Kari war damit einverstanden und stellte sich und seinen Begleiter vor. Sie setzten sich an einen freien Tisch in der Nähe des Kamins. Dann sah Larior, wie einer der grossen Gestalten dem Korporal etwas ins Ohr flüsterte, worauf sich dessen Gesicht erhellte. Als Ferdinand gerade das Essen auf ihren Tisch stellte, kam Gerald zu ihnen herüber und meinte erfreut: „Sie mögen nicht besonders vertrauenswürdig aussehen, doch haben sich diese Jäger dazu bereit erklärt, die Banditen zu suchen und sie uns zu bringen, sollten sie sie lebend erwischen. Wir sind etwas unterbesetzt im Fort, Ihr wisst ja, der Krieg."
Freudig antwortete darauf Larior: „Dann werdet ihr die Banditen bis Morgen in der Früh haben."
Erstaunt sah ihn der junge Korporal an und verabschiedete sich dann vorübergehen von ihnen. Ferdinand nahm ihnen ihre blutigen Mäntel ab, warf sie sich über die Schulter und brachte sie in die Waschküche. Nun wurden die beiden Ankömmlinge nicht mehr von allen abweisend und misstrauisch betrachtet. Einige Gäste kamen sogar zu ihnen herüber und wollten die Geschichte hören, jene des Überfalls. Gespannt lauschten sie Karis Erzählung, der sie während dem Essen immer wieder erzählte. Allmählich war er dessen müde, und Larior übernahm das Erzählen. Kari verliess das Gasthaus zusammen mit dem Korporal und begab

sich zum Fort, während Larior versuchte, die Geschichte so gut wie Kari zu erzählen.

Kari trat durch das Tor einer hohen Palisadenmauer, hinter der ein grosser Steinbau stand, eine Art Burg, doch nicht besonders gross. Die Wachen liessen sie ohne weiteres passieren, als sie den Korporal erkannten. In einigen Fenstern brannte Licht, viele waren jedoch dunkel. Zusammen schritten sie durch das niedere Tor in die Burg hinein. Nachdem sie über eine Treppe in das obere Geschoss gelangt waren, traten sie in einen durch ein Kaminfeuer erleuchteten und gewärmten Raum. Am Tisch sassen zwei Soldaten und würfelten, jeder von ihnen hatte einen leeren Bierkrug vor sich stehen. Die beiden schauten erst auf, als Korporal Gerald begann: „Leutnant Freder, hier ist jemand, der Sie gerne sprechen möchte, er wurde überfallen, vermutlich von den Sieben Beissern, doch sind sie jetzt nicht mehr zu siebt. Zudem haben die Jäger die Verfolgung auf diese miesen Ratten aufgenommen."

Der Leutnant drehte sich um und musterte Kari misstrauisch. Dann sah er ihn plötzlich mit grossen Augen an und meinte überrascht: „Wenn das nicht unser alter Pechvogel ist, der von damals, der junge Händler?"

„Irre ich mich?", erwiderte Kari überrascht, „oder wart Ihr damals ein junger Soldat hier in diesem Fort. Der Leutnant stand auf, schüttelte Kari erfreut die Hand und antwortete mit einem leichten Lachen: „Nein, Ihr irrt Euch nicht, schon wieder führt uns ein dramatischer Überfall zusammen."

Darauf setzte sich Kari und wurde dem anderen Korporal im Raum, Korporal Ebenhart, vorgestellt. Ein Soldat bewirtete ihn mit einem Krug Bier, und Kari begann dem Leutnant die Geschichte in allen Einzelheiten zu erzählen. Der andere

Korporal zückte eine Feder, tauchte sie in ein Fässchen mit tiefblauer Tinte und begann Notizen zu machen. Als Kari mit dem Bericht geendet hatte, plauderten sie noch eine Weile darüber, was seit damals aus ihnen geworden war. Später kamen sie auch noch auf die Jäger zu sprechen. Freder hielt viel auf sie und meinte: „Würden unsere Leute doch nur so gut sein wie diese Jäger. Der König soll jedoch etwas gegen sie haben, ich habe vor dem Krieg gehört, er wolle sie sogar verfolgen lassen, doch glaube ich, er ist von ihrer Unterstützung abhängig."
Ein Soldat brachte ihnen in der Zwischenzeit weitere Krüge, gefüllt mit schäumendem Bier. Sie redeten über alles Mögliche, bis Kari schlussendlich merkte, wie müde er eigentlich war. Mit einem Gähnen verabschiedete er sich vom Leutnant und dessen Korporalen. Auf dem Weg zurück ins Gasthaus wurde er von einem der Soldaten begleitet, welcher sich noch eine Weile in die Schenke setzte und den Abend genoss. Draussen war es in der Zwischenzeit noch kälter geworden, der Herbst machte sich langsam bemerkbar und der Winter setzte erste Anzeichen. Die Silhouetten der blattlosen Bäume wirkten gespenstisch und bedrohlich.
Bald wurde Kari von Ferdinand zu jenem Zimmer im oberen Geschoss geführt, das auch schon Larior bezogen hatte. Es war nicht besonders gross, doch schien es gemütlich zu sein. Am Boden lag ein Wollteppich. Links und rechts stand ein Bett und in der Mitte ein hölzerner Tisch. Sonst waren keine Möbel vorhanden. Die helle Bienenwachskerze auf dem Tisch war bereits zur Hälfte niedergebrannt. Als Kari eintrat, sass Larior gedankenverloren auf seinem Bett und streichelte die Schneiden seines Schwertes, als wäre seine Waffe eine Katze. Als sich Kari sich ebenfalls zu Bett legte,

bemerkte er, dass Larior leise komische Worte vor sich her murmelte. Erst als ihm Kari eine gute Nacht wünschte, schreckte er hoch und steckte das Schwert zurück in die Scheide. Darauf fragte Larior mit müder Stimme: „Wie ist es im Fort gelaufen?"
Kari berichtete ihm vom Leutnant und ihrer alten Bekanntschaft, später kam er noch auf die hohe Meinung des Leutnants über die Jäger zu sprechen und meinte: „Würde es sie nicht geben, könnte man sich in diesen Gebieten kaum noch bewegen, ohne ständig eine Klinge an der Kehle zu haben. Ich würde gerne mehr über diese Leute wissen, allerdings fürchte auch ich mich vor ihnen, egal wie edel ihre Absichten sein mögen."
Kari schien es, als würde ein feines zufriedenes Lächeln über das Gesicht seines jungen Gefährten huschen. Erst in den letzten Tagen war ihm aufgefallen, wie erwachsen der Junge von damals geworden war, jener Junge, der damals noch mit ihm und Maral am Tisch im Gasthaus von Moordorf gesessen hatte, damals noch in voller Jugendlichkeit, von der nun nicht mehr viel übrig war.
Friedlich schliefen sie beide kurz darauf ein. In der Zwischenzeit hatten sich die Nebelschwaden gelichtet und der Halbmond schien hell zum Fenster herein, doch er wurde von keinem der beiden schlafenden Reisenden bemerkt, sie waren zu müde.
Als Kari am nächsten Tag aufwachte, schien Larior bereits hellwach zu sein, er packte all sein Zeug zusammen. Draussen war es hell und man sah die Sonne vom blauen Himmel leuchten. Der Boden war von silbernem Tau bedeckt und der Rauch des Forts sank zu Boden, kaum war er aus dem Kamin gestiegen. Rasch packte auch Kari seine

Sachen. Sie begaben sich zusammen in die Schankstube, wo Ferdinand bereits heisses Wasser aufgesetzt hatte. Die Schenke war fast leer, einzig einige andere Reisende, die bereits aufbrechen wollten, sassen an einem der langen Holztische. Sofort brachte Ferdinand den beiden einen halben Laib Brot, etwas Butter und Käse. Larior und Kari liessen es sich schmecken, besonders den heissen Lindenblütentee mit Honig genossen sie, welchen ihnen der Wirt kurz darauf brachte.

Eine Weile sahen sie noch den tanzenden Flammen im Kamin zu, bevor sie ihre Rucksäcke schulterten und sich nach draussen begaben. Kari bezahlte das Zimmer und das Essen bei Ferdinand, von Larior wollte er dessen Anteil nicht annehmen. Der Stalljunge führte Karis Maulesel zu ihnen und spannte ihn vor den Wagen. Dafür erhielt er vom alten Händler wieder eine Eisenmünze. Freudig bedankte sich der Junge und begab sich zurück in den Stall.

Lange stand Ferdinand noch hinter ihnen in der Tür unter den grünen Buchstaben und winkte ihnen nach. Er hoffte, dass den beiden nicht wieder ein Unheil zustiess. Karis Maulesel hatte sich ebenfalls erholt und trabte rasch voran, schnell hatten sie die alte Strasse erreicht und den Kiesweg hinter sich gelassen. Nun trennten sie nur noch vier Tagesmärsche von Lariors Ziel, Cammal. Einen Tag würden sie noch bis Altfestungshausen haben, darauf noch zwei bis Periula, und von dort aus würde Larior alleine noch einen Tag bis Cammal brauchen, zählte Kari nach und meinte dann: „Nun haben wir den gefährlichen Teil der Reise hinter uns. Je näher wir Cammal kommen, desto sicherer werden die Wege und desto näher stehen die Dörfer. Ich freue mich bereits wieder auf Periula. Wenn du willst, kannst du auch noch einen Tag in meinem Haus in der Stadt wohnen, es liegt ganz in der Nähe des Flusses. Dann kommst du halt einen Tag später nach Cammal, doch sollte das nichts ausmachen, du hast ja noch genug Zeit danach."

Dankend nahm Larior das Angebot an und antwortete erfreut: „Gerne bleibe ich noch einen Tag dort, ich sollte ausgeruht in Cammal ankommen, zudem würde ich zu gerne einmal den Hafen in Periula sehen und das Meer und die grossen Schiffe."

„Ich werde dir alles zeigen", meinte Kari darauf erfreut, „es lohnt sich wirklich Periula kennenzulernen, es ist wahrlich eine glanzvolle Stadt, eine alte, prächtige Stadt. Ich bemitleide jeden, der diese Stadt nicht einmal in seinem Leben gesehen hat, besonders den uralten Palast auf der Klippe. Vor dessen Toren stehen Männer in glänzenden Rüstungen wie man sie sonst nirgends sieht, die Palastwachen der Stadt."

Nun musste Larior an Derik denken, welcher schon lange vom Meer träumte, und er selbst würde es nun bald sehen. Kari sah die Freude in seinem Gesicht und schmunzelte selbstzufrieden. Er wusste, dass er dem Jungen einen grossen Gefallen tat.

Am Abend sahen sie bereits von weitem den Berg mit der verlassenen Festung über Altfestungshausen. Von der Stadt am Fusse des Berges stieg grauer Rauch auf, er kam aus den zahlreichen Kaminen über den roten Ziegeldächern. Die Festung thronte königlich über der Stadt, sie sah immer noch prachtvoll aus, obwohl schon zahlreiche Mauerstücke herausgebrochen und den Abhang hinuntergerollt waren. Trotz ihrer Pracht sah man, dass sie schwer beschädigt war, sei es durch zeitlichen Verfall oder durch Geschosse grosser

Belagerungsmaschinen. Rot glühten die Mauern in der Abendsonne und leuchteten über die Landschaft. Larior sah staunend zu ihr hinauf, sie war viel grösser als jene Festung bei Gar und viel prächtiger, sie gab ein Gefühl von Sicherheit, obwohl nur noch Ruinen übrig waren. Kari sah einmal mehr diesen seltsamen Glanz in Lariors Augen, einen Glanz, der tiefgründig war und sich in seinen blauen Augen widerspiegelte. Kari selbst freute sich mehr darauf, nach Altfestungshausen hineinzukommen und nicht draussen in der Kälte lagern zu müssen. Er kannte ein gemütliches günstiges Gasthaus am Rande der ummauerten Stadt, in welchem sie übernachten konnten.

Sie erreichten das Gasthaus zum Pelzigen Eber schon bald, genossen ein Abendessen und legten sich danach zur Ruhe. Am nächsten Morgen machten sie sich nach einem spärlichen Frühstück wieder auf den Weg nach Süden. Es war ein kalter frischer Morgen, doch schien der warme feuchte Südwind von Stunde zu Stunde stärker zu werden. Mit der Zeit konnten sie sogar ihre Mäntel ausziehen und auf Karis Wagen legen. Sie hörten wieder Vögel pfeifen, jene Vögel, die das Garland zu dieser Zeit allmählich verliessen. Es war ein fröhliches Gezwitscher, das die Reisenden aufmunterte. Hier waren die Wiesen nicht bräunlich, sondern prangten noch in frischem Grün. Viele Ziegen, Schafe und Kühe genossen das saftige Gras. Hier standen auch noch einige Blumen in Blüte, und die Bäume trugen ein frühherbstliches rotgoldenes Blattkleid. Zu beiden Seiten der Strasse sahen sie nun immer häufiger einen zerfallenen Turm oder ein kleines Gemäuer. Die Abstände zwischen den einzelnen Dörfern nahmen ab, sie schienen sich tatsächlich langsam den grösseren Städten zu nähern. Die Häuser waren nun nicht mehr einfach aus Holz gebaut, sondern besassen ganze Stockwerke aus Stein. Einzelne Bauten bestanden sogar ganz aus Stein und hoben sich deutlich von allen anderen Häusern ab. Sie hatten mehr Ähnlichkeiten mit den alten Festungen als mit den gewöhnlichen Häusern.

Fünftes Kapitel - Wellenstadt

Es wurde nun immer wärmer, je weiter sie nach Süden kamen, beinahe so warm wie in Gar im Sommer, hier waren die meisten Bäume noch grün. Und die Bäume waren kleiner als im Norden, sie wichen allmählich rebenartigem Buschwerk. Kari und Larior gingen weiter über die gepflasterte Strasse, die hier etwas staubig war, jedoch etwas breiter als zuvor.
Immer wieder zweigten kleine Wege von der Strasse ab, sie führten durch Alleen zu grossen Herrschaftshäusern, doch schienen selbst einige dieser Häuser verlassen zu sein. Das Unkraut spross in ihren Parks, und an ihren Wänden kletterte der Efeu hoch. Mit der Zeit wurde die alte Strasse noch breiter, besonders als sie nach ihrer nächsten Übernachtung wieder ein gutes Stück hinter sich gebracht hatten.
In der Ferne sah Larior plötzlich einen leuchtenden Streifen, er bildete den Übergang zwischen Himmel und Erde.
„Ist das das Meer?", rief Larior mit einem Freudensprung laut aus, so dass sich ein Reisender, welcher an ihnen vorbeiging, verdutzt umwandte.
„Ja", entgegnete Kari lächelnd, „das ist das Meer. Nach der nächsten Hügelkuppe werden wir die Tore Periulas sehen und die Dächer. Ich sage dir, freue dich auf diesen Anblick, so schnell wirst du nicht mehr etwas so Prächtiges und Al-

tes finden, vor allem sobald du die Schiffe gesehen hast. Fast die ganze königliche Flotte liegt in diesem Hafen, grosse Schiffe sind das, prächtige Schiffe, oh, das kannst du mir glauben."

Larior schritt nun etwas schneller aus, er war schon ganz ungeduldig diesen Anblick zu sehen, sollte er auch nur annähernd Karis Berichten gleichen. Als sie so dahin schritten, begann Kari plötzlich leise vor sich hin zu summen, eine frohe und doch nachdenkliche Melodie. Er begann langsam zu singen, mit einem zufriedenen Lächeln im Gesicht:

„Eine Stadt so voller Pracht
Glanzvoll, sei es Tag und Nacht
Grosse Schiffe segeln davon
Als wär Periula des Königs Kron

Wunderbar mögen die Trompeten erschallen
Mächtig wird das Feuerwerk knallen
Feiern gibt's wie nirgendwo
Jeder kommt hier sowieso

Banner wehen über den Dächern
Das Tor bewacht von eisernen Wächtern
Türm hoh in die Luft
Unter dem Palast die tiefste Gruft

Alt die Stadt, steht schon lange
Den Menschen dort werde nie bange
Schiffe grösser als jeder Saal
Kamen hierher einstmal

Stählerne Panzer sie einst getragen
Prachtvoller als wir sie heut haben
Die Schiffe von einstmal zur goldenen Zeit
Wurden nicht mehr gesehen zur See weit und breit.

Eine Mauer undurchdringbar umgibt die Stadt
Die noch niemand eingenommen hat.
Gesäumt von Türmen voller Pracht
Geschützt von der eisernen Wacht.

Blicken die Wachen zum Meere hin
Kommen ihnen alte Zeiten in den Sinn
Eiserne Rüstungen tragen sie
Durchdrungen wurden sie nie

Selbst standhaft zur schwersten Zeit
Waren die Wächter zum Sterben bereit
Sieg erfahren vor dem Niedergang
Oh wie schön ist deiner Trompeten Klang

Die grosse Stadt Periula
Stand seit jeher schon da
Prachtvoll thront sie über dem Meer
Oh wie lieben wir diese Stadt so sehr."

Gedankenverloren endete Kari und wanderte müde dahin. Lariors Augen wurden bei diesem Lied wässrig, er stellte sich eine blühende Stadt vor, Schiffe mit eisernen Panzern, die davonsegelten, und Wachen mit undurchdringbaren Rüstungen.

Nun kamen sie immer näher zu jener Erhebung, von wo aus man erstmals Periula sehen sollte. Larior war es, als würde er bereits die ersten Gebäude erkennen, doch dann merkte er, dass er sich geirrt hatte. Es waren bloss Ruinen einer kleineren Stadt, die sich einst zu beiden Seiten der alten Strasse erstreckt haben musste. Auf der Anhöhe erhoben sich links und rechts der Strasse zerfallene Wachtürme. Zwischen ihnen schien sich einstmals ein grosser Torbogen geschwungen zu haben, doch nur noch die Blöcke am Strassenrand zeugten von dessen Bestehen.

Dann, dann sahen sie in der Ferne die Stadt, sie sahen Periula. Lariors kühnste Träume wurden übertroffen. Die Stadt war von einer hohen Mauer umgeben, an ihren Seiten erhoben sich noch höhere Türme, Türme, deren Spitzen wie geschlossene Blüten aus blau glänzenden Blütenblättern aussahen. Nun erkannte er auch, dass selbst weit vor den Mauern noch Häuser standen, sie wirkten vor den gigantischen Bauwerken wie Spielzeugbauten, kleine, aus Ästen und Kieselsteinen zusammengebaute Spielzeugbauten, obwohl viele von ihnen mehrgeschossig waren. Jene gigantische Mauer hinter diesen Häusern musste höher sein als es die Hügel von Gar waren, so voller Pracht und Standhaftigkeit wie es sich Larior niemals hätte erträumen lassen. Auf dem silbernen Streifen vor der Stadt erkannten sie weisse Segel über grossen Schiffen, doch bei weitem nicht so gross wie die Schiffe aus alter Zeit, die in Karis Lied beschrieben wurden. Neben der Mauer zog sich ein breites silbernes Band bis ins Meer, es war der Grosse Fluss. Auf der anderen Seite, gegenüber der Mauer, standen weitere Bauten, umgeben von einer Mauer, die jedoch nicht annähernd dem gigantischen Bauwerk auf der anderen Flusseite entsprach. Sie schien schwach und niedrig, so umgab sie auch nur kleinere Bauten. Sie schützte einen Stadtteil, der bei weitem nicht so alt war wie jener, der von der hohen imposanten Mauer umgeben wurde. Was Larior ebenfalls zu gefallen schien, war das, was sie einige Augenblicke später sahen, niedrige strauchartige Gewächse mit langen schwertförmigen Blättern. Jeder Strauch trug eine Frucht, Lariors Lieblingsfrucht, die zuckersüsse, saftige Ananas. Larior schlug bereits vor, einige zu pflücken, doch Kari hielt ihn davon ab.

„Lass das sein", meinte Kari etwas mürrisch, „das sind die Früchte des Herrn Feldorak, eines Grossgrundbesitzers hier, ihm gehören fast alle Flächen bis zu den ersten Gebäuden. Er soll sogar ein enger Vertrauter des Königs sein. Viele meiner Früchte kaufe ich von ihm, er ist der grösste Lieferant hier in der Gegend, ein guter Teil der Bevölkerung arbeitet für ihn. Ich würde dir nicht empfehlen dich an irgendetwas zu vergreifen, das ihm gehört, sonst jagt er dir seine Bluthunde auf den Hals."

Verängstigt wich Larior von der Plantage zurück und sah wieder in Richtung Periula, er konnte es nun kaum noch erwarten, dort endlich anzukommen.

Kari selbst strahlte beim Anblick seiner Heimatstadt, nun war er es, der den Schritt beschleunigte. Er deutete mit dem Finger auf die andere Seite des Flusses zu den leicht ummauerten Bauten und erklärte Larior: „Dort drüben wohne ich, direkt am Fluss, du wirst mein Haus noch früh genug sehen. Es gehört schon seit Generationen meiner Familie. Zuerst müssen wir jedoch fast bist zum Hafen weiter gehen, dort sind die einzigen Brücken, um den grossen Fluss zu überqueren, sie sind viel älter als der Stadtteil, in welchem ich lebe. Keinem Baumeister ist es seither gelungen, eine neue Brücke weiter oben über den Fluss zu schlagen."

Sie näherten sich nun immer mehr der Stadt, sie hatten bereits die kleine Ruinenstadt hinter sich gelassen. Einst schien selbst diese kleine Stadt ummauert gewesen zu sein, einige Abschnitte der Mauer erinnerten noch daran. Schon bald kamen sie zu den ersten Bauten vor der Stadtmauer Periulas. Es waren teilweise eher höhere Bauten, teilweise eher niedrigere. Die Gassen zwischen den einzelnen Häusern waren schmutzig und lehmig. Von überall her ertönte Lärm, und Menschen schrien. Überall lagen Schmutz und Abfall herum, ein grauenhafter Gestank lag in der Luft. Dieser Teil der Stadt schien gar nicht so, wie Kari es Larior erzählt hatte, allerdings waren diese Bauten auch noch nicht besonders alt. Larior war froh, als sie endlich das hohe Eisentor erreichten, welches weit offen stand. Auf jedem der beiden offenen Flügel war die Hälfte eines Blattes mit Gold eingelassen, dessen Stiel ein Schwert darstellte. Die Wachen kannten Kari und liessen ihn und seinen Begleiter ohne Fragen passieren. Nun kamen sie in den alten Stadtteil. Hohe Bauten aus hellem Stein, der in der Abendsonne bläulich schimmerte, umgaben sie. Es war ziemlich ruhig und man sah viele Leute über die gepflasterten Strassen gehen. Selbst die Gassen waren gepflastert, und der Schmutz wurde durch Rinnen fortgespült. Es schien, als würde die Mauer zwei völlig verschiedene Städte voneinander trennen. Dann kamen sie um eine Biegung, um eine verzierte Ecke eines edlen Hauses. Larior verschlug es den Atem, vor ihnen fiel die Stadt zum Meer hin ab, und zu ihrer Linken erhob sich ein mächtiger felsiger Hügel, auf dessen Spitze ein

prächtiger Palast stand, ein Schloss mit hohen Fenstern und bläulich schimmerndem gläsernem Dach. Eine breite Strasse führte vom oberen Teil der Stadt aus über viele geschwungene Bogen hin zum Palast. Auf allen Türmen wehte Cammals Banner. Der goldene Drache flatterte selbst über den Masten der Schiffe und war auf deren Segeln abgebildet. An der Brücke hin zum Palast waren grosse Flaggen mit dem Zeichen des Königs aufgehängt, nur über dem Palast auf dem Berg gab es keine Banner. Es sah sowieso so aus, als wären dort oben kaum Leute. Nur einige Wachen konnte man erkennen, ihre Rüstungen leuchteten in der Sonne.
Im Hafen tummelten sich viele Menschen, auf einem grossen Platz mit einem Brunnen war Fischmarkt. Überall auf dem Meer sah man kleine Boote und am Kai Fischer, die ihre Netze ausbesserten. Zu ihrer Rechten sahen sie den Grossen Fluss ins Meer münden. Dort schwangen sich mehrere Brücken in einem Bogen über die Wassermassen, anmutig und ohne Stützen im Fluss. Durch eine Seitengasse gingen sie nun auf die nächste Brücke zu, Karis Maulesel trottete hinter ihnen her. Neben dem Grossen Fluss in der Nähe des Hafens sahen sie ein grosses Theater. Die Bühne lag vor einer weiten halbkreisförmigen Zuschauerplattform, doch schien schon lange keine Vorstellung mehr abgehalten worden zu sein. Das Holzgerüst mit der Vorhanghalterung lag zusammengebrochen über dem zerrissenen Vorhang.
Sie machten sich nun auf den Weg zum Fischmarkt. Kari meinte zu Larior: „Solchen Fisch bekommt man nicht alle Tage zu essen, es ist ein besonderer Leckerbissen, den man nicht in einem Bach im Hinterland findet. Das sind Fische aus der weiten See, es gibt eine riesengrosse Auswahl davon."

Kari hielt seinen Maulesel in einer schattigen Gasse vor dem grossen Platz an und stellte seinem Tierchen einen Korb mit etwas Hafer hin. Tatsächlich, schon von weitem schlug ihnen ein heftiger Fischgeruch entgegen, und bald sahen sie die vielen Fische, Fische, die ganz verschieden aussahen. Larior hielt den Atem an und die Nase zu, während Kari den Geruch offensichtlich gewöhnt war. Viele Leute tummelten sich hier, sie wollten noch Fisch für das Abendessen besorgen ebenso wie Kari. Eine Weile gingen die beiden den verschiedenen Ständen entlang, und Kari erklärte Larior die einzelnen Fische. Er erzählte ihm, wo sie am ehesten zu finden waren, ihre Merkmale und ihren Geschmack. Zuerst hörte der junge Reisende dem alten Händler noch aufmerksam zu, doch mit der Zeit galt seine Aufmerksamkeit mehr den Schiffen im Hafen, sodass er den Anschluss an Kari fast verlor. Erst jetzt fiel Larior auf, dass am westlichen Rand des Hafenbeckens gigantische Bauten standen, es waren die Werften, die schon lange Zeit leer standen. Mehrere jener grossen Schiffe, die jetzt im Hafen standen, hätten gleichzeitig darin gefertigt werden können. Kari blieb bei einem Stand mit rotweissem Stoffdach stehen und sah sich lange die einzelnen Fische an, bis er nach einem der Fische griff und dem Händler einige Münzen gab. Er wickelte ihn in ein Tuch ein, legte ihn in seine Umhängetasche und machte sich zusammen mit Larior auf den Weg zurück zum Wagen und seinem Maulesel.
Sie überquerten die Brücke und schritten durch einen Torbogen. Neben ihnen standen noch einige wenige der edlen Bauten, doch folgten nun wieder gewöhnliche Häuser. Sie gingen ein Stück dem Fluss entlang hinauf bis zu einem dreistöckigen gut erhaltenen Haus. Über dem Eingang wa-

ren viele Schnitzereien angebracht, und der kleine Balkon über der Strasse war mit einem Kupfergeländer eingefasst, doch war das Haus nicht mit den alten Prachtbauten zu vergleichen. Über eine kurze Treppe gelangten sie an die Tür, eine verzierte Tür mit eisernem Schloss. Kari nahm einen schweren Eisenschlüssel hervor und steckte ihn in das Schloss. Er drehte ihn mit einem lauten Quietschen, dann traten sie ein.

Sie kamen als erstes in einen staubigen Eingangsraum mit mehreren Türen. Eine Treppe führte in das obere Stockwerk. Zusammen gingen sie die Treppe hinauf in das Wohnzimmer, eine gemütliche Stube, zu welcher auch der Balkon gehörte. Der Raum war von Sonnenlicht durchflutet. Kari öffnete sogleich alle Fenster, um den Staub ausziehen zu lassen und den Raum auszulüften. In einer Ecke stand ein reichlich verzierter Kachelofen, er sah hübsch aus, obwohl ihm einige Kacheln fehlten. In mehreren Schränken standen verschiedene Gläser und Teller. Am Boden lag ein bunter Knüpfteppich mit besonderen Mustern und an den Wänden hingen einige Gemälde.

„Wohnst du ganz alleine hier?", fragte Larior, während er sich umsah.

„Ja, seit einigen Jahren, seit mein Bruder im Dienste der königlichen Armee gefallen ist", antwortete Kari traurig, „wir hatten uns das Haus geteilt, bis zu jenem Überfall von Banditen auf einen Goldtransport. Sie sagten mir, mein Bruder hätte tapfer gekämpft und sei einen Heldentod gestorben, doch war das für mich nur ein schwacher Trost."

„Das tut mir leid", erwiderte Larior, als er sah, wie Kari verstohlen eine Träne wegwischte. Durch das Fenster sah man auf den Fluss und grosse Teile des Hafens. Gerade war ein

Dreimaster eingelaufen, ein grosses Schiff mit dem Banner des Königs. Von weit her erklang der helle Schall jener Trompeten, von denen in Karis Lied die Rede war, ein edler Klang, wie ihn Larior noch nie zuvor gehört hatte. Kari erklärte ihm, als er seinen fragenden Blick sah: „Sie läuten den Feierabend ein, die meisten Menschen werden nun nach Hause gehen."
Er hatte recht, vor allem vom Hafen herauf strömten Leute in die Häuser, und bald rauchte es aus allen Schornsteinen. Kari heizte ebenfalls seinen Kachelofen ein, dann ging er in die Küche und entfachte im Küchenherd ein Feuer. Schon bald hörte man vom Herd das brutzelnde Geräusch eines in Öl bratenden Fisches. Währenddessen durfte sich Larior im Haus umsehen. Es war ein Haus mit vielen Zimmern, selbst eine Bibliothek war vorhanden. Mehrere Schlafzimmer befanden sich auf einem der Stockwerke, es schien, als hätten hier einstmals einige Personen gewohnt, selbst mehrere Generationen. Als sich Larior gerade den weiträumigen Dachstock ansah, hörte er von unten Karis Stimme, die ihn zum Essen rief. Rasch stieg Karis Gast die steile Treppe hinunter ins Esszimmer, wo der Händler bereits den Fisch auf verzierten Metalltellern verteilt hatte. Diese standen auf einem kurzen Tisch mit einem weissen Tuch. Zum Trinken füllte Kari roten Wein in gläserne alte Kelche. Die Familie schien einst sehr wohlhabend gewesen zu sein, selbst im Esszimmer hingen Gemälde mit Obstschalen, vollen Weinkelchen und feisten Truthähnen. Durch ein hohes Fenster fluteten die letzten Strahlen der niedergehenden Sonne herein. Kari hatte jedoch bereits einige Kerzen am geschwungenen Kronleuchter über dem Tisch angezündet. Sie begannen hungrig zu essen. Als Beilage hatte der Händ-

ler einige Kartoffeln gebraten, die er bei ihrer letzten Rast gekauft hatte. Die beiden assen mit Lust, was auf dem Tisch stand, ehe sie sich mit einem tiefen, zufriedenen Seufzer in ihren Stühlen zurücklehnten.

„Früher war alles noch ganz anders", meinte Kari anschliessend, „früher hatten wir sogar noch eine Köchin. Wir waren eine der wohlhabendsten Familien hier in Periula. Mein Grossvater sass sogar im Stadtrat."

„Was ist dann geschehen?", wollte Larior neugierig wissen.

„Es gab plötzlich mehr Banditen", antwortete Kari, „das Geschäft als Gesetzloser schien sich immer mehr zu lohnen. Die hoch beladenen Pferdekarren konnten nicht mehr einfach von hier bis nach Brückstadt fahren. Sie mussten von Soldaten begleitet werden und doch wurden mehrere unserer Wagen überfallen. Die Banditen hatten nicht mehr alte Knüppel, sondern gute neue Waffen, ich weiss nicht woher, niemand weiss es. Mein Onkel und mein Vater wurden vom Kummer in den Wahnsinn getrieben. Sie verloren immer mehr ihrer Transportgüter und damit die Einkommensquelle. Auch die Reisenden, welche zuvor für Mitfahrgelegenheiten bezahlt hatten, blieben aus. Es wurde sicherer alleine zu reisen als mit einem grossen wertvollen Karren. Zuerst wollten wir das gesamte Geschäft aufgeben, doch dann versuchten wir es noch einmal. Ein Wagen, der ein Vermögen wert war, wurde ausgeraubt, die Handelsware nie mehr gefunden, das Pferd gestohlen und der Kutscher und sämtliche Wachen umgebracht. Wir hatten fast unser ganzes Vermögen verloren. Ich liess mich von jenem fahrenden Händler anstellen, von dem ich dir erzählt habe, während mein Bruder sein Glück als Soldat versuchte. Zu jener Zeit war ich einige Jahre älter als du. Meine Schwes-

tern heirateten in andere Städte, nun bin ich der einzige, der noch in diesem Haus lebt."
Karis Augen wurden feucht, und er umklammerte wütend sein Besteck. Als sie eine Weile geschwiegen hatten, begann Kari von Neuem: „Wäre doch nur dieser König Urak nicht an die Macht gekommen, dann wäre es ein glücklicheres Leben im Reich. Lieber stellt er seine Soldaten an die nördlichen Grenzen um Salmarsat zu drohen, anstatt in seinem eigenen Reich für Ruhe und Ordnung zu sorgen. Erst als er die Krone von seinem toten Vater geerbt und die Macht an sich gerissen hatte, begann es uns schlechter zu gehen. Dem gesamten Reich geht es seither schlechter, dennoch wagt keiner sich gegen ihn zu erheben, denn jenen, die Macht haben, geht es besser denn je. Würde doch nur Arak endlich den Thron besteigen, er wäre auf jeden Fall ein besserer Herrscher als sein Vater."
Larior bemitleidete Kari und dessen Vergangenheit, er wünschte, dass alles nicht so gekommen wäre. Die Sorgen verschwanden allmählich etwas nach einigen weiteren Kelchen Wein. Draussen wurde es langsam dunkel, einzig die Turmspitzen des Palastes wurden noch von der Sonne golden beleuchtet. Die Spitzen waren ebenfalls wie Blütenblätter geformt, sie zogen sich hoch zu einer schlanken Spitze. In weiter Ferne leuchtete das ruhige Wasser des Meeres ebenfalls noch rotgolden, doch zog sich das Licht immer weiter zurück. Ganz Periula stand jetzt im Schatten, die Mauern wirkten nun drohend und die Schiffe gespenstisch. Die eingeholten Segel flatterten leicht im Wind, welcher auf das Meer hinauszog. Man sah bereits die ersten betrunkenen Matrosen vor den Kneipen am Kai herumlungern, es schien, als würden sie versuchen, ihre Heuer so rasch wie

möglich auszugeben. Laut johlten einige, dass es die ganze Stadt hörte, sobald sich eine Dirne dem Pier näherte, um einen Seemann um einen guten Teil seiner Heuer zu erleichtern. Ansonsten hatte sich Stille über die Stadt gelegt, die nun traurig wirkte mit dem Hauch der Vergangenheit, eine traurige alte Stadt an den Ufern der weiten See. Von weither aus dem Hinterland wurden einige Baumstämme in die Mündung des grossen Flusses getrieben und ins Meer hinausgeschwemmt. Langsam gingen die letzten Lichter der Häuser aus, auch bald jene in Karis Haus. Kari führte Larior zu einem der Schlafzimmer im oberen Geschoss. Es war eines der kleineren, jedoch heimeligen Schlafzimmer. Die Wände waren bunt tapeziert und auf dem Boden lag ein weicher Teppich aus Schafwolle. Das Fenster war nach hinten ausgerichtet, über viele Gebäude hinweg sah man den Grossen Fluss, der durch das Garland fliessend hier ins Meer mündete. Kari ging ebenfalls ins Bett. Sein Schlafzimmer lag gleich nebenan und war das grösste im Haus. Es hatte hohe Fenster und einen eigenen Kachelofen. Überall hingen Gemälde ausser an einer Wand. Diese war mit einem Wandteppich geschmückt, in welchem Karis Familienstammbaum eingewoben war, bestickt mit goldenen Fäden und verziert mit vielen verschiedenen bunten Farben. Draussen war es nun vollkommen dunkel geworden, einzig der Mond schien in die Zimmer der beiden.

Am nächsten Morgen wurde Larior vom Sonnenlicht geweckt, es wurde grell vom Grossen Fluss in sein Zimmer gespiegelt. An den Wänden spielte es mit den Wellen auf dem Fluss, es tanzte förmlich über die Wände. Es musste schon spät am Morgen sein, doch fühlte sich Larior immer noch müde. Ihn schmerzten seine Füsse von den Märschen der vergangenen Tage.

Aus dem unteren Stockwerk hörte er, wie Kari etwas umherschob, es schienen irgendwelche Kisten, Möbel oder Schränke zu sein. Larior setzte sich im Bett auf und rieb sich die Augen, er hätte am liebsten weitergeschlafen, doch wollte er nicht den schönen Tag in dieser prächtigen Stadt verpassen. Er stieg verschlafen die steile Treppe hinunter ins Esszimmer, wo Kari aus den von der Reise übrig gebliebenen Vorräte versucht hatte, ein Frühstück zusammenzustellen. Es gab den restlichen Käse und das übrige Trockenfleisch, dazu hatte Kari bereits frisches Brot beim Bäcker nebenan in einem der grösseren Steinhäuser besorgt. Es war ein köstliches Brot, frisch, würzig und noch warm.

Der Tag verging wie im Flug, Kari zeigte Larior einen grossen Teil der Stadt, vor allem merkte er, dass sich Larior für den alten Stadtteil interessierte, so schritten sie durch die gepflasterten sauberen Gassen. Sie schlenderten bis zur Brücke, welche zum Palast führte, dort blieben sie eine Weile stehen. Vor ihnen standen Wachen, sie trugen im Unterschied zu den meisten anderen Soldaten nicht das Wappen des Königs auf der Brust, sondern den blanken Panzer mit dem seltsamen Blatt, dessen Stil von einem Schwert dargestellt wurde. Die Palastwachen versperrten mit langen Hellebarden jedem Unbefugten den Weg. Auf ihren edlen Helmen war zuvorderst ein Blatt, eines das aussah wie die Turmspitzen. Der Stiel schien jedoch das Heft eines Schwertes darzustellen. Es war jenes Wappen, dem Larior in den letzten Tagen immer wieder begegnet war. Ihre Rüstungen glänzten in der Mittagssonne, während auf den Dächern rundherum die Banner wehten. Sie wehten unter dem

blauen Himmel im Winde, der vom Meer herkam. Unten im Hafen wurde emsig gearbeitet, Fässer wurden auf- und abgeladen, grosse Kisten von Bord geschleppt oder auf die Schiffe getragen. Zahllose Menschen strömten umher, viele von ihnen waren Matrosen, welche die knapp bemessene Zeit an Land genossen. Die meisten der Schiffe hatten bereits am Tag zuvor im Hafenbecken vor Anker gelegen, doch einige schienen am frühen Morgen abgelegt zu haben und manche neue angekommen zu sein. Das Meer war nicht mehr so ruhig wie am Vortrag, auf einigen Wellen bildeten sich weisse Schaumkronen, und die Häuser rund um den Hafen wurden von der Gischt nassgespritzt. Dutzende von Schiffen schaukelten auf den Wellen und einige der kleineren Fischerboote drohten zu kippen, doch hielten sie den Wellen stand. Immer wieder erschallte vom Palast her der Klang von hellen Trompeten über die ganze Stadt. Als sie sich eine Weile umgesehen hatten, sah Larior Kari an und fragte: „Wer sitzt eigentlich in diesem Palast? Bisher habe ich dort ausser den Wachen noch niemanden gesehen."
„Ich glaube niemand", antwortete der alte Händler, „einige meinen sogar, dieser edle Palast sei verflucht, es würde dort spuken und niemand, der hineingehe, käme schadlos wieder heraus. Darum getraut sich niemand hinein. Schliesslich hat ausser den Palastwachen seit unzähligen Jahren niemand mehr einen Fuss dort hineingesetzt. Was diese Wachen betrifft, so sind sie auch etwas merkwürdig, edel im Herz, doch nicht ganz normal. Der Herr der Stadt sitzt in einem prunkvollen Landsitz etwas ausserhalb. Ich glaube, er ist ein Vetter des Königs, auf jeden Fall mit ihm verwandt. Er zeigt sich nur selten hier in der Stadt, in den Palast begibt er sich erst recht nie."

Schweigend verliessen sie diesen Ort wieder und begaben sich zum Hafen. Dort waren viele frische Früchte angekommen, besonders von der südlichsten Spitze der Halbinsel, aus der Gegend der Stadt Cammal. An manchen Ständen gab es riesige Melonen, saftige Trauben, weiche süsse Pfirsiche, knackige Äpfel, Orangen, die in der Sonne nur so glühten, selbst Ananas, grösser als Larior sie sich jemals vorgestellt hatte und viele weitere farbige Früchte. Dazu wurden an anderen Ständen Gewürze verkauft, sie rochen gut und überdeckten den Fischgeruch, der über dem Platz lag. Es waren farbige Gewürze, ihre Gerüche waren völlig verschieden. Obwohl immer wieder Marktbesucher kamen und sie sich ansahen, wurden sie nur von den wohlhabenden Bürgern oder deren Bediensteten gekauft.

„Hier sagt man", meinte Kari geheimnisvoll zu Larior, „dass diese Gewürze von weit herkämen und dass sie von einem guten Zauber belegt seien. Viele denken, wenn sie diese Düfte riechen, würden sie von all ihren Beschwerden befreit."

Staunend hörte Larior zu, während er sich die verschiedenen Farben der Körner und der verschieden duftenden Pulver ansah.

In der Zwischenzeit begann die Sonne bereits wieder hinter der Küste zu verschwinden. Das Licht des glühenden Feuerballs liess das gläserne Dach des Palasts golden erstrahlen und die Mauern um ihn herum bläulich leuchten. Viele Leute strömten nach Hause oder in die Kneipen rund um den Hafen. Von weit oben erschallte der helle Klang der Trompeten, welche den Sonnenuntergang signalisierten. Die Händler begannen nun ihre Stände abzuräumen, während

einige Wärter die Laternen rund um das Becken und in den Strassen entzündeten.
Auch Larior und Kari setzten sich noch in eine der Kneipen und bestellten je einen Krug Bier. Gleich neben ihnen sah man eines der grösseren Schiffe, einen edlen Dreimaster mit dem Banner des Königs von Cammal. Auf dem Rumpf des Schiffes prangt der Name Theresa in goldenen Lettern. Vor dem Aufgang zum Schiff standen zwei Wachen, während mehrere Matrosen an ihnen vorbei an Land gingen und die nächste Kneipe ansteuerten. Sehnsüchtig blickten die schwerbewaffneten Wachen den Matrosen nach hin zum Land, wo die Kneipen waren.
„Hm, Theresa", meinte Kari nachdenklich, „das Schiff ist bestimmt nach des Königs Mutter benannt. Lange ist es her, dass sie nicht mehr lebt, doch sie soll eine gutherzige Dame gewesen sein. Allerdings heisst es, die Mutter des Prinzen wäre ihr in nichts nachgestanden und wäre die edelste Königin seit Anbeginn des Reiches gewesen. Sie soll von aussergewöhnlicher Schönheit gewesen sein, einst soll sie einen anderen Namen getragen haben, doch wurde der nur wenigen bekannt. Ach, ich bin wieder einmal abgeschweift."
Kari endete, er hatte bereits seinen Krug ausgetrunken und einen neuen bestellt, während Larior bei seinem noch nicht einmal in der Hälfte war und verträumt daran nippte. Neben ihnen sassen einige Matrosen, jeder von ihnen eine Flasche mit Rum vor sich stehen. Sie johlten, dass man fast nichts anderes mehr hörte, manchmal meinte man, die Dielen würden brechen. Als Kari seinen zweiten Krug gelehrt und Larior ebenfalls ausgetrunken hatte, wollten sie aufstehen und sich allmählich auf den Heimweg machen.

Nebenan schien es jedoch einen Streit zwischen den Seeleuten zu geben, und die beiden sahen ihnen noch eine Weile neugierig zu. Es war nicht offensichtlich, was den Streit ausgelöst hatte. Plötzlich kam eine Flasche geflogen. Sie verfehlte die Mütze eines der Matrosen und traf beinahe Kari, welcher soeben an der Theke das Bier bezahlte. Kurz darauf konnte Larior einer anderen Flasche ausweichen, welche hinter ihm durch ein offenes Fenster nach draussen auf das Pflaster flog und zersplitterte. Die beiden traten ins Freie, als drinnen gerade ein ziemlich grosser Tumult ausbrach. Einige der Matrosen vom königlichen Schiff gerieten sich mit jenen eines Handelsschiffes in die Haare. Mehrere schlugen bereits mit den Fäusten aufeinander ein, als Kari und Larior den Kai verliessen. Von weit her hörte man noch das Klirren von Flaschen, Gläsern und Krügen, man sah ebenfalls, wie jemand mit einem lauten Klatscher ins Meer geworfen wurde und dann keuchend an einem anderen Steg wieder aus dem Wasser kletterte, den Seetang aus den Haaren streifte und dann in eine andere Kneipe wankte. Es war kein schönes Bild, das sich in Periulas Hafen bot, überall torkelten betrunkene Seeleute umher und prügelten sich dann und wann. Larior und Kari hörten den Lärm sogar noch, als sie die oberste Brücke erreicht hatten. Erst vor Karis Haustür wurde es ruhig. Der Lärm widerhallte zwischen den Holzbauten nicht wie zwischen den hohen leeren Steingebäuden im alten Stadtteil. Schon bald gingen sie schlafen. Larior packte noch rasch seine Sachen für seine Abreise am nächsten Tag, legte sich hin und schlief ein, während Kari nebenan bereits zufrieden gleichmässig schnarchte.

In der Nacht zog Nebel auf und verdunkelte den Mond, die Schwaden zogen gespenstisch dahin. Die Nacht verging allmählich und der Morgen begann über dem Meer zu dämmern. An den steilen Hängen der Stadt hatten sich Nebelbänke gebildet, die Stadt schien nun noch trauriger. Die hohen Türme standen gespenstisch im Halbdunkel, nur ihre Grundmauern waren zu sehen, während die hohen blütenartigen Spitzen im Nebel verborgen lagen. Als der junge Schmied traurig in die düstere Landschaft hinausblickte, verzogen sich auf einmal einige Schwaden und gaben den Blick auf die glänzenden bannerlosen Türme frei. Die Spitzen des Palastes erhoben sich über den Nebel hinaus und glitzerten nass in der Morgensonne.

Kari und Larior sassen am frühen Morgen verschlafen am Frühstückstisch, draussen war es zwischen den Häusern noch fast dunkel. Sie mussten sogar eine Kerze anzünden, um den Tisch zu erleuchten. Larior blickte wehmütig umher, Kari konnte ihm nachfühlen, er selbst wäre auf keinen Fall aus seinem bequemen Haus nach Cammal gegangen. Allerdings wusste er genau, dass seinem Gast nichts anderes übrigblieb.

Larior schulterte im oberen Stock seinen Rucksack, während Kari ihm noch ein Bündel mit einigen Vorräten für unterwegs bereitlegte. Für diesen Tagesmarsch verbarg Larior sein eigenes Schwert ebenfalls im Rucksack neben jenem seines Vaters. Eine Weile sprachen sie noch in der Tür miteinander, und Kari versicherte Larior, dass er bei ihm immer willkommen sei.

„Pass auf dich auf!", meinte Kari zum Schluss, „Cammal ist ganz anders als Periula, dort musst du immer auf deine

Geldbörse aufpassen. Pass vor allem auf dich auf, wenn du in den Krieg ziehen musst!"

Larior wusste nicht, was er darauf erwidern sollte, so bedankte er sich für die nette Gastfreundschaft des alten Händlers und verabschiedete sich. Er schritt die Strasse hinunter zur obersten Brücke, bis er Kari nicht mehr winken sah. Unter ihm strömte der Grosse Fluss begleitet von Nebelschwaden träge ins Meer. In der Ferne sah man kleine Fischerboote durch den Nebel schaukeln und zwischendrin auch grosse Schiffe, die gerade den Hafen verlassen hatten. Den Rumpf sah man kaum, und so sah es aus, als würden sich die Segel wie von Geisterhand ohne das Schiff davon bewegen.

Der Morgen war kühl, ein sanfter Schleier erhob sich vom ruhigen Hafenbecken. Einige Leute waren bereits unterwegs, doch schien der grössere Teil der Bevölkerung noch zu schlafen. Einzig aus den Kaminen der Bäckereien stieg Rauch auf, und in ihren Fenstern brannte Licht. Larior ging rasch voran, schon bald hatte er die hohe Stadtmauer erreicht und wurde von den Wachen ohne Fragen hinausgelassen. In der Ferne sah man die Spitzen der Hügel, der Ruinen und der Häuser aus dem Nebel hervorstechen. Es war beinahe windstill, man hörte kaum einen Vogel zwitschern. Larior selbst hörte nur das Geräusch seiner Lederstiefel auf den nassen Pflastersteinen. Als er bereits eine Weile dahingegangen war, vernahm er noch ganz schwach die Trompeten aus Periula. Die ansonsten hellen Klänge hallten nun dumpf und traurig über das Land, der Nebel verschlang sie fast ganz. Die Landschaft sah trostlos aus, jeder, der die Strasse entlangging, machte ein grimmiges Gesicht, kein einziges Lächeln war zu sehen. Der Eindruck

wurde von sich häufenden Erscheinungen der verfallenen Türme am Strassenrand verstärkt. Teilweise lagen ganze Turmspitzen nebenan im hohen Gras, sie hatten ebenfalls die Form von oben zusammenlaufenden Blütenblättern. Larior war eine Weile gegangen, als er sich auf einen grossen Steinblock setzte und eine Scheibe frisches Brot mit einem Stück Käse aus Karis Vorrat verspeiste. Gestärkt setzte er seinen Fussmarsch fort. Am Wegrand erschienen immer wieder grössere Dörfer, und immer mehr Stangen mit dem königlichen Banner waren zu sehen. Der Mittag verging, und der Weg setzte sich in gleicher Art fort. Immer noch lag die breite gepflasterte Strasse vor ihm. Allerdings war die alte Strasse hier von Schmutz und Schlamm überzogen. Am Rand lagen irgendwelche Gegenstände, unter denen Landstreicher nach brauchbaren Dingen suchten.
Eine Weile lang verlief die Strasse durch einen lichten Laubwald, dessen Bäume inmitten von unzähligen Mauerkreisen standen. Immer wieder sah man die Überbleibsel eines Torbogens, doch war nicht mehr viel davon übrig. Allerdings lagen grosse grobe Steine inmitten der Ruinen, Felsbrocken, die nicht von den Gebäuden stammen konnten, sondern wohl in ganz alter Zeit, von Feinden geschleudert, grosse Teile der Vorstadt des einstigen Isula zertrümmert hatten.
Es war schon späterer Nachmittag, als vor Larior zahlreiche Ruinen auftauchten. In einigen von ihnen hatten bettelarme Menschen Zelte aufgespannt. Sie knieten an der Strasse und bettelten die Reisenden an. Zwischen einigen Ruinen guckten düstere Gestalten hervor und blickten die Reisenden mit finsteren Gesichtern an, doch wagte keiner, sich der Strasse zu nähern. Mit der Zeit begegnete Larior neue-

ren höheren Gebäuden. Zwischen ihnen befanden sich schmale dreckige Gassen voller Unrat und streunender Hunde. Immer wieder waren auch Gasthäuser und schummrige Tavernen zu sehen.

„Wenn ich Manfred heute noch nicht finde, werde ich hier übernachten", meint Larior flüsternd zu sich selbst. Nach einigen weiteren Schritten auf der schmutzigen Strasse kam er zur Stadtmauer. Wohl war sie hoch und prächtig, doch umgab sie nur einen kleinen Stadtteil auf einem Hügel. Hinter der Mauer ragte in einiger Entfernung ein hohes Schloss empor, es war ähnlich wie der Palast in Periula, doch nicht so prachtvoll. Zudem schien es auch einst die blütenartigen Spitzen besessen zu haben, welche jedoch irgendwann durch hohe spitzige Ziegeldächer ersetzt worden waren.

Larior konnte ungehindert in die Stadt eintreten, denn obwohl die Wachen ihn grimmig musterten, kontrollierten sie kaum jemanden. Gleich hinter dem Tor war der Marktplatz, ein grosser Platz mit einer Bronzestatue in der Mitte. Diese trug eine Krone und hielt stolz ein Schwert in der Hand. Es musste ein Abbild König Uraks sein, in voller Pracht, wie ihn sein Volk sehen sollte.

Larior fragte mehrere Leute nach Manfred, doch niemand wollte ihn kennen, was ihn sehr beunruhigte. Doch dann sah er an der Mauer die Stände verschiedener Schmiede, aber nirgends jenen von Manfred. Rasch ging Larior zu einem der Stände, dem Stand eines Hufschmiedes. Vor ihm auf dem Tisch lagen zahlreiche Hufeisen in verschiedenen Grössen und Formen. Manche lagen in einem Feuer, um weich zu werden und an die Hufe der Pferde von Kunden angepasst zu werden. Larior trat vor den Stand, doch bevor

er etwas sagen konnte, meinte der bärtige Mann mit den breiten Schultern: „Kann ich Euch helfen, junger Mann?"
„Ja", erwiderte Larior wieder mit etwas Hoffnung, „ich bin auf der Suche nach einem gewissen Manfred, er ist ebenfalls Schmied, und da dachte ich, Ihr würdet ihn vielleicht kennen."
„Natürlich kenne ich den alten Manfred", erwiderte der Hufschmied mit einem Lächeln, er ist ein guter Freund von mir. Du musst nur eine Weile der Mauer entlanggehen, dann wirst du seine Schmiede sehen. Sein Schild ist nicht zu übersehen, es trägt den blauen Schriftzug „Manfreds Schmiedereien", ich glaube, Manfred kann gar nicht lesen oder schreiben, doch wer weiss."
Larior bedankte sich höflich und machte sich auf den Weg zum beschriebenen Ziel. Er ging durch eine Strasse zwischen der Mauer und den ersten Häusern. Diese ähnelten den alten Häusern in Periula, doch waren ihre Wände dunkel von Schmutz, sie erschienen in einem dunklen wüsten Grauton anstatt dem hellen leuchtenden Stein in Periula. An den Ecken standen hohe Säulen aus rotem Stein, wie sie in Periula oft anzutreffen waren, doch diese hier waren verstaubt und kaum noch als roter Stein zu erkennen. Schon bald kamen mehrere Bauten mit Schildern, viele von ihnen waren Schmieden, doch nur eines trug den blauen Schriftzug „Manfreds Schmiedereien".
Larior zögerte eine Weile, bevor er eintrat. Zuerst schaute er durch die verschmierte Glasscheibe hinein. Als er Mut gefasst hatte, öffnete er die Tür und setzte seinen Fuss über die Schwelle. In einer Ecke sass ein Mann hinter einem Schreibtisch, versunken über einem Buch. In der Hand hielt

er eine tintenblaue Feder und kritzelte Einträge auf eine der unzähligen Seiten im Ledereinband.

„Herr Manfred?", begann Larior fragend. Der Mann schaute auf und sein mürrisches Gesicht hellte sich auf. Unter seinem Bart begannen sich seine Lippen zu bewegen und er meinte ermuntert: „Oh, wenn das nicht Larior ist, der Lehrjunge meines Vetters. Was verschafft mir die Ehre?"

„Ich musste hierherkommen", antwortete Larior rasch, „es ist eine lange Geschichte."

„Dann erzähl sie mir", erwiderte Manfred und holte einen zweiten Stuhl, auf welchen sich Larior setzen konnte. Dann, als Manfred noch etwas Tee gekocht und in zwei Tassen gefüllt hatte, begann Larior die Geschichte zu erzählen, warum er hier war und dass er gerne für Manfred arbeiten möchte, bis er eingezogen würde, allerdings erwähnte er Lakalt nicht, wie er es dem Ritter versprochen hatte. Manfred hörte ihm aufmerksam zu und wurde immer nachdenklicher. Er legte seinen Kopf schräg und betrachtete den Ankömmling neugierig. Er musterte ihn von Kopf bis Fuss, ehe er entgegnete: „Ja, ich würde dich gerne einstellen, doch brauche ich zuerst noch die Erlaubnis meines Meisters. Er ist einer der Vertrauten des Königs, nur dank ihm kann ich eine Schmiede hier in der Nähe des Schlosses unterhalten und muss nicht draussen in der dreckigen Vorstadt arbeiten. Bis ich ihn gefragt habe, kannst du bei mir bleiben."

Dankend sah Larior Manfred an und fügte bei: „Ich habe auch schon Erfahrung beim Schmieden vom Waffen, sollte das einer der ausschlaggebenden Punkte sein. Mein Vater hat es mir einst beigebracht."

Bei seinem letzten Satz wurden Lariors Augen feucht. Die Erinnerungen an seinen Vater wurden wieder wach, wie sie zusammen in der Schmiede gestanden hatten und ihm sein Vater sein besonderes Geheimnis weitergegeben hatte. Daraufhin zeigte ihm Manfred das obere Geschoss wo er wohnte und wo Larior in einer engen Kammer schlafen konnte. Dann erklärte er: „Ich werde rasch meinen Meister aufsuchen, dann weiss ich, ob ich dich anstellen darf, allerdings bin ich sehr zuversichtlich, heutzutage ist man um jede fähige Hand froh, besonders wenn sie Schwerter fertigen kann. Am besten du begleitest du mich gleich."
So ging Larior mit Manfred zur Tür hinaus auf die gepflasterte Strasse. Manfred drehte noch rasch den Schlüssel im Schloss, dann gingen sie der Mauer entlang auf den Marktplatz und bogen auf die Hauptstrasse ein, welche in Richtung Süden zum Schloss hinaufführte. Hier waren die Häuser etwas sauberer, doch verloren sie ihren Glanz wieder, als es langsam anfing zu dämmern. Der Nebel hatte sich in der Zwischenzeit verzogen, und man sah bereits die ersten Sterne. Als Larior verträumt zu den Sternen hinaufblickte, traten sie durch einen Säulengang vor eine Tür mit goldenem Türklopfer und silbernen Angeln. Manfred klopfte dreimal kräftig mit dem Drachenkopf auf das geschnitzte Eichenholz. Zuerst schien nichts zu geschehen, doch dann öffnete ein junger Mann, etwa in Lariors Alter, die Tür. Es musste ein Dienstjunge von Manfreds Meister sein. Auf jeden Fall verschwand er nach einigen Worten des Schmiedes wieder im Haus, und wenig später kam ein rundlicher, edel gekleideter Mann zum Vorschein. Er trug eine Seidenweste mit Fell gesäumt. Sein kurzer Bart war säuberlich

zurechtgestutzt und sein graues Haar nach hinten gekämmt.

Mit einer tiefen Verbeugung, die ihm Larior nachtat, begann Manfred mit dem Meister zu sprechen und wies immer wieder auf seinen jungen Gefährten hin. Zuerst schaute der Mann Larior ganz misstrauisch an, doch dann hellte sich seine Miene auf. Er schritt auf den jungen Schmied zu, reichte ihm die Hand und stellte sich vor: „Mein Name ist Gerak, ich heisse dich hier willkommen, Larior. Wenn es dein Wille ist, so kannst du für Manfred arbeiten, der König ist um jede helfende Hand froh. Eisenwaren werden langsam rar im Reiche, besonders Schwerter."

Larior schüttelte Gerak dankend die Hand und schritt dann zusammen mit Manfred davon, die Strasse wieder hinunter in Richtung Marktplatz.

„Danke", meinte Larior zum Schmied, „es ist wichtig für mich, schnell eine Anstellung gefunden zu haben, doch werde ich wahrscheinlich nicht lange bleiben können."

„Keine Ursache", antwortete der Schmied schmunzelnd, „der alte Gerak will dem König doch mehr Waren liefern und das kann er am besten, wenn er mehr fähige Angestellte hat. Allerdings habe ich ebenfalls das Gefühl, dass du nicht lange bei mir sein wirst. Ich habe vom grossen Einzug in den nächsten Wochen gehört, und dann tauchst du hier auf, das muss doch irgendeinen Zusammenhang haben, vermutlich mit höheren Leuten. Aber deine Beweggründe gehen mich eigentlich gar nichts an, die Hauptsache ist, du arbeitest gut."

Larior schmunzelte, als er Manfred zuhörte, denn der breitschultrige Schmied hatte einen Grossteil seiner Beweggründe erraten. Er war ein Mann, über den sich viele

täuschten. Er schien vom Verhalten her nicht der Hellste zu sein, doch war er im Grunde genommen ein kluger Mann.
„Morgen kannst du hier anfangen", fuhr Manfred weiter, als sie wieder bei der Schmiede angekommen waren, „heute kannst du dich noch etwas ausruhen und die Stadt anschauen, sobald alle Laternen brennen, noch dürftest du die Gasthäuser auch so finden."
Der Schmied setzte sich wieder hinter seinen Schreibtisch. In einem verzierten Eisenhalter vor ihm flackerte einer Kerze. Es war still im Raum, man hörte nur noch das Kratzen der Rabenfeder in seiner Hand.
Larior sah sich eine Weile im hinteren Teil des Gebäudes um, dort wo die Schmiede war und wo er am nächsten Tag mit der Arbeit beginnen sollte. Diese Schmiede hatte zwei Essen, es schien, als hätten hier schon mehrere Leute gearbeitet und nicht nur Manfred. In eine Wand waren mehrere grosse Fenster eingelassen, die man weit öffnen konnte, um frische Luft hereinzulassen. Als er sich genug umgesehen hatte, entschloss sich Larior, noch ein bisschen die Innenstadt anzusehen. Jenen Stadtteil hinter der Mauer, der trotz seines höheren Alters bei weitem angenehmer war als die Vorstadt.
Viele Laternen hingen an den Hauswänden, sodass man trotz der einbrechenden Nacht noch viele Einzelheiten erkennen konnte. Auf dem Marktplatz räumten die Händler ihre letzten Waren ab, während einige Soldaten dafür sorgten, dass mehrere finster aussehende Gestalten aus den Gassen zum Tor hinaus verschwanden. Immer deutlicher glitzerten die ersten Sterne am Abendhimmel, einige schienen ganz hell, während andere noch kaum zu sehen waren. Die unendlichen Weiten des Sternenzeltes erstreckten sich

majestätisch über die ganze Stadt, und mancher Einwohner blickte ehrfürchtig an den Himmel.
Von einem Stand auf dem Marktplatz, welcher noch nicht abgeräumt war, roch es köstlich. Der Duft verteilte sich in der ganzen Umgebung. Es war ein Stand direkt vor einem Gasthaus. Man konnte viele verschiedene gebratene Würste kaufen, es gab sogar ganze Hühnchen, die saftig am Spiess über dem Feuer brutzelten. Larior war hungrig, er hatte seit dem Nachmittag nichts mehr gegessen. Er kaufte sich eine Wurst und einen kleinen Laib Brot. Jetzt war nur noch etwa die Hälfte der Münzen übrig, welche er bei seiner Abreise bei sich hatte, allerdings würde er in den nächsten Tagen auch nicht mehr besonders viele brauchen. Er genoss die Wurst, bevor er müde und zufrieden zur Schmiede zurückkehrte. Als er dort ankam, lag Manfred mit dem Kopf auf dem Schreibtisch und schnarchte laut. Seine Feder war ihm entglitten und verursachte einen grossen schwarzen Fleck auf dem hölzernen Tisch. Larior wollte ihn nicht aufwecken und stieg leise ins obere Geschoss in seine Kammer hinauf. Es war ein einfaches Zimmer. Neben dem Fenster standen zu beiden Seiten ein Bett, scheinbar für weitere Arbeiter, in der Mitte des Zimmers ein Holztisch, sonst waren ausser zwei unverzierten Holzstühlen keine Möbel vorhanden. Vor dem Fenster hingen zwei einfache Tücher als Vorhänge, doch sie genügten, um das helle Mondlicht auszusperren. Nicht lange ging es, bis es im ganzen Haus ruhig wurde und auch die Schritte in den oberen Stockwerken verklangen.

Sechstes Kapitel - Oktobernebel

Es waren erst zwei Wochen vergangen seit Lariors Ankunft in Cammal, doch sah ihm Manfred bereits an, dass es ihm hier nicht gefiel. Der junge Schmied sah kränklich aus, der Staub auf den Strassen, der drückende Nebel und die dreckige Vorstadt machten ihm zu schaffen, doch vor allem sehen zu müssen, wie die alte Pracht seines Volkes in dieser Stadt verkam, stimmte ihn traurig. Manfred hatte eigentlich gehofft, dass sich sein neuer Arbeiter über den Königstag erholen würde, doch ging es ihm immer noch nicht besser. Er mochte hart arbeiten, doch sah der alte Schmied nicht mehr die Glut in seinen Augen wie damals, als er ihn in Moordorf das erste Mal gesehen hatte und als er in Cammal zu arbeiten begann. Immer wieder meinte Manfred: „Hätten wir den warmen Südwind wie Periula, müssten wir uns nicht mit dem Nebel aus dem Osten herumschlagen."

Es war einmal mehr ein nebliger Herbstabend, zwei Tage nach dem Königstag, und die Sonne leuchtete knapp durch den von Rauch verschmutzten Nebel, konnte jedoch nicht ihre warmen Strahlen durchdringen lassen. Larior war gerade von einer Lieferung von verzierten Kerzenhaltern an einen Edelmann zurückgekehrt, als Manfred zu ihm sagte, während er am Schreibtisch sass: „Du siehst nicht besonders gut aus. Langsam denke ich, es wäre klug, wenn du bald eingezogen würdest, lange geht es vermutlich nicht mehr. Wie schon in den letzten Wochen habe ich erneut ein Schreiben erhalten, um weitere Waffen zu schmieden. Na, lang kann es nun wirklich nicht mehr dauern."

„Ja, was ich gehört habe, sollen in den nächsten Tagen fast alle jungen Männer versammelt werden", erwiderte Larior erschöpft, „ich hoffe es zumindest, lang halte ich es in dieser Stadt zu dieser Jahreszeit nicht mehr aus."

„Ich denke", meinte darauf Manfred mit nachdenklicher Miene, „du wirst schnell aus dieser Stadt hinauskommen, schliesslich habt ihr, du und die anderen jungen Männer, bereits eine Grundausbildung hinter euch. Sie werden euch rasch entsenden."

„Ich hoffe es", stimmte Larior seinem Meister zu, „für mich wäre es auf jeden Fall das Beste."

Ohne Nachtessen begab sich Larior daraufhin ins Bett, er schlief rasch und tief ein. Erst am nächsten Morgen wurde er von einem lauten Klopfen an der Tür geweckt. Als er sich verschlafen über die Steintreppe in das untere Geschoss begab, stand Manfred im Nachthemd vor der offenen Tür. Draussen sah man im Halbdunkeln eine grosse Gestalt. Sie trug ein rotes Hemd mit dem Wappen des Königs. Es war ein Mann von grosser Statur, er hatte ein wildes, aber gutmütiges Gesicht. Seine braunen Augen sahen argwöhnisch hinter seinen buschigen Brauen hervor und musterten den grossen Schmied. Als Larior hinter Manfred trat, meinte der Mann: „Mein Name ist Drior. Gawair, der Hauptmann der Hofgarde, schickt mich. Ich soll Euch, Larior, sagen, dass Ihr Euch morgen Mittag beim Schloss einzufinden habt, Ihr werdet den Truppen in Sonnenheim zugeteilt. Nehmt all Eure Sachen mit, Ihr werdet vermutlich nicht mehr hierher

kommen. Wenn Ihr eigene Waffen habt, solltet Ihr diese mitnehmen."
Drior sprach den ganzen Text sehr ernst und holte dann eine Schriftrolle mit mehreren Siegeln hervor, worauf ein ähnlicher Text geschrieben stand. Mit der Zeit lockerte sich die Miene von Drior auf, er lächelte und fuhr dann freudig fort: „Ich bin ein Hofgardist, seit etwas mehr als zwei Monaten. Lakalt hat mir einmal gesagt, dass Ihr ein guter Kämpfer seid. Ich werde ebenfalls zur Besatzung in Sonnenheim gehören. Ich glaube, Lakalt war es wirklich wichtig, dass Ihr unter seiner Führung und der von Prinz Arak eingeteilt werdet, deswegen solltet Ihr Euch besonders glücklich schätzen. Auf jeden Fall werden wir uns noch einige Male begegnen, auf Wiedersehen."
Nachdem sich Manfred und Larior ebenfalls freundlich von Drior verabschiedet hatten, kehrte sich dieser um und marschierte in Richtung Marktplatz davon. Nun sah Manfred plötzlich, wie die Augen seines Arbeiters wieder zu glänzen begannen, wie die Glut wieder in seinen Blick zurückkehrte. Manfred wusste sofort, dass dieser junge Schmied sehnlichst wünschte, grosse Taten zu vollbringen.
Der Abend kam und es wurde dunkel, der Nebel und der Rauch verschleierten den Mond und die Sterne. Lange hörte Manfred noch, wie sich Larior im Nebenzimmer hin und her wälzte. Er schien vor lauter Tatendrang kaum schlafen zu können. Erst als Manfred noch eine Weile Buch geführt hatte, hörte er den gleichmässigen Atem seines Gehilfen. Doch ab dem nächsten Tag würde er nun wieder alleine arbeiten müssen oder hoffen, einen neuen Arbeiter zu finden, was nicht besonders einfach war. In den letzten Tagen hatte er so viel Ware abliefern können. So schnell würde er

keinen so tüchtigen Arbeiter wie diesen jungen Mann aus Moordorf mehr finden. Mit diesen Gedanken legte sich dann auch Manfred ins Bett und schlief rasch ein, einzig ein lautes gleichmässiges Schnarchen war von ihm noch zu hören.

Das Wetter am nächsten Morgen war ebenso trüb wie an den vorangegangenen Tagen. Der Nebel hing über der Stadt wie ein schwerer Deckel. Der Rauch aus den Kaminen sank ab oder vermischte sich mit den Nebelschwaden und gab ihnen einen schmutzigen Farbton. Nur an einzelnen Stellen zeigte sich manchmal der Umriss der Sonne, es war erdrückend. Manfred öffnete die Vorhänge seines Schlafzimmers und sah hinaus, am liebsten wäre er zurück in sein warmes gemütliches Bett geschlüpft und hätte wie ein Murmeltier bis zum nächsten Frühling durchgeschlafen, doch er wusste, dass nun strenge Tage auf ihn warteten. Nebenan hörte er Larior sich unruhig im Bett wälzen, er schien ebenfalls aufgewacht zu sein. In einem der oberen Stockwerke stritt ein Mann mit seiner Frau, und eine Tür wurde zugeschlagen.

Am Frühstückstisch wünschte Manfred, Larior möchte mehr essen, denn dieser war unruhig und hatte kaum Appetit. Nachdem er seine Sachen gepackt hatte, half Larior noch den Morgen hindurch bei der Buchführung, um sich abzulenken. Bald war es Mittag, und Larior war wieder angespannt wie am Morgen. Der Nebel hatte sich etwas aufgelockert, doch sah man immer noch keinen Flecken blauen Himmels.

Larior machte sich auf den Weg, raus aus der Schmiede, auf die neblige Strasse hinaus. Von manchen Häusern schien man kaum das Dach zu sehen, geschweige denn von den weiteren Bauten. Mit finsteren Gesichtern kamen ihm zahl-

reiche Menschen entgegen, auf dem Markplatz schrien sich verschiedene Männer an und beschimpften sich, wenn sie mit dem Preis nicht einverstanden waren.
Durch die Ritzen zwischen den Pflastersteinen floss eine schmutzige Flüssigkeit und spülte den Staub mit sich. Langsam ging Larior die Stadt hinauf in Richtung des Schlosses. Aus allen Seitengassen kamen weitere junge Männer, die den gleichen Weg zu haben schienen. Er ging an den Werkstätten der Handwerker und den Geschäften der Handelsleute vorbei. Vorbei an Schmieden, Bäckereien, einer Schreinerei, Webereien und vielen weiteren Geschäften und Werkstätten.
Einer der jungen Männer war Greg, anfangs zwanzig und somit etwas älter als Larior. Er trug einen kurzen schwarzen Bart und hatte seine Haare kurz gestutzt. Greg sah die anderen jungen Männer um sich her, unter ihnen Larior. Er war aus besserem Hause und unter den jungen Leuten ziemlich angesehen. Sein Vater war ein wohlhabender Händler, er selbst ein gutaussehender junger kräftiger Mann. Er sah sich um, er fühlte sich den meisten anderen überlegen, vor allem als er sah, wie sie ihre Köpfe hängen liessen. Einzig Larior stach ihm ins Auge, welcher aufrecht und selbstsicher dahinschritt. Er mochte bedeutend jünger aussehen als Greg, doch hatte er etwas an sich, was der Sohn aus einer alten Handelsfamilie nicht deuten konnte. Die anderen schritten gebeugt unter ihren Rucksäcken. Einige trugen Hämmer mit sich, vermutlich, weil sie diese für Waffen hielten. Der junge Mann mit dem hellen Gesicht und den glänzenden blauen Augen zog Greg nun besonders an, er trug an seiner Seite ein Schwert in einer Scheide. Er ging auf ihn zu und marschierte eine Weile schweigend

neben ihm her, bis er ihn ansprach: „Ich nehme an, du ziehst ebenfalls das erste Mal in den Krieg und wirst deine erste Schlacht schlagen. Entschuldige, ich bin Greg."
„Nein", antwortete Larior zu Gregs Überraschung, „ich komme aus Gar, vor mehr als drei Jahren wurde unsere Stadt verwüstet, dort habe ich das erste Mal in einer Schlacht gefochten, vielleicht hast du davon gehört. Zudem wurde ich auf der Reise hierher zusammen mit einem Händler von Banditen überfallen. Übrigens, mein Name ist Larior."
„Freut mich, Larior", erwiderte nun Greg, „natürlich habe ich von der Katastrophe von Gar gehört. Man hört hier verschiedene Geschichten, vor allem auch über den Bürgermeister."
„Was für Geschichten hast du denn über den Bürgermeister gehört?", fragte nun Larior, der neugierig geworden war.
Greg liess sich ein bisschen Zeit, bis er zu erzählen begann: „Mein Vater sagt, er sei ein Bürgermeister, der den Handel vorantreibe ebenso wie der alte Bürgermeister, zudem sei der neue einer der besten Männer bei der Verteidigung Gars gewesen. Er und sein Bruder sollen sogar an der Seite von Prinz Arak und Ritter Lakalt gefochten haben."
Nun sah Larior Greg verwundert an, schwieg jedoch, und die Bilder aus der Schlacht kamen wieder in ihm hoch. Seine Augen wurden feucht, als er an die letzten Augenblicke an der Seite seines Vaters und an die letzten Worte seiner Mutter dachte.
Bald kamen sie zuoberst in der Stadt an. Der Nebel hatte sich gelichtet, man sah über die Mauer hinaus auf die Vorstadt und auf die Ruinen davor im grünen Laubwald. Es schien, als hätte weiter draussen schon einmal eine Mauer

weit um die Ruinen herumgeführt. Es waren langgezogene Überreste, mancherorts stand sogar noch ein zerfallener Turm, allerdings lagen mitten darin jene Felsbrocken, die Larior bereits bei seiner Ankunft aufgefallen waren.

Sie schritten bald durch einen Torbogen in einer Mauer, die das Schloss und die weiteren Bauten in einem grossen Kreis umgab. Der Verputz blätterte an den Seiten des Torbogens ab und Larior schien es, als wären unter dem Verputz Teile von Eyilreáis Buchstaben zu sehen, doch war keiner davon ganz sichtbar. Auf dem Verputz selbst waren allerdings Lobgedichte auf den König und sein Haus niedergeschrieben. Nach dem weiten Bogen mit dem hochgezogenen Fallgitter führte die gepflasterte Strasse durch einen grünen Park in Richtung eines prächtigen Schlosses. Davor erstreckte sich ein grosser, ebenfalls gepflasterter Platz, worauf eine aus Stein gemeisselte Statue stand, die König Urak nachgebildet war, wie Greg meinte. Majestätisch ragte die Gestalt mit erhobenem Schwert vor ihnen auf. Mitten in der Statue war der goldene Drache Cammals auf der Brust des Abbilds eingelassen und leuchtete hell in den schwachen Strahlen der steigenden Sonne. Am Fusse der Statue standen einigen Soldaten in der Tracht des Reiches postiert, einige davon trugen glänzende Rüstungen. Viele junge Männer standen bereits da und wurden von den Soldaten herumbefohlen und verschiedenen Sammelplätzen zugeteilt.

Als Larior und Greg den Platz erreichten, wurden sie beide an den Schultern gepackt und auseinander gezerrt. Jener, der Greg packte, schrie: „Rasch, rasch, du kommst in die Truppe nach Sonnenheim, komm, mach endlich vorwärts, wir haben nicht bis morgen Zeit!"

Jener, der Larior gepackt hatte, war noch unfreundlicher. Er brüllte ihn an, während ihm winzige Sabbertropfen aus dem Mund spritzten: „Du gehst nach Meerstadt, du Weichei, dort wird dir die Kälte nicht so viel anhaben."
Diese Soldaten hatten bereits die Gräuel des Krieges gesehen und fühlten sich deswegen den Neuen bei weitem überlegen. Jener, der Larior mit sich zog, bekam die Bilder seiner sterbenden Kameraden kaum mehr aus dem Kopf, doch spürte er nun auch kein Mitleid mit den Neuen, die nun sein Schicksal oder jenes seiner gefallenen Freunde teilen sollten.
Larior sah enttäuscht Greg nach, dann blickte er suchend um sich, vergeblich versuchte er irgendwo Lakalt in der Menge zu finden. Als sie schon fast beim Banner der Truppen im Süden waren, packte jemand plötzlich Larior an der anderen, noch freien Schulter und meinte zum unfreundlichen Soldaten: „Der hier kommt nach Sonnenheim, er sieht kräftig aus und so, als würde er einen harten Winter überstehen."
Der Soldat liess Larior sofort los und machte einen leichten, ärgerlichen Knicks, bevor er wütend davon stapfte. Der Neuankömmling hatte die Stimme sofort erkannt, doch unterdrückte er seine Freude, als er Lakalt ins Gesicht blickte und dessen spitzbübisches Grinsen erkannte. Mit seinem breiten Lächeln führte der Ritter Larior ohne gross mit ihm zu reden zu den Truppen für Sonnenheim, wo auch schon Greg stand. Dieser sah sich überrascht um, als er die Stimme des jungen Schmiedes hinter sich hörte. Noch überraschter schaute er aus der Wäsche, als er sah, dass Ritter Lakalt neben Larior stand. Greg hatte den jungen Ritter noch nie gesehen. Er hatte ihn sich immer älter vorgestellt

und ganz anders aussehend. In gewisser Weise schien es Greg, als hätten der grosse Mann in der glänzenden Rüstung und sein neuer Kamerad eine gewisse Ähnlichkeit.
Sie wurden in mehreren Reihen hintereinander aufgestellt. Vor jeder der grossen Gruppen stand ein Herold mit dem Banner jenes Ortes, an welchen sie gehen sollten. Unter jedem Banner stand mindestens einer der Ritter, welche sie führen musste. Lakalt stand unter dem Banner Sonnenheims, einer goldenen Sonne über einem roten Haus auf grünem Hintergrund. Die Banner ringsherum wehten im kühlen Wind, welcher auch allmählich den Nebel wegtrug, an einzelnen Stellen schien sogar der blaue Himmel zum Vorschein zu kommen. Mehrere Knappen gingen zwischen den jungen Männern umher, zählten und sahen nach, ob sie taugliche Waffen besassen. Greg trug das Schwert seines Vaters, ein Langschwert mit silbrig besetztem und verziertem Heft. Erfreut ergriff es einer der Knappen und schwang es einmal, dann notierte er sich mit einer Feder etwas auf dem Papier in seiner Hand und lächelte dem Sohn des reichen Händlers zu. Anschliessend ging er argwöhnisch zu Larior. Greg sah, wie der Knappe misstrauisch Lariors gewöhnliches Heft begutachtete und dann die glänzende dünne Klinge. Kurz darauf hörte er, wie er Larior anschrie: „Das ist höchstens ein Zeremonienschwert, mit diesem Zahnstocher könntest du kaum eine Fliege aufspiessen, das Ding bricht bereits beim Schleifen der Klingen.
Als Larior etwas erwidern wollte, sah Greg, wie der Knappe mit dem Schwert ausholte und es auf die Pflastersteine niedersausen liess. Von überall her sahen die Männer zu ihm herüber, auch Lakalt, welcher sich langsam näherte. Die Nächststehenden hoben schützend die Arme vor ihr

Gesicht, um sich vor allfälligen Splittern zu schützen. Die Spitze des Schwertes schlug mit einem lauten Klirren auf dem harten Boden auf, und mit einem leuchtenden Stieben spritzten Funken zum Knappen hoch. Die Umstehenden hatten gesehen, wie die Funken von der Schwertspitze wegstoben und mehrere Steinsplitter aus dem Pflaster barsten. Zuerst meinten viele, es handle sich dabei um Stücke der Klinge, aber dann sahen sie, wie der Knappe überrascht die Schneiden musterte und zu seinem Bedauern nicht den kleinsten Kratzer fand. Erstaunt und mit ärgerlichem Gesicht marschierte der Knappe rasch weiter. Alle, die einen Hammer trugen, wurden zur Waffenkammer geführt, um sich richtige Waffen zu besorgen. Viele jener, die kein Schwert besassen, kamen mit Bogen zurück aus dem Gebäude neben einem der Flügel des Schlosses. Einige wurden mit Schwertern ausgerüstet, wieder andere mit Lanzen.

Daraufhin wollten die Knappen feststellen, wer irgendwelche Rüstungsgegenstände hatte. Der Knappe von vorhin sah sich Lariors Kettenhemd an, welches dieser nun aus seinem Rucksack zog. Er zeigte sich diesmal von Anfang an zufrieden, obwohl ihn die Feinheit der Arbeit äusserst misstrauisch machte. Greg hatte ein dickes Lederhemd und einen Eisenhelm mit lediger Kapuze von seinem Vater dabei. Er wurde darauf mit vielen weiteren Männern in die Rüstkammern befohlen. Dort erhielt er einen Eisenharnisch, welchen er über sein Lederhemd schnallen konnte. Zusätzlich wurden die meisten mit Kettenwaffenröcken ausgestattet, allerdings waren viele der jungen Männer unzufrieden mit der zugeteilten Grösse. Bald standen die jungen Männer in Reih und Glied auf dem Platz. Ihre braunen Hemden

und Mäntel waren nun ledernen und eisernen Rüstungen gewichen. Viele glänzten in der Sonne, die sich inzwischen durch den Nebel hindurchgekämpft hatte. Nachdem alle Soldaten fertig gerüstet waren, wurden sie in die Kasernen rund um den Park geführt. Hinter diesen Gebäuden waren die verschiedenen Waffenplätze angeordnet. Zahlreiche Zielscheiben hingen da und Strohpuppen waren aufgestellt. Einer der Plätze gleich am Schloss war für die Pferde bestimmt. Aus den Ställen nebenan hörte man lautes Wiehern, und viele Stallburschen liefen umher, um die edlen Tiere der Ritter zu beruhigen. Die Truppen für Sonnenheim und Brückstadt wurden in die Nähe des östlichen Schlossflügels in einen alten, jedoch starken Bau gebracht. Die übrigen Neuankömmlinge wurden in das obere Stockwerk geführt, wo in einem riesigen Saal mit hohen Fenstern zahlreiche Lager hergerichtet worden waren. Sie konnten nun ihre Lager beziehen. Greg legte sich auf jenes gleich neben Larior.
Als sie alle ihre Sachen abgelegt hatten, trat Lakalt ein. Er stellte sich auf eine Erhöhung am einen Ende des Saals. Als Ruhe eingekehrt war, begann er mit lauter Stimme zu sprechen: „Ihr seid Bürger Cammals und Untertanen seiner Majestät."
Er hatte diesen Text auf Anordnung des Königs zuvor auswendig lernen müssen, doch versuchte er, ihn möglichst ehrlich rüberzubringen und fuhr fort: „Lange Zeit hatten wir Frieden in unserem Reich, welchen wir unserem König verdanken, doch diese Zeit ist vorüber, sie wurde von unserem Feind beendet. Ihr seid nun jene, die dem Reich den Frieden wiederbringen können. Ihr könnt die Generation sein, die in die Geschichtsbücher eingehen wird und derer alle

gedenken werden, wenn die Grenzen Cammals wieder einmal bedroht werden sollten. Ihr werdet die Helden sein, die den Feind in die Knie zwingen und ihr werdet jene sein, die wieder die Banner unseres geliebten Reiches in den letzten Winkeln der Täler jenseits des Flusses aufziehen werden. Nun, da Ihr alle da seid, werden wir in den nächsten Tagen die letzten Vorbereitungen treffen. In einer Woche werden wir gegen Westen ziehen, um Taten zu vollbringen, wie sie noch nie eine Armee aus Cammal vollbracht hat."

Ein grosses Gemurmel brach aus. Die jungen Männer unterhielten sich untereinander, die Worte des Ritters gefielen ihnen, obwohl einige sie sich noch einmal nachdenklich durch den Kopf gehen liessen. Lakalt selbst dachte ebenfalls über die Worte nach, die er soeben den neuen Soldaten in ihre jungen Köpfe gesetzt hatte, und wusste nicht, was er selbst darüber denken sollte.

Der Abend kam bald und dann die Nacht, als sich alle im grossen Saal schlafen gelegt hatten. Unruhig wälzten sich viele von ihnen auf den Strohlagern hin und her. Manchmal hörte man die Stimme von jemandem, der im Halbschlaf nach seiner Mutter rief.

Siebtes Kapitel - Herbstgold

Nun waren bereits drei Tage vergangen. Draussen auf den Übungsplätzen droschen die jungen Soldaten mit den Holzschwertern gegenseitig auf sich und auf die Übungspuppen ein. Es war ein sonniger Nachmittag, der erste sonnige Tag seit Lariors Ankunft in Cammal. Sie krampften und schwitzten, als plötzlich einige innehielten, sich gegenseitig anstupsten und in Richtung Schloss blickten. Hoch oben auf einer der grossen Terrassen standen zwei Männer mit verschiedenen Kronen und eine junge Dame mit einem leuchtenden Stirnreif. Beim Anblick dieser Dame fühlte sich Greg wie verzaubert. Das goldene Haar der jungen Frau wehte im sanften Wind der nahen See. Der ältere der beiden Männer war König Urak, der mit strenger Miene auf seine neuen Soldaten hinunterblickte und sie kritisch musterte. Die Zeremonienrüstung des Königs leuchtete hell in der strahlenden Mittagssonne. Der zweite Mann war Prinz Arak, auch er trug seine Zeremonienrüstung und stand stolz neben der jungen anmutigen Dame.
Greg schreckte hoch, als Larior ihn plötzlich fragte: „Ist das Prinz Araks Frau?"
„Nein", erwiderte Greg überrascht, „das ist Prinzessin Celeyia. Sie ist aber nicht des Königs Tochter, allerdings wurde sie von ihm wie eine solche aufgezogen. Sie wird am Hof als die Tochter des Königs behandelt. Sie ist die schöns-

te Jungfrau im Reich und weit darüber hinaus. Greg sah, wie Arak Celeyia etwas zu erzählen schien und dann in ihre Richtung deutete. Er wurde daraufhin ganz rot, als die Prinzessin zu ihnen hinunter blickte. Neben ihm stand Larior wie angewurzelt und starrte ebenfalls zur Prinzessin und dem Prinzen hoch, allerdings fiel sein Blick nur auf das wunderschöne Gesicht der Prinzessin. Greg wandte sich ab, es fiel ihm schwer, doch taten es alle anderen ebenfalls. Greg packte Larior an der Schulter und meinte: „Wir dürfen uns keine Hoffnung machen, selbst Mendrieno von Meerschlossfels ist bei ihr abgeblitzt, für unsereins gibt es keine Chance. Zudem will der König sie höchstens dem Prinzen von Salmarsat versprechen, um seinen Einflussbereich zu vergrössern. Ich glaube, König Urak würde sie am liebsten mit dem mächtigsten Mann verheiraten, der in diesen Landen lebt, oder eher dem zweitmächtigsten, denn er hält sich selbst für den mächtigsten."

Daraufhin wandte sich auch Larior ab, doch sah Greg ein verspieltes Lächeln in seinem Gesicht und wie seine verträumten Augen immer wieder auf die Terrasse hinaufblickten.

Die weiteren Tage vergingen, und der Tag ihrer Abreise rückte näher, bis er schliesslich da war. Es war ein milder Abend, Larior und Greg würfelten gerade an einem Holztisch, als einer der königlichen Knappen in die Bauten marschiert kam und laut ausrief: „Der König lädt alle zu einem Abschiedsmahl ein. Es findet im langen Saal des Schlosses statt. In einer Stunde sollt ihr alle dort sein."

Greg und Larior sahen verwirrt von ihrem Spiel auf, und der Sohn des Händlers scherzte: „Merke dir die Zahlen, bei meinem Lauf will ich keine neue Runde beginnen."

Plötzlich kam alles in Bewegung, und überall eilten die jungen Soldaten umher. Bald schon sassen alle nervös auf ihren Lagern und warteten, bis sie abgeholt würden. Es begann zu dunkeln, als endlich der Knappe wieder auftauchte und die Männer in das Schloss führte. In der riesigen Eingangshalle sahen sich alle um und blickten auf die Bilder an den Wänden und auf die Statuen zwischen den Säulen. An manchen Orten schien es, als würden Statuen fehlen, an anderen, als wären ältere durch neuere ersetzt worden. Überall zweigten Gänge zwischen den Säulen in die seitlichen Flügel ab. Geradeaus war eine massive Pforte, über ihr hing ein grosses Gemälde, auf dem der König mit strenger Miene abgebildet war. Nach der hohen Pforte ging es eine breite Treppe hinauf. Zu beiden Seiten zweigten aus einer weiteren Halle wieder Treppen ab. Geradeaus erhob sich eine hohe Eichentür, auf welcher der goldene Drache eingelassen war. Links und rechts der Pforte standen stolze, bronzene Drachen und sahen bedrohlich auf die Menschen nieder. Als sich die hohe Tür öffnete und sich der Drache auf der Pforte teilte, bot sich ihnen ein Anblick, den sie sich nie geträumt hätten. Die Halle war riesig, aus ihren hohen Gewölben hingen goldene Kronleuchter herunter und erhellten eine reich gedeckte lange Tafel in der Mitte des prächtigen Saales. Am Tafelende stand der König, zur einen Seite neben ihm sein Sohn, zur anderen Celeyia, seine Adoptivtochter. Der König trug einen dunkelroten Seidenmantel, gesäumt mit Hermelinpelz über einer Zeremonienrüstung, Prinz Arak war ebenfalls in seiner Zeremonienrüstung erschienen, geschmückt mit einem roten Umhang. Prinzessin Celeyia trug ein wunderschönes dunkelblaues Kleid. Ihr goldenes Haar war mit blauen Bändern durchflochten, und auf ihrer Stirn glänzte ein silberner Reif mit einem leuchtenden Saphir. Der König hingegen hatte sich mit einer schweren goldenen, mit Juwelen besetzten Krone geschmückt, während Arak einen goldenen Reif mit einem hellen Rubin trug. Wie gebannt sahen viele der Männer zur Prinzessin, doch liessen sie davon ab, als sie den scharfen Blick des Königs sahen, dessen Augen sie zu durchbohren schienen. Sie stellten sich an der Tafel auf, die ersten zuunterst an der Tafel, die folgenden an der Seite der Offiziere oben an der Tafel, nicht weit entfernt vom König. Greg und Larior gehörten zu jenen, die sich in die Nähe des Königs begeben mussten. Sie fühlten sich alles andere als wohl beim Gedanken, dass Urak so nahe bei ihnen sass. Auch die Ritter standen am Tisch, zusammen mit ihren vornehmen Hofdamen, Lakalt selbst nur drei Stühle weiter als Larior. Als alle ruhig an ihren Plätzen standen, erhob der König seine Stimme und wandte sich an alle Männer im nun ruhigen Saal: „Ihr seid die Soldaten Cammals, jene Männer, die in einigen Jahren als die beste Generation gelten werden. Ihr werdet jene sein, die unser Reich von allen Feinden befreien. Nun, ihr werdet lange fort sein, manche vielleicht für immer. So esst so viel ihr könnt, geniesst es. Es sollen alle auf euer Wohl trinken, Soldaten des grossen Reiches von Cammal."

Nach diesen Worten setzte sich der König, und alle anderen taten es ihm gleich. Sie genossen das Essen, es mangelte an nichts. Viele bunte Früchte lagen auf den Schalen, würziges Brot stand auf der Tafel, Truthähne und Braten auf silbernen Tabletts und Bratkartoffeln, so würzig, wie sie noch nie einer der Soldaten genossen hatte. Sie speisten alle, bis es draussen vor den hohen Fenstern stockdunkel war. Die

Becher voller Wein wurden einer nach dem anderen geleert und nachgefüllt. Bald schon begann die Schlossmusik zu spielen und die Stimmung hob sich allmählich. Es war schon spät, und manche Leute verschwanden aus dem Saal. Der König sprach leise mit seinen Rittern und dem Prinzen am Tafelende, so dass es von den anderen kaum jemand hören konnte. Der Tisch leerte sich langsam und die Diener räumten die Zinnteller weg. Die Soldaten verliessen einer nach dem anderen den Saal, mehrere von ihnen mit lautem Gelächter, andere mit einem wehmütigen Blick zurück auf den abgeräumten Tisch, doch jeder von ihnen warf noch einen letzten Blick auf die Prinzessin. Vor dem Schloss entschieden sich einige, noch in die Kneipen der Oberstadt zu gehen, bevor sie am nächsten Morgen aufbrechen würden. Wer müde war, ging bereits schlafen, um am nächsten Tag für den Marsch bereit zu sein. Greg war einer von jenen, die sich noch in die Kneipen begaben. Er hoffte seine Familie noch einmal zu sehen. Larior jedoch blieb zurück, er schlenderte alleine und müde durch den Schlosspark und blickte traurig in den klaren Abendhimmel. Er musste an seinen Vater und seine Mutter denken und sah dabei in die Sterne. Seine Füsse trugen ihn vorbei an einem Steinpavillon in Richtung Schlossmauer. Dort blieb er stehen und starrte in den blinkenden Himmel hinauf. Rund herum brannten Laternen im Park und erleuchteten die zahlreichen Blumenbeete und die glitzernden Brunnen. Ihr fahler Lichtschein hüllte die verblühenden Blumenbeete in ein gespenstisches Grau. Der Pavillon wurde vom Mond silbern beleuchtet, und das Wasser in den Brunnen bewegte sich fein mit dem Nachtwind. Die Wellen warfen spielende Lichter an die Säulen des edlen Pavillons.

Larior lehnte sich an die Brüstung der Mauer. Die Wachpatrouille, die vorbeimarschierte, beachtete ihn nicht. Er sah hinauf in das Sternenzelt und flüsterte in der Sprache der Jäger: „Prinäm, ile dis fleyi, Vater, wo bist du? Ich vermisse dich. Bin ich auf dem richtigen Weg oder habe ich den falschen gewählt? Wo bist du?"

Als er eine Weile in die Sterne geblickt hatte, begann er leise in der Sprache der Eyilreä zu flüstern: „Feyiä, äile heyif gläi, Mutter, wo bist du, wo ist die Hoffnung, die du mir gegeben hast?"

„Wen sucht Ihr?", fragte plötzlich eine sanfte Stimme hinter ihm. Larior drehte sich erschrocken um. Die anmutige Gestalt stand unter einem der Parkbäume, sodass Larior ihr Gesicht nicht sehen konnte. Doch er erkannte das blaue Kleid, das im Mondlicht schimmerte. Larior schwieg zuerst einen Augenblick, doch dann wandte er sich wieder zur Mauer hin und erwiderte: „Es mag Euch fremd erscheinen, doch sagte mir mein Vater einst, alle die für das Gute kämpften, kämen als Sterne ans Himmelszelt. Kurz darauf wurde er im Kampf für das Gute getötet. Ich weiss, es klingt seltsam, doch gibt es mir ein wenig Hoffnung."

„Diese Worte habe ich bereits einmal gehört", erwiderte daraufhin Celeyia, die an Lariors Seite getreten war, „es ist lange her, ich kann mich kaum noch erinnern. Ihr seid Larior, nicht wahr? Derjenige, der Arak in Gar das Leben gerettet hat?"

Larior nickte langsam und sah in die hellen klaren Augen der Prinzessin, bis ihm ihr Armband in die Augen stach.

„Ein Kamerad sagte mir, Ihr wärt nicht des Königs Tochter, so seht Ihr auch anders aus als die meisten Frauen hier. Ihr seid viel schöner und anmutiger", flüsterte Larior daraufhin

mit sanfter Stimme, „kann es sein, dass durch Eure Adern das Blut eines anderen Volkes fliesst?"
„Mir wurde gesagt, das Volk, dessen Blut in meinen Adern fliesst, sei ausgelöscht worden, doch habt Ihr soeben in Eyilreäis nach Eurer Mutter gefragt. Ich stamme von den Eyilreä ab, doch weiss ich nicht, ob dieses Volk noch lebt. Woher könnt Ihr Eyilreäis, wenn Ihr ein Mensch aus dem alten Volk seid?", fragte Celeyia zögernd.
Schweigend zog Larior den Ärmel seines Leinenhemdes nach hinten, und das Armband seiner Mutter blitzte im Sternenlicht auf. Nun sah er wieder in die klaren Augen der Prinzessin, die ihn immer mehr verzauberten und sprach mit ruhiger klarer Stimme zu ihr: „Gläi eiylär seläm, dein Volk gibt es noch."
„Diese Sprache hörte ich das letzte Mal, als ich als kleines Kind hier im Süden mit meiner Familie überfallen wurde. Weshalb könnt Ihr Eyilreäis und woher habt Ihr die Steine meines Volkes?", fragte Celeyia überrascht in Eyilreäis.
„Es ist die Sprache meiner Mutter, die ihres Volkes, Eures Volkes", erwiderte Larior nachdenklich, „ich musste sie nie lernen, sie wurde mir gegeben."
„Ihr seid so anders, anders als alle anderen Männer. Selbst anders als jene der Jäger, mit denen ich gesprochen habe", meinte die Prinzessin, als sie eine Weile schweigend nebeneinander an der Brüstung gestanden hatten, „Ihr habt Eure Heimat ebenso verloren wie ich, hat mir Arak erzählt."
Der junge Soldat blickte eine Weile schweigend in die Sterne, ehe er immer noch in der Sprache seiner Mutter erwiderte: „Irgendwie habe ich mich in Gar niemals richtig zuhause gefühlt, als wäre es nicht meine Heimat, als wäre diese an einem Ort fern von hier, manchmal träume ich

davon, doch entschwinden die Bilder davon sogleich wieder. Könnt Ihr Euch noch gut an Milrea erinnern?"
„Kaum noch", erwiderte Celeyia, während sie etwas näher an Larior heranrückte, „ich weiss nicht mehr genau, wieso meine Eltern mich hier in den Süden bringen wollten, allerdings wollte mich mein Vater unbedingt zu einem alten Mann mitnehmen, der irgendwo in Cammal lebte."
Sie standen wieder eine Weile schweigend nebeneinander, bis die Prinzessin die Stille brach: „Ich hätte niemals gedacht, dass ich jemals jemanden treffen würde, der diese Sprache spricht."
„Ich ebenso wenig", erwiderte Larior, „ich hätte mir vor allem niemals träumen lassen, dass ich jemanden wie Euch treffen würde."
Dann ertönte hinter ihnen plötzlich eine Stimme: „Seid Ihr hier, Prinzessin Celeyia?"
Die Stimme kam Larior irgendwie bekannt vor. Er drehte sich um und sah Mendrieno vor sich.
„Der König verlangt nach Euch, Prinzessin", und mit einem abschätzigen Seitenblick zu Larior fuhr er fort, „Ihr solltet Euch so schnell wie möglich bei ihm einfinden."
Celeyia wollte bereits gehen, doch drehte sie sich noch einmal zu Larior um und flüsterte in ihrer Muttersprache: „Versprecht mir, dass Ihr zurückkehrt."
Dann ging sie in anmutigem Schritt durch den Park davon, ihr Haar glitzerte noch eine Weile im fahlen Mondlicht, ehe sie in der Dunkelheit verschwand. Nur noch Mendrieno und Larior waren da an der Mauer und starrten sich gegenseitig hasserfüllt in die Augen. Es war ein Hass, der keinen wahren Grund zu haben schien, doch spürten ihn beide. Mendrieno packte Larior plötzlich an der Kehle und flüsterte ihm ge-

fährlich ins Ohr: „Lass deine Finger von Ihr, sonst wird es dir so ergehen wie deinem Vater."
Das war zu viel für Larior, er stiess den jungen Grafen zurück und warf ihn zu Boden. Das liess sich Mendrieno nicht gefallen, er zog sofort sein Schwert aus der Scheide und hielt es Larior an die Kehle: „Ein Wort von mir würde genügen und du würdest gehängt."
Zum Schrecken des jungen Grafensohns legte sich plötzlich eine Klinge auf seine Schulter und eine scharfe Stimme fuhr ihn an: „Du wirst ihm nichts antun, geschweige denn wirst du Celeyia noch einmal anlügen oder bedrängen, Mendrieno! Zu lang hast du sie beobachtet. Ich habe dich gesehen, du bist ihr durch das Schloss nachgeschlichen. Ich kenne deine Gedanken nicht, doch glaube ich nicht, dass du Gutes im Sinn hast."
Mit diesen Worten tauchte Araks Gesicht über der Schulter des jungen Grafen im Licht auf, welcher sein Schwert sinken liess. Er drehte sich um, während ihm sein Seidenumhang nachschwang, und erwiderte Arak scharf ins Gesicht: „Mein Vater hat einen zu hohen Einfluss, als dass dein Vater zulassen würde, dass du mich tötest, zu viel verdankt Euer Haus dem meinen. Ohne die Unterstützung durch Meerschlossfels werdet Ihr niemals König werden."
Als Mendrieno verärgert davonmarschierte, sagte Larior zu Arak: „Ich danke Euch vielmals."
„Ich muss doch meine Schuld abtragen", erwiderte Arak daraufhin bestimmt, „ausserdem hasse ich diesen Gockel ebenfalls. Aber ich glaube, Celeyia mag dich, Larior, doch sei vorsichtig, das Ansehen deines Volkes ist nicht überall besonders hoch."

Daraufhin schlenderten sie zusammen zurück zum Platz, Arak ging in das Schloss und Larior in die Unterkünfte der Soldaten. Der junge Soldat legte sich hin, seine Augen waren verträumt, und er nahm nicht einmal mehr wahr, dass ihn Greg fragte, wo er gewesen sei. Er hatte nur noch Celeyias anmutiges Gesicht vor seinen Augen.

Die Soldaten schnallten ihre Rüstungen an und schulterten ihre Rucksäcke. Auf Befehl hin schritten sie hinaus auf den grossen Platz, wo jene mit anderen Zuteilungen bereits warteten. Die Soldaten, die weiter aus dem Süden kamen, waren nun auch eingetroffen und traten in die Reihen der Streitmacht ein. Es waren mehr als zweitausend Mann, die auf diesem Platz versammelt waren.
Die Ritter traten nun ebenfalls aus dem Schloss heraus, setzten sich auf ihre bereits gesattelten Pferde und gesellten sich zu ihren Einheiten. Lakalt folgten viele Männer. Ein lautes Flüstern ging durch die Reihen. Sie waren gut gerüstet, auf ihren edlen Helmen war ein Blatt zu sehen, eines aus Eisen, welches dasselbe darstellte wie jenes auf den Helmen der Palastwachen in Periula. Die Helme schützten die Wangen und den Nacken, ohne die Beweglichkeit zu beeinträchtigen. Sie waren edel im Gegensatz zu jenen der gewöhnlichen Soldaten, welche Kappen mit Eisenbeschlägen trugen. Es waren die Männer der Hofgarde, auf ihrer Brust trugen sie den goldenen Drachen auf rotem Tuch. Sie reihten sich neben die Truppen für Sonnenheim ein. Zur Linken von Lakalt stellte sich Gawair hin. Sein Blatt auf dem Helm war mit Gold umrandet. Einige der Hofgardisten führten edle Pferde mit schweren Sätteln neben sich her.

Die Ritter trugen keine Helme, sie hatten sie an ihre Sättel geschnallt. Die Helme der Ritter waren ganz verschieden, jener von Lakalt war jedoch derselbe, den auch die Hofgardisten trugen, allerdings waren die Rippen des Blattes und die Umrandung golden. Alle jungen Soldaten sahen zu den Hofgardisten hinüber, sie sollten also die besten Kämpfer im ganzen Reiche sein. Alle trugen ein Schwert an der Seite, einige von ihnen zudem auch noch Bogen und Köcher auf dem Rücken. Jene mit Pferden hatten sogar noch lange Lanzen an den Seiten ihrer Pferde. Greg sah, wie Larior die Männer bewundernd beobachtete und wie sich in seinen Augen ein seltsamer Glanz spiegelte. Es war ein Glanz, den er noch nie gesehen hatte, ein Glanz, der ihn selbst mit Hoffnung erfüllte und mit Kampfgeist, der die Furcht aus ihm vertreiben wollte.
Larior sah sich nach Drior um, dem Hofgardisten, der ihm bei Manfred die Nachricht überbracht hatte, sich als Soldat zu melden, doch unter Lakalts Leuten war er nicht. Er erblickte ihn jedoch am Tor mit einer Hellebarde Wache stehen, zusammen mit einem anderen Hofgardisten. Er würde also nicht mitkommen. Nach einer Weile traten Trompeter auf den Balkon mit dem goldenen Geländer oberhalb des Haupttores des Schlosses hinaus. Sie bliesen in ihre silbernen Instrumente, woraufhin ein grosser Mann mit glänzender Krone erschien. Er trug eine Zeremonienrüstung mit rotem Umhang, der golden umstickt war. Als sich alle auf dem Platz leicht verbeugt hatten, auch die Ritter auf ihren Pferden, begann König Urak mit lauter Stimme zu sprechen: „Unser Feind hat das Land mit Übel überzogen, gnadenlos versucht er, unsere Grenzen zu zerstören und unser Volk zu unterjochen, doch wir werden standhalten."

Er wartete, bis grosser Jubel unter den Soldaten ausbrach und fuhr dann mit entschlossener Stimme fort: „Ihr alle seid ehrenhafte Bürger des Reiches, jenes Reiches, welches es zu verteidigen gilt. Ihr werdet dem Feind gegenüberstehen, doch werdet Ihr mit Kampfgeist und Ehre siegreich sein. Ihr werdet als Helden zurückkehren, Ihr werdet Ruhm und Ehre ernten, Ihr werdet es sein, die uns den Frieden wiederbringen. Ihr werdet die grössten Helden unserer Zeit, man wird Euch ehren und Lieder über eure Taten singen. So fordere ich Euch alle auf, Männer, kämpft für den Frieden und Wohlstand in unserem Reich. Besiegt jene, die ohne Reue unsere Frauen und Kinder abschlachten. Bekämpft die, die uns nur Leid bringen wollen!"

Mit dem letzten Wort zog Urak sein Schwert aus der Scheide und streckte es gegen den Himmel, woraufhin alle laut zu jubeln begannen. Es war ein langanhaltender durchdringender Jubel, der über die ganze Stadt hallte. Als die Rufe geendet hatten, setzten sich die Ritter und hinter ihnen die Hofgardisten in Bewegung. Kurz darauf marschierten auch alle anderen los, jede Gruppe angeführt von einem Fähnrich.

Die Hofdamen standen an der Pflasterstrasse und warfen vor ihnen Blumen den Abmarschierenden zu Füssen. Mit traurigen Gesichtern sahen sie die Soldaten an. Greg bemerkte plötzlich, dass am grossen Schlosstor auch die Prinzessin stand. Anstatt geradeaus zu schauen, schwenkten die Blicke der Soldaten zu ihr, einzig die Ritter und Hofgardisten konnten sich beherrschen. Arak und Celeyia winkten sich zu, bevor Arak durchs Tor ritt. Als die Truppe für Sonnenheim, die grösste Truppe bisher, durch das Tor schritt, sah Greg, wie sich Lariors Blick mit jenem der Prinzessin traf und beide lächelten, was ihm irgendwie gar nicht gefallen wollte. Bald hatten alle Männer den Park verlassen und gingen durch die Strasse die Stadt hinunter. Vor ihnen fielen weiterhin Blumen auf die Strasse, geworfen von Frauen mit braunen Kopftüchern und deren Kindern. Es schien, als wäre kein Mann mehr in der Stadt, einzig vereinzelt sah man noch ein bärtiges Gesicht.

Manfred stand am Marktplatz und wartete, bis das in der Herbstsonne glänzende Heer an ihm vorbeischritt. Er winkte Larior zu, als er ihn in der zehn Mann breiten Reihe sah, sein ehemaliger Arbeiter hob ebenfalls die Hand zum Gruss. Manfred sah ihnen traurig nach. Wie viele von ihnen würden wohl zurückkehren, und würde Larior unter ihnen sein oder den vielen anderen Gefallenen folgen? In grossen Schritten marschierten sie aus der Stadt, ihre Rucksäcke auf den Schultern, ihnen voraus die Ritter und die Hofgarde mit wehenden Bannern.
Als sie durch die Vorstadt schritten, schauten die Bürger neugierig aus ihren Fenstern, und die finsteren Gestalten versteckten sich tief in den Gassen. Bald passierten sie die Ruinen und kamen in das hügelige, leicht bewaldete Land. Hier wurde es wärmer. Ein milder Wind begann von Süden her zu wehen, nachdem die Strasse einen Bogen nach Westen gemacht hatte. Sie marschierten lange über die breite Strasse, sodass die Sonne bald wieder zu sinken begann.
Von weitem sah man bereits die Türme Periulas, die hohe Mauer und die weiten Brücken. Die Trompeten ertönten, als sie in Sichtweite der Stadt kamen. Hoffnungsvoll hellten die durchdringenden Klänge der Trompeten die Gemüter der Soldaten auf.

Greg und Larior schritten müde nebeneinander dahin. Sie redeten über ihre Vergangenheit, und Greg fiel auf, wie Larior immer auswich, wenn das Thema auf die Jäger fiel. Er erfuhr jedoch, gerade als sie das Tor durchschritten, dass Larior bereits in Periula gewesen war. Dann sahen sie den Palast auf dem Felsen und die Brücke, die zu ihm hinführte mit den edlen Wächtern. Manche der Soldaten starrten auf das in der Abendsonne glänzende Kristalldach und vergassen beinahe weiter zu marschieren. Nun sah Greg wieder das entschlossene Leuchten in Lariors Augen, als dieser die hohen Türme des alten Palastes mit ihren Blütenspitzen betrachtete.

Sie schritten zu einigen Gebäuden vor der grossen Brücke, die zum Felsen hinüberführte. Vor ihnen erhoben sich zu beiden Seiten Türme mit den Blütenspitzen, welche den Palast ebenfalls an allen vier Ecken und an dessen Ende säumten. Zu beiden Seiten der Brücke standen grosse Männer mit glänzenden Rüstungen, die jenen der Hofgarde glichen, doch trugen diese nicht das Wappen Cammals, sondern das Blatt auf ihren Panzern.

Im Vergleich zu Cammal waren hier alle Gebäude sauber und gepflegt. Jede Einheit wurde zu einem anderen Gebäude geführt, die gesäumt um einen Platz vor der Brücke standen. In einigen davon waren bereits viele junge Männer eingezogen, überall schauten sie zu den Fenstern heraus, andere trafen erst ein.

Die Truppen, welche im Süden von Markander aus vorstossen sollten, wurden auf der linken Strassenseite einquartiert, jene mit dem Angriff von Brückstadt aus auf der rechten Strassenseite. Alle anderen Truppen wurden nun fast verdoppelt, während jene, die nach Sonnenheim gehen mussten, nur mit ein paar Palastwachen aus Periula verstärkt wurden. Sie trugen dieselbe Rüstung wie die Hofgardisten, einzig, dass sie auf ihren Panzern das Blatt mit dem Schwertheft trugen.

„Was ist das für ein Wappen?", fragte Larior Greg.

„Keine Ahnung", erwiderte dieser zu Lariors Enttäuschung, „doch habe ich gehört, sie würden diese Rüstungen tragen, weil sie von viel besserer Machart sein sollen, auch wenn sie bereits alt sind."

Die Hofgardisten aus Cammal und Periula bezogen Gemächer in einem der oberen Stockwerke, während sich die müden Soldaten auf Lager in den unteren Räumen niederliessen. Als sie schon fast schliefen, meinte Greg zu Larior: „Ich glaube, nun sind fast alle Männer zusammengezogen worden. Einzig aus Altfestungshausen und Garlendburg werden wir wohl noch Verstärkung erhalten. Die Männer aus Nagat sollen in Passbrück zum Heer stossen, um nach Markander zu gehen. Ich stelle mir jedoch die Frage, wieso unserem Trupp so wenige Männer zugeteilt sind."

Larior kehrte sich müde zu ihm um und erwiderte: „Die Hofgardisten kannst du für zehn zählen. Ausserdem habe ich gehört, dass der König auf die Unterstützung der Jäger in Sonnenheim hofft, und die zählen ebenfalls für zehn."

„Du glaubst doch nicht etwa an diese Ammenmärchen, Larior", meinte darauf Greg mit einem breiten Grinsen, „so gut sind die Hofgardisten und diese Jäger auch wieder nicht. Ohne uns normale Soldaten könnten auch diese keine Schlacht gewinnen."

Daraufhin erwiderte Larior nachdenklich: „Ich habe die Jäger bereits kämpfen sehen, auch Prinz Arak und Ritter Lakalt. Glaube mir, die zählen alle für zehn."

Greg sah ihn daraufhin erstaunt an, allerdings kam ihm dann wieder in den Sinn, dass Larior aus Gar kam und er von diesem geheimnisvollen Volk mehr wissen musste als er.

Die Nacht verging für sie viel zu schnell, sie waren noch müde, als die Knappen sie mit lauten Glocken schadenfroh weckten. Rasch packten alle ihre Sachen zusammen und stellten sich draussen auf dem Platz bereit. Ihre Anzahl schien sich über Nacht beinahe verdoppelt zu haben. Mit Arak an der Spitze marschierten sie daraufhin unter den Klängen der hellen Trompeten aus der Stadt. Die schweren Rüstungen drückten sie an vielen Stellen, und das Gewicht ihrer Rucksäcke schien immer schwerer zu werden. Am Abend rasteten sie in der Nähe eines grösseren Dorfes an der alten Strasse, wo Zelte aus dünnem Stoff für sie aufgestellt worden waren. Obwohl der Stoff den Wind abhielt, war die Nacht eisig kalt und die Soldaten froren. Am nächsten Morgen wurden sie geweckt, als es erst dämmerte. Müde schritten alle los, die Ritter hatten sich nun zu ihren Truppen gesellt und ritten neben den Bannern her. Die Soldaten marschierten gebeugt dahin, einzig die Hofgardisten schritten aufrecht in stolzer Haltung an der Spitze der Truppe für Sonnenheim.

Es war ein trüber Tag, der Nebel versperrte die Sicht auf die Sonne und hin und wieder nieselte es, umso gedrückter wurde die Stimmung unter den Männern. Gegen Mittag bogen die Truppen für Markander nach Westen gegen Passbrück hin ab, während die Truppen für Brückstadt weiter der Strasse folgten. Nun waren sie kaum mehr tausend Mann, die nach Bergbachtal und Sonnenheim zogen.

„Ich hoffe, in Altfestungshausen kommen noch einige Männer mehr hinzu", meckerte einer der Korporale, der in der Nähe von Greg ging, „ansonsten sehe ich schwarz für uns."
Greg verstand ihn gut, denn von den übriggebliebenen war zusammen mit der Hofgarde kaum ein Viertel für Sonnenheim bestimmt. Die Soldaten schienen nun noch niedergeschlagener. Ein starker Regenguss gegen Abend verschlimmerte ihre Verfassung noch mehr anstatt sie zu erfrischen.
Tags darauf erreichten sie endlich Altfestungshausen. Viele von ihnen hatten sich erkältet und niesten einer nach dem anderen. Die Männer aus Altfestungshausen standen bereits vor den Toren und gesellten sich sogleich zu ihnen. Völlig geschockt mussten die Männer für Sonnenheim zusehen, wie ihnen kaum hundert Mann zugeteilt wurden und sie nun knapp vierhundert Mann zählten. Larior sah zu der Festung auf dem Berg hoch und bekam nun wieder etwas Mut, als er die schweren alten Mauern an den Abhängen sah, obwohl diese teilweise baufällig und zerstört waren. Traurig standen die knorrigen alten Bäume an den steilen Hängen und streckten ihre Äste von sich.
Die Soldaten marschierten weiter, mehrere Tage. Sie durchschritten die Wälder, durch die Larior mit Kari gekommen war. Manchmal hatte Greg das Gefühl, als würden sie aus dem Dickicht heraus beobachtet, doch wusste er, dass kein Bandit es auch nur im Traum wagen würde, ein Heer dieser Grösse auszurauben oder ihm auch nur nahe zu kommen. Entgegenkommende Reisende traten zur Seite, verbeugten sich vor Prinz Arak, als sie ihn erkannten und warteten dann, bis das ganze Heer an ihnen vorbeigezogen war. Schon bald kamen sie zur Abzweigung, die nach Moordorf führte. Larior musste an Maral denken, er vermisste

den alten Kauz in seiner kuriosen Hütte. Kurz darauf dachte er, er würde es sich nur einbilden, doch dann merkte er, dass er sich nicht irrte. An ihnen vorbei ging tatsächlich ein alter Mann gebeugt auf einen Stock gestützt. Larior, der am Rand der Kolonne schritt, sah den alten Mann erfreut an. Als er an ihm vorbeimarschierte, drückte ihm Maral unauffällig ein Fläschchen in die Hand und flüsterte: „Gegen Erkältungen, wird dir gut tun. Mach's gut."
Maral hatte sein Leiden nur vorgetäuscht.
Der junge Soldat lächelte schief, als er die dickflüssige Substanz in der Phiole genauer beäugte. Er warf einen Blick zurück, doch Maral war bereits wieder verschwunden. Sie schritten weiter über die alte Strasse, die ihm nur allzu bekannt war, und als sie um eine Biegung kamen, sahen sie Lariors Heimatstadt Gar. Greg sah seinen Kameraden an und meinte daraufhin verwundert: „Hier bist du also aufgewachsen?"
Ein hölzerner Bogen schwang sich bei der Gabelung der Strasse nach Gar hinaus über die grosse Strasse. Von weitem schon konnte man die Aufschrift auf dem mit Blumen geschmückten Bogen lesen „Alles Gute für unsere Helden!". Daneben sah man zu beiden Seite der Strasse fast ganz Gar stehen. Die Menschen hielten bunte Herbstblumen in den Händen und warfen sie jubelnd den Rittern und den Soldaten zu. Neben dem Bogen standen mehrere Pferdewagen, beladen mit allen möglichen Dingen, Waffen, Rüstungsteilen, Zelten und Nahrungsmitteln. Bei jedem Wagen standen vier gut gerüstete Stadtwachen.
Auf einmal sah Larior ihn, den Bürgermeister, seinen Bruder, auf einem kleinen Podest neben den Wagen. Er verbeugte sich vor Arak, als dieser langsam zu ihm heranritt.

Lakalt ritt ebenfalls zusammen mit den anderen Rittern heran und hörte dem Bürgermeister aufmerksam zu, als dieser seine Worte an sie wandte. Grindor begann zu Arak zu sprechen und sagte laut, dass es die gesamte Bevölkerung Gars hören konnte: „Wir sind stolz darauf, Eure Hoheit bei diesem Unternehmen mit Waren unterstützen zu dürfen, da wir es mit Männern nicht tun können. Ihr seid die Helden, die dafür sorgen, dass wir hier in Frieden leben können."

Daraufhin verbeugte er sich einmal mehr vor Arak und gab den Stadtwachen bei den Wagen ein Zeichen, sich zu den Soldaten zu gesellen. Daraufhin fuhr er mit klarer schmeichlerischer Stimme fort: „Ihr werdet für immer in unseren Ehren stehen. Man wird Lieder in Gar über Euch und Eure Ritter singen. Aller Segen sei mit Euch und Euren Männern im Kampf gegen jene, die uns Leid zufügen wollen."

Von weitem hörte Larior die Worte seines Bruders und konnte ihn kaum mehr erkennen. Er hatte ihn noch nie in dieser Art erlebt, so schmeichlerisch. Auch als dann das ganze Heer vorbeischritt, machte Grindor kaum eine Bewegung, als sich sein Blick und der seines Bruders trafen. Enttäuscht und niedergeschlagen marschierte der junge Soldat neben Greg her.

Sie durchschritten in den nächsten Tagen das hügelige Land mit seinen zerfallenen Türmen und den weiten Wäldern. Bald schon kamen die ersten Dörfer der Grafschaft Garlendburg in ihre Sichtweite. Sie waren von unterschiedlicher Grösse, einige kleiner, andere grösser, doch waren es keine Städte. Allerdings waren alle Häuser gut gepflegt, und jeweils über einem Haus in der Dorfmitte wehten die Banner von Cammal und Garlendburg. In den Dörfern waren kaum Männer zu sehen, und die Frauen verschwanden in den Häusern, sobald sie das Heer kommen sahen. Der Korporal, der neben Greg dahinschritt, meinte hoffnungsvoll: „Die Männer aus diesen Dörfern sollten in Brückstadt zu uns stossen. Ich hoffe, dort erhalten wir noch Verstärkung für Sonnenheim, die können wir auf jeden Fall gebrauchen."

Zu ihrer Linken sahen sie in der Ferne das silberne Band des Grossen Flusses und die Hügel, die sich dahinter erstreckten, und noch weiter in der Ferne erschienen bereits die ersten Silhouetten der Ausläufer der Sonnenberge. Vor ihnen zog sich die alte Strasse mehrere weitere Tage Richtung Norden ohne grössere Biegungen zu machen. Stand ein Hügel im Weg, führte sie mitten hindurch, und Senkungen im Gelände waren mit mächtigen Dämmen aufgeschüttet.

Bald sahen sie die Tore Brückstadts und die breite Brücke, die sich über den Grossen Fluss schwang. Neuer Mut kam in ihnen auf und sie marschierten leichter, denn endlich hatten sie wieder ein Ziel vor Augen. Einzig die Hofgardisten schritten immer noch gleich aus wie eh und je, als hätte sich überhaupt nichts verändert. Die Wagen aus Gar, gezogen von Maultieren, rollten in der Mitte des Heeres dahin und holperten über die Pflastersteine. Gierig sah jeder der Soldaten auf den Wagen mit dem würzigen Trockenfleisch und dem Käse. Andere verglichen die Ladung mit jener auf anderen Wagen und schätzten ab, welche wohl besser wäre. Die Stadtwachen aus Gar, welche die Wagen begleiteten, waren noch frischer als die anderen Soldaten, allerdings wurden auch sie allmählich müde.

Gegen Abend erreichten sie endlich die Tore Brückstadts und marschierten über die breite Strasse in die Stadt hinein, zwischen den Häusern hindurch zur alten Brücke. Sie überquerten die Brücke, die jener in Periula ähnelte und sich in einem einzigen Bogen über den Grossen Fluss schwang. Zu beiden Enden befand sich je ein Tor mit zwei Türmen, welche alle eine Blütenspitze besassen und hoch über die Häuser rundherum aufragten.

Auf der anderen Flussseite erreichten sie ein grosses Zeltlager, welches von einer hohen Palisade umgeben war. Die Zelte schienen aus gutem Stoff zu sein, einige sogar aus Leder, über manchen wehten Wimpel und Banner. Die Zelte auf den Wagen aus Gar wurden ebenfalls aufgestellt. Jene der Ritter befanden sich in der Mitte des Lagers, es waren grössere Zelte als alle anderen, über ihnen wehten die Banner ihrer Häuser, über dem grössten hing ein grosses Banner mit dem goldenen Drachen des königlichen Wappens. Es war das Zelt, welches für den Prinzen bereitstand. Die Soldaten aus Garlendburg waren bereits hier und hatten angefangen, Spanschweine über den Feuern zwischen den Zelten zu braten. Alle anderen Soldaten bezogen ebenfalls ihre Zelte. Greg teilte sich eines mit Larior und sechs weiteren Soldaten, welche auf der Reise neben ihnen gegangen waren.

Bald schon roch man von überall her das bratende Fleisch, das an Spiessen über den Feuern gedreht wurde und vor Fett nur so troff. Als Greg und Larior wieder aus dem Zelt heraustraten, meinte Greg: „Irgendwie habe ich das Gefühl, das wird eine unserer letzten richtig guten Mahlzeiten, ich glaube kaum, dass wir in den Bergtälern gebratene Schweine vorgesetzt bekommen."

Über anderen Feuern nebenan hingen Töpfe voll mit Linsen. Über ihnen stieg Dampf auf, welcher sich mit dem Rauch des Feuers vermischte. Überall im Lager unterhielten sich Soldaten miteinander, sodass ein Gewirr von Stimmen entstand. Einige lachten, während andere traurig und verzweifelt dreinblickten. Als die Schweine fertig gebraten waren, wurden alle herbeigerufen, ihre Eisenteller wurden mit Linsen und Schweinefleisch gefüllt, sodass die Augen der Männer nur so zu leuchten begannen. Greg und Larior sassen beieinander vor dem Zelt und genossen die Mahlzeit. Ihnen beiden war mulmig zu Mute, am nächsten Tag das sichere Lager verlassen zu müssen und Richtung Sonnenheim zu ziehen. Larior zog sein Schwert ein wenig aus der Scheide und streichelte mit seinen Fingern über die Schneide. Nur fein, er spürte die Berührung kaum, wohl aber die Hoffnung, die davon ausging. Greg neben ihm zog, nachdem er gegessen hatte, ebenfalls sein Schwert aus der Scheide und begutachtete es. Er fragte sich, ob er es wohl noch einmal schleifen sollte, doch er entschloss sich, es zu lassen, da ihm die Schneiden scharf genug schienen. Bald schon legten sie sich zum Schlafen auf die Tücher in ihren Zelten. Es waren weiche Tücher, jedoch nicht vergleichbar mit einem bequemen Bett. Lange Zeit lagen die acht Soldaten in diesem Zelt noch wach da und sahen zum Zeltdach hinauf. Erst spät konnten sie endlich einschlafen. Greg wälzte sich noch einmal zur Seite und sah, wie Larior über glänzende Edelsteine an seinem Handgelenk strich und dabei seltsame Worte murmelte.

Greg hörte das grelle Läuten der Glocken als erster. Es war ihm, als wäre er erst gerade eingeschlafen. Es war ja noch nicht lange her, da hatte er vom feinen saftigen Schwein gegessen, doch hatte es bereits zu dämmern angefangen und der Morgen brach an. Die Zelte leuchteten feurig im hellen Morgenrot, das von Brückstadt her flammte. Überall rannten bereits Knappen zwischen den Zelten hindurch, um alle wach zu kriegen und dafür zu sorgen, dass niemand sich im Lager verstecken konnte. Die Pferde der Ritter waren bereits gesattelt, alle trugen nun erstmals ihre Helme. Jelak und Gelak trugen eiserne Helme, die den ganzen Kopf mit einer Kettenkapuze umgaben, Lakalt trug den Helm, der jenen der Hofgarde glich und Arak einen, der mit einem goldenen Reif umgeben war. Zudem hatte der Helm des Prinzen einen Federnbusch, der bis in seinen Nacken hinunterfiel. Sie stellten sich vor dem Lager auf, die Hofgarde schloss sich Lakalt und Arak an, während der grösste Teil der Soldaten den beiden Brüdern Jelak und Gelak folgte.

Die Befürchtungen des Korporals bewahrheiteten sich. Während Jelak und Gelak nun beinahe zweitausend Soldaten hatten, waren hinter dem Prinzen nur etwa hundert neue hinzugekommen und bildeten nun ein knapp fünfhundert Mann starkes Heer. Allerdings leuchtete beinahe die Hälfte von ihnen rot in der Morgensonne, es waren die Hofgardisten, deren eiserne schimmernde Rüstungen feurig glänzten. Sie verliessen das Lager durch ein Tor in der Palisade und begaben sich auf einen schlecht gepflegten breiten Weg. Es war nun ganz anders zu marschieren als auf der alten gut gepflasterten Strasse. Es geschah immer wieder, dass die Soldaten ein Stück weit durch den Schlamm stapfen mussten.

Lakalt nahm an der Spitze des Heeres einige Hofgardisten beiseite und ging mit ihnen dem Trupp voran. Offenbar wollte er den Weg vor dem Haupttrupp absichern und mit etwa fünfzig reitenden Hofgardisten die Vorhut bilden.

„Das sollte eigentlich gesichertes Gebiet sein", sagte Lakalt nachdenklich zu Arak, „hier ist kaum mit Hinterhalten zu rechnen."

Arak meinte daraufhin mit tiefen Sorgenfalten auf seiner jungen Stirn: „Du hast schon recht, doch will ich bis zum Spitzbachtal eine Vorhut haben. Man kann nie vorsichtig genug sein."

Auf einmal stiess Greg Larior in die Seite und meinte erschrocken: „Ich habe gerade etwas gesehen, da im Gebüsch, dort ist etwas."

„Hab ich auch, das ist einer der Jäger. Sie beobachten uns schon, seit wir Brückstadt verlassen haben", erwiderte Larior zu Gregs grossem Erstaunen.

„Also folgen sie uns wirklich", meinte daraufhin Greg hoffnungsvoll, „sie werden uns also wirklich im Kampf unterstützen und uns helfen. Der König hat sie wohl dazu bewogen uns beizustehen, hoch lebe er!"

Larior warf ihm bei diesen Worten einen abschätzigen Blick zu und entgegnete: „Wären die Hofgardisten nicht bei uns, würden sie uns womöglich nicht beistehen. Das ist eine kluge List des Königs. Auf jeden Fall denke ich nun, dass sie uns helfen werden."

„Ich hoffe es auch", meinte ihr vorgesetzter Korporal nebenan, von dem Greg erfahren hatte, dass er Wilhelm hiess, „sonst sieht es für uns wohl nicht rosig aus."

Wilhelm war ein mittelgrosser Mann mit einem Geissbart. Es hiess, dass seine Vorfahren alle im königlichen Heer gedient hätten und dort gefallen seien. Sein Blick schweifte beiläufig durch die Gegend und er marschierte zügig dahin,

als wäre er auf dem Weg zum Markt. Immer wieder durchschritten sie kleinere Wälder oder kamen an abgebrannten Dörfern vorbei, in denen nun wieder einige neue Häuser standen. In der Ferne sah man die schneebedeckten Gipfel der Sonnenberge mit ihren weiten Ausläufern, die im Dunst über den Wiesen verblassten.
Der Weg hatte bessere und schlechtere Abschnitte, an einzelnen Stellen war er trocken und man kam schnell voran, während er an anderen Stellen schlammig und schwer begehbar war. Mehrmals rutschten einige der Soldaten auf den nassen Wurzeln aus, die von den Bäumen durch den Weg hindurchkrochen. Immer wieder mussten einzelne Männer die Karren schieben, die mit ihren schmalen Rädern im Schlamm stecken geblieben waren. Das Fell der Maultiere dampfte vor lauter Schweiss ebenso, wie die Stirnen der Soldaten triefend glänzten. Dann und wann regnete es eine Weile, was den Mut der Soldaten weiter schwächte und sie gebückt gehen liess. Mürrisch stapften sie dahin und beschwerten sich untereinander über ihr Schicksal. Einzig die Hofgardisten marschierten unverändert weiter, Greg schien es, als würden sie gar nichts vom miesen Wetter mitbekommen und sich wie auf einem Spaziergang in der warmen Sonne am Königstag fühlen. Der Weg begann allmählich zu steigen, teilweise war er über längere Abschnitte sogar ziemlich steil. Der Korporal, der immer noch mit ihnen in einer Reihe marschierte, war übler Laune und meinte immer wieder mürrisch: „Und ich habe mich freiwillig gemeldet. Diese Landschaft sollte man doch einfach sich selbst überlassen, sie ist sowieso nur mühsam zu durchqueren."

Es waren schon zwei Tage vergangen, seit sie das Zeltlager bei Brückstadt verlassen und sich nach Südwesten gewandt hatten. Sie folgten nun dem Spitzbach, der zu ihrer Rechten toste und schäumte, während sich das grössere Heer unter der Führung der zwei Brüder Jelak und Gelak nach Süden dem Grossen Fluss entlang zum Bergbachtal aufgemacht hatte.
Die Hänge zu Ihrer Linken wurden immer höher und steiler und mit ihnen die Strasse, bis sie schliesslich oben an einem Abhang standen, der unter ihnen hin in ein nebliges Tal abfiel. Von unten hörte man ein mächtiges Rauschen. Das Tal machte in der Richtung, aus welcher sie gekommen waren, einen grossen Bogen nach Westen und verlief geradeaus in jene Richtung, in welche sie noch gehen mussten. Sie hatten eine kleine Anhöhe erreicht, über die der kürzeste Weg von Brückstadt her in das Spitzbachtal führte. Im unteren Teil des Tales sah man am jenseitigen Ufer des Spitzbaches kleine Dörfer mit grossen Feldern an den Hängen, einige der steileren Stellen waren mit Steinmauern zu Plantagen gemacht worden, auf denen man einzelne Menschen arbeiten sah, welche aus dieser Entfernung kaum grösser wirkten als Ameisen.
„Ist dies das Spitzbachtal?", fragte Larior Greg, da er es selbst nicht sicher wusste, obwohl er in Marals Haus einige Landkarten dieser Gegend angesehen hatte.
„Ja", antwortete Greg, „das was wir hier unten hören, muss der Donnerfall sein. Das ganze Wasser aus den Sonnenbergen, welches durch den Spitzbach fliesst, stürzt über diesen tosenden Wasserfall. Wer weiter oben in den Bach stürzt, wird von den Fluten mitgerissen und über die Klippen des Donnerfalls geschmettert.

Der Nebel begann sich zu lichten, und tatsächlich sah man gleich unter ihnen Teile der Klippen, über die das Wasser tosend über eine Talschwelle hinabstürzte. Die Gischt wurde bis zu ihnen hochgetragen, sodass sie die feinen eiskalten Wassertröpfchen in ihren Gesichtern spürten. Manche fühlten sich erfrischt, als die Tropfen ihnen den Schweiss von der Stirn wuschen und sich auf ihre Zungen legten, andere hingegen verfluchten die unangenehmen kleinen kalten Dinger, die sie frösteln liessen.

Weit unter ihnen schlug das Wasser tosend und brüllend auf die Felsen auf. Es schäumte und überzog den Fluss noch ein gutes Stück das Tal auswärts mit einer weissen Krone. Hohe Klippen ragten aus dem Fluss empor und drohten jeden Augenblick mit den Wassermassen ins Tal zu stürzen.

Sie gingen den Weg weiter, während der Donnerfall immer lauter wurde. Schon bald standen sie gleich neben ihm und konnten kaum noch ihre eigenen Worte hören. Einzig das Tosen der Wassermassen war zu hören und beraubte sie ihrer Sinne. Die meisten von ihnen blickten sehnsüchtig den Weg zurück, hin zur Anhöhe, über welche sie gekommen waren.

Achtes Kapitel - Herbstleid

Die Soldaten waren bereits wieder ein Stück über den schmalen geraden Weg marschiert, der rechts vom Spitzbach bedrängt wurde und links zu den Hügeln hin von einem steilen, bewaldeten Hang, der sich zu einem hohen Grat hinaufzog. Bergseits waren immer wieder Wegstücke in den Felsen gehauen. Seit sie den Donnerfall passiert hatten, ritt Lakalt aufmerksam neben Arak her, als sie plötzlich erschraken. Vor ihnen war ein Teil des Weges in den Fluss gestürzt. Arak rief jene Soldaten herbei, die Schaufeln und Pickel trugen, um einen passierbaren Pfad dem Ufer entlang herzurichten. Die Offiziere gaben sogleich den Befehl weiter, und im hinteren Teil des Heereszugs versuchten einige Soldaten neben der stehenden Kolonne nach vorne zu gelangen. Lakalt rief dem Prinzen zu: „Dieser Weg ist nicht von alleine in den Fluss gestürzt, wir sollten vorsichtig sein."
Daraufhin gab Arak den Männern hinter ihm den Befehl: „Jene mit Schaufeln zu mir. Ihr anderen zieht sicherheitshalber eure Schwerter, packt eure Lanzen, spannt eure Bogen, seid auf alles gefasst!"
Unruhe brach aus, und Arak sagte zu Lakalt: „Nimm einige deiner Männer und sichere das Gelände! Ich habe das un-

gute Gefühl, dass wir hier nicht sicher sind. Ich glaube, wir werden beobachtet."
Lakalt wählte mehrere seiner Hofgardisten aus, einige davon spannten ihre Bogen, während andere ihre blanken Schwerter bereithielten. Sie bewegten sich langsam in den Wald oberhalb des Weges hinein. Mit furchterfüllten Gesichtern sahen die Volkssoldaten zu, wie die Hofgardisten mit gezogenen Waffen in der Böschung über dem Weg verschwanden. Einige von ihnen selbst hatten bereits die Schwerter gezogen und Pfeile aufgelegt, andere jedoch schienen gar nicht beunruhigt zu sein. Einer der Soldaten, der Greg schon lange wegen seiner Grossspurigkeit aufgefallen war, lachte sogar und meinte spöttisch: „Ich dachte, der Prinz sei furchtlos und kein Angsthase, hier wird uns sicher niemand auflauern."
Fast am Ende des Zuges standen Greg, Larior und ihr Korporal Wilhelm. Sie wurden unruhig, als sie die Befehle des Prinzen hörten. Plötzlich vernahmen sie aus dem Wald hinter ihnen gedämpfte Laute, es waren komische Geräusche, als wären es Stimmen. Greg hörte etwas, das so klang: „Rz gsch kf dsrksk."
Angst packte ihn und er sah sich zu Larior um, der dieselben Laute gehört hatte, doch dieser hatte bereits das Schwert gehoben und schrie laut: „Skralgas! Sie sind im Wald."
„Fr drz grbsch schss", lautete die Antwort weiterer heimtückischer Stimmen, als die bösen Kreaturen bemerkt hatten, dass sie erkannt worden waren. Als noch mehrere Soldaten diese lauten Rufe aus dem Wald hörten, ertönte der Schrei eines Leutnants: „Schilde nach vorn, dahinter Lanzen und Schwerter, zuhinterst die Bogen. Macht schnell. Rasch, macht schon, stellt euch dem Feind entgegen."

Gerade als er geendet hatte, hörte man einen Schrei, der grausam durch die Luft klang. Es war wieder eine der unverständlichen Stimmen aus dem Wald: „DSURKSÜK!"
Kurz darauf schossen plötzlich mehrere schwarze Pfeile aus dem Dickicht hervor. Viele von ihnen sausten zwischen ihnen hindurch und stiessen ins Wasser, doch einer traf einen jungen Mann, der am Wegrand stand, der zum Fluss abfiel. Er schrie auf, als ihn der Pfeil in die Schulter traf und fiel rücklings ins reissende Wasser. Das Wasser spritzte hoch auf, und die eiskalten Tropfen liessen die Nächststehenden erschaudern. Einen Augenblick lang versuchte er sich noch mit den Armen gegen die Wassermassen zu wehren. Er schrie entsetzt, doch wurde er vom Wasser mitgerissen und trieb wild mit den Armen rudernd auf den Donnerfall zu, ehe er mit einem letzten Schrei im Nebel über den Klippen verschwand. Weitere Pfeile kamen geflogen, doch hatten die Soldaten endlich ihren Schildwall errichtet, sodass nur wenige getroffen wurden.
Plötzlich sprangen Gestalten aus den Büschen auf sie zu, sie trugen schwarze Panzer, manche von ihnen auch kantige Helme, sie leckten sich ihre gelben und schwarzen Zähne, die über ihren schwarzen Lippen hervorstachen, ihre schwarze ledrige Haut war mit einer seltsamen Masse bestrichen. In ihren Händen hielten sie dunkle Äxte und Schwerter aus schwarzem Stahl. Die Soldaten wurden von einem Pfeilhagel überzogen, der von weiter hinten aus dem Wald kam. Viele Pfeile blieben in den Holzschilden stecken oder prallen von jenen aus Stahl ab, einige trafen jedoch ihr Ziel und liessen mehrere der Volkssoldaten mit schmerzverzerrtem Gesicht niedergehen.

Nun surrten auch die Sehnen der Bogen der Soldaten, auch ihre Pfeile flogen nun auf diese hässlichen Wesen zu. Einige trafen sogar, während andere dahinter in Ästen und Stämmen stecken blieben. Zum Schrecken der Soldaten rissen einige der getroffenen Gestalten die Pfeile aus ihren Wunden, leckten die Spitzen ab und sprangen wild brüllend auf sie zu.

Der Prinz an der Spitze des Zuges hörte den Kampflärm von hinten und schrie sogleich aus voller Kehle: „Skralgas! Hofgardisten folgt mir! Zeigt dem Feind, wer ihr seid."

Er machte kehrt und ritt auf schmalem Weg dem Zug entlang zurück dorthin, wo die Schreie herkamen. Die Soldaten wichen so gut es ging aus, um die gut gerüsteten Hofgardisten und Palastwachen durchzulassen. Weit oben hörte man fast denselben Ruf wie jenen des Prinzen, es war Lakalts Stimme. Fast zu hinterst sah man nun, wie mehrere junge Soldaten versuchten die Bestien zurückzuhalten. Sie drückten mit aller Mühe ihre Schilde gegen sie und versuchten sie mit ihren Lanzen zu treffen, während die Bogensehnen surrten. Verzweifelt versuchten sich die Soldaten über den Weg zurück zu bewegen, um nicht in die Wassermassen gedrückt zu werden, welche neben ihnen dahin donnerten, einige drohten bereits mit ihren Stiefeln über den Wegrand zu gleiten, der langsam abbröckelte. Arak und die Hofgardisten stürzten sich nun von der Seite her den Skralgas entgegen, welche versuchten, vor den Hofgardisten zurückzuweichen. Gegen gewöhnliche Soldaten liessen sie ihrer Kampfeslust freien Lauf, doch dort wo der Stolz von Cammals Armee auftauchte, bekamen es selbst diese wilden Kreaturen mit der Angst zu tun.

Ein Leutnant gab den Soldaten im vorderen Teil den Befehl in den Wald zu eilen, um dem Feinden in die Seite zu fallen. Einer der Bestien sprang auf Araks Pferd zu und versuchte mit einem hohen Sprung den Prinzen zu erreichen, doch dieser spiesste seinen Gegner mit seinem Schwert auf. Als ihn diese Bestie aus dem Gleichgewicht gebracht hatte, sprang von der Seite her eine weitere auf ihn zu. Arak konnte ihren Hieb mit seinem Schild parieren, wurde jedoch aus dem Sattel gerissen. Als er noch am Boden lag und sein Feind zu einem weiteren Schlag ausholte, stiess er blitzschnell zu und durchstach das Bein seines Feindes. Arak sprang auf und zog sein Schwert aus dem Bein der schwarzen Bestie, doch diese stiess nur ein „Schss!" aus und stürzte sich dann wieder auf den Prinzen, welcher nun aber weit ausholte und dem Skralgas mit einem gewaltigen Streich den Kopf abschlug. Die Hofgardisten rundherum trieben die Skralgas wieder etwas in den Wald zurück. Mancherorts kamen den Soldaten bereits schwarze Rinnsale den Hang herab entgegen, das Blut der gefallenen Bestien.

Nun hörte man auch von weiter oben Schwerterklirren, dort hatte Lakalt gehört, dass unten aus dem Hinterhalt ein Angriff stattfand. Er stürzte sich mit seinen Männern in die Richtung der Schreie. Bald schon sahen sie vor sich mehrere schwarze Gestalten im Dickicht zum Weg hin lauern. Er gab seinen Männern das Zeichen leise zu sein, woraufhin einige ihre Bogen spannten, zielten und ihre Pfeile sausen liessen. Die Pfeile surrten durch die Luft auf jene zu, die im Hinterhalt nun selbst in einen Hinterhalt geraten waren. Doch als diese mit lauten Schreien fielen, kamen aus mehreren Gebüschen weitere Bestien, die sie zuvor nicht gesehen hatten, sie stürzten sich nun auf den Ritter und seine Hofgar-

disten, welche ihrerseits ihre Schwerter bereit hielten. Sie prallten aufeinander, die schwer gerüsteten Hofgardisten hatten einen klaren Vorteil, da sie von ihren Rüstungen in ihrer Wendigkeit kaum eingeschränkt wurden, doch die Skralgas waren zahlreich und unerschrocken. Sie schienen nun zu versuchen, den Trupp von oben einkreisen zu wollen und ihn gegen unten zu treiben. Obwohl sie den Bestien grosse Verluste zufügen konnten, gelang es diesen, sie weiter hinab zu drängen. Einige der Bestien legten bereits ihre Bogen an, um die Hofgardisten noch weiter zurück zu zwingen und einige von ihnen zu töten, doch plötzlich wurden sie selbst von Pfeilen durchbohrt. Sie kamen von weiter oben und trafen sie in den Rücken. Einer von ihnen erkannte mit einem lauten Stöhnen, dass auf einmal eine Pfeilspitze aus seiner Brust schaute. Er sank voller Schmerz langsam auf die Knie und rollte kraftlos den Abhang hinunter. Mit Gebrüll drehten sich einige Skralgas um und erschraken. Männer in dunklen Mänteln, in tiefer Haltung und mit spitzen Schwertern bewaffnet kamen auf sie zugerannt.
Es waren die Jäger, viele Jäger, mehr als Lakalts Trupp umfasste. Sie schlossen die Skralgas zwischen sich und den Hofgardisten ein, welche nun mit erhobenen Schwertern auf ihre Feinde zueilten.
Greg und Larior sahen, wie von vorne Arak herbeipreschte, doch auch, wie mehrere ihrer Kameraden getroffen oder in die Wassermassen gestossen wurden. Auch sie selbst kamen dem reissenden Spitzbach immer näher. Plötzlich glitt Greg aus und drohte die Böschung hinunter ins Wasser zu stürzen. Er erkannte, wie sich bereits mehrere Soldaten an den Büschen mit aller Kraft festzuklammern versuchten, doch kümmerte ihn im Augenblick sein eigenes Schicksal

am meisten. Als er zu stürzen drohte, packte ihn Larior am Arm und zog ihn zurück auf den Weg. Bevor sich Greg bedanken konnte, meinte sein Kamerad mit leuchtenden Augen: „Die Zeit zum Kämpfen ist gekommen. Lass uns diese Wesen des Bösen vernichten."
Er nahm seine besondere Stellung ein. Vor ihnen war nur noch eine Reihe, die sie vom Feind trennte. Larior stürmte vor, Greg sah zu, wie er einem Pfeil auswich und plötzlich neben dem Korporal stand, der mit blutüberströmtem Gesicht versuchte einen rasenden Gegner von sich fernzuhalten. Nun stürmte Greg ebenfalls vor und stellte sich mutig an die Seite des Korporals.
Wilhelm stand nun in der ersten Reihe, er hatte Mühe, sich gegen seinen Gegner zu erwehren, doch dann, als dieser ihm einen tödlichen Stich zu versetzen suchte, traf er die Bestie in den Hals und sie brach zusammen. Erleichtert kehrte sich der Korporal um, blieb aber geschockt stehen, denn vor ihm stand ein riesiger schwarzer Krieger, dessen Axt auf ihn zufuhr. Nichts konnte er mehr bewegen, er bereitete sich schon auf den letzten Schmerz vor und blickte voller Furcht dem entgegen, was kommen würde. In diesem Augenblick liess der Angreifer die Axt fallen, verdrehte die Augen, machte einige Grunzgeräusche und brach dann mit einem letzten schmerzerfüllten Stöhnen zusammen. Nun sah Wilhelm, wie eine helle Klinge langsam an der Kehle der Bestie zum Vorschein kam, sie hatte sich von hinten durch den Nacken des Skralgas gebohrt. Der Korporal sah Larior neben der Bestie auftauchen und sein Schwert zurückziehen, es schien, als würde das schwarze Blut daran abperlen und es stattdessen schimmernd aufleuchten lassen.

Greg sprang für einen Kameraden in der ersten Reihe ein, der mit einem Pfeil im Arm zurücktaumelte, er konnte gleich einem Skralgas einen tödlichen Stich versetzen und blickte nun voller Stolz auf sein edles Schwertheft, welches noch leuchtend aus dem Leib seines Feindes hervorstand. Voller Kampfgeist zog er sein glänzendes, nun aber mit grünschwarzem Blut verschmiertes Schwert zurück. Nebenan sah er, wie sich Larior wild zwischen die Reihen der Feinde stürzte, gleich neben ihm erschien nun Arak mit seinen Männern. Greg sah, wie die beiden nun Seite an Seite kämpften. Er beneidete seinen neugewonnen Freund um diese Ehre, doch das verflog rasch wieder, als vor Larior ein Skralgas mit einer langen breiten Axt auftauchte und mit einem lauten Kampfschrei voller Kraft ausholte. Die Axt sauste Larior entgegen, doch dieser wich aus, und die Axt prallte an den Boden. Die Bestie packte nun einen langen gekrümmten Dolch. Erschrocken sah Greg, wie Larior stolperte und die Bestie ihm den Dolch in die Seite rammte. Nun musste er erkennen, dass auch der Sohn eines Jägers nicht über mehr Glück verfügte als er selbst. Es schien nun das Ende seines Kameraden zu sein, der sogleich die Augen auf den Dolch richtete, der sich durch seinen Lederwams gebohrt hatte. Doch erstaunt sah Greg, dass der Dolch einfach abglitt, der Skalgas überrascht grunzte und ihm Larior sein Schwert in die Seite rammte. Die bläulich schimmernde Klinge durchstach den schwarzen Panzer der Bestie und liess sie zu Boden gehen, wo sie regungslos liegen blieb.

Die Reihen der Feinde vor ihnen lockerten sich allmählich, es schien, als würde aus dem Wald kein Nachschub mehr kommen. Die Skralgas sahen sich verwundert um, sie konnten sich nicht erklären, wo ihre Mitstreiter geblieben waren, welche die Spitze des Zuges hätten vernichten müssen. Auf einmal brachen allerdings zum Schrecken der Soldaten zahlreiche Kämpfer aus dem Wald heraus, doch anstatt das Heer anzugreifen, stürzten sie sich mit ihren schimmernden Schwertern auf die immer noch heftig kämpfenden Skralgas. Es waren die Hofgardisten! Ihre blutverschmierten Rüstungen glänzten bläulich im Licht der Sonne. Die Überkleider mit dem Wappen Cammals waren zerrissen, sodass den Bestien nun das Blatt mit dem Schwertstiel entgegenblitzte und sie zurückweichen liess. Hinter den Hofgardisten erschienen Männer in dunklen Mänteln. Sofort erkannten alle, dass das keine weiteren Feinde waren, sondern die sagenumwobenen Jäger, deren Pfeile nun einen Gegner nach dem anderen niederstreckten und deren Schwerter die Hälse der Skralgas regelrecht durchfuhren.

Arak schwang sein Schwert und stürzte sich auf die paar letzten Gegner, die stärker gerüstet waren als die anderen und die noch ein letztes Mal heftigen Widerstand leisteten. Neben sich sah der Prinz im Augenwinkel Larior in seiner seltsamen Position gegen einen Gegner kämpfen, der gleich darauf vom Schwert des jungen Soldaten fiel. Einige der übrig gebliebenen Skralgas rannten nun in Richtung Fluss, versuchten noch einige Soldaten mitzureissen und sprangen dann in die reissenden Fluten, wo sie mit ihren kräftigen Armen versuchten, gegen die Strömung an das andere Flussufer zu gelangen. Cammals Bogenschützen schossen ihnen nach. Ein Soldat war von einem springenden Skralgas mitgerissen worden und kämpfte nun im Wasser verzweifelt gegen ihn. Sie trieben ringend dem Ufer entlang in Richtung Donnerfall und wurden nie wieder gesehen.

Auf einmal sah man, wie einer der Skralgas soeben das andere Ufer erreichte, als einer der Jäger seinen Bogen anlegte, ihn spannte, eine Weile zielte und dann schoss. Der Pfeil flog in einem weiten Bogen über den Fluss, wo auf der anderen Seite dieser letzte Feind mit einem hämischen Grinsen aus dem Wasser gestiegen war. Doch dieses Grinsen verging ihm, als ihn der Pfeil in die Brust traf, er kopfüber zurück in die Wassermassen stürzte und rasch den hohen Klippen entgegentrieb, über die er kurz darauf in die Tiefe stürzte.

Das Gefecht war vorbei. Jene, die sich noch an der Uferböschung festklammerten, wurden von ihren Kameraden hochgezogen. Die Verwundeten wurden zu den Jägern gebracht, von welchen sich einige um sie kümmerten. Die anderen Jäger durchstreiften daraufhin zusammen mit Lakalt und einigen seiner Männer die Gegend, um sicher zu gehen, dass keine weiteren Feinde in der Nähe waren. Mehrere Soldaten machten sich daran, mit Schaufeln, Spaten und Pickeln den Weg behelfsmässig wiederherzustellen. Es waren jene, die vom Kampfgeschehen ziemlich verschont geblieben und noch bei Kräften waren, besonders Männer von der Spitze des Zuges. Es wurde langsam dunkel und Feuer wurden angezündet, für die Verwundeten wurden Zelte aufgestellt, die für den Notfall mitgeführt wurden. Nahe der Stelle, wo der Weg erneuert werden musste, wurde ein grosses Feuer entfacht. Arak, Gawair und Lakalt, der nun von der Erkundungstour zurückgekehrt war, sassen an diesem Feuer. Zu ihnen gesellten sich zwei Jäger, einer von ihnen hiess Feldrior, der andere war Rubair. Gespenstisch liess das Licht der Flammen die Gesichtszüge der fünf

Krieger spielen. Den Soldaten, die etwas weiter unten mit Schaufeln und Pickeln den Weg wieder zu gestalten suchten, fiel auf, dass alle dieser fünf Heerführer am Feuer eine gewisse Ähnlichkeit miteinander hatten. Obwohl sie davon ausgingen, dass sie sich vom Licht des Feuers täuschen liessen, wurden sie das Gefühl nicht los, als würde in den Augen der fünf Männer eine Tiefe innewohnen, wie sie die Volkssoldaten erst bei den Hofgardisten gesehen hatten. Selbst bei Lakalt und Arak schien etwas aus langer Vergangenheit im Blick zu liegen, obwohl sie nach dem Wissen der Arbeitenden keine Angehörigen des alten Volkes waren.

Als sie sich alle fünf an das Feuer gesetzt hatten, begann Arak mit gedämpfter Stimme zu sprechen: „Ich will meinen besonderen Dank an Euch richten. Ihr habt uns geholfen, ohne dass Ihr dazu verpflichtet gewesen wärt. Einmal mehr habt Ihr uns grössere Unterstützung geleistet, als dass man sie vergelten könnte. Mein Vater soll endlich besser von Euch denken, wenn ihm von diesem Vorfall berichtet wird."

„Es liegt ebenfalls in unserem Interesse Euer Heer zu schützen", erwiderte daraufhin Rubair, „ich bin mit meinen Jägern aus der Freistadt Waldnam herabgekommen, als ich hörte, dass Ihr nach Sonnenheim wollt. Schliesslich folgen Euch viele unseres Volkes. Weit hinten im Spitzbachtal soll sich ein grosses Lager der Skralgas befinden, wie uns Späher berichtet haben. Obwohl wir keine Zweifel haben, dass Eure Hofgardisten sich selbst schützen können, seid Ihr nicht viele Krieger. Zudem gibt es einige unter Euch, deren Leben uns sehr wichtig ist."

Beim letzten Teil des Satzes sah er Lakalt geheimnisvoll an, der zur Verwunderung des Jägers entgegnete: „Hier in dieser Runde ist meine Abkunft kein Geheimnis, Prinz Arak und

Gawair wissen, wer mein wahrer Vater ist. Sie wissen, dass ich aus dem Volke der Jäger stamme und der einzige und somit jüngste Sohn Haldriors bin."

Bei seinen letzten Worten funkelten seine Augen voller Stolz. Mit einem breiten Lächeln fuhr Feldrior fragend fort: „Was machen Skralgas so weit im Osten? Ich dachte, Ihr hättet sie bis westlich von Sonnenheim zurückgedrängt. Wie ist es ihnen gelungen, ohne Euer Wissen bis hier vorzustossen?"

„Wir hatten sie noch im Spätsommer zurückgedrängt", erwiderte Arak daraufhin verärgert, „doch weiss ich nicht, wie sie an all unseren Wachposten unbemerkt vorbeigekommen sind. Es stellt sich nun dieselbe Frage wie damals, als diese Bestien in Gar aufgetaucht waren. Gibt es einen engen Vertrauten meines Vaters, der unser Reich verrät? Schliesslich glaube ich nicht, dass unsere Soldaten so unzuverlässig sein können."

Daraufhin antwortete Rubair nachdenklich: „Ich glaube, die Menschen, die damals maskiert in Gar eingedrungen waren, könnten dahinterstecken, jene, die Arior getötet haben. Wir haben diese Menschen auch schon diesseits des Grossen Flusses gesehen, sie machen gemeinsame Sache mit unserem Feind. Es sind Söldner, viele von ihnen scheinen von jenseits der Sonnenberge über die Pässe gekommen zu sein. Allerdings denke ich, dass sich ihr Anführer in den engsten Kreisen Eures Vaters bewegt, Prinz Arak."

„Diese Mistkerle", rief daraufhin Feldrior wütend aus, „Arior war wie ein Bruder für mich, vor allem, als wir noch jünger waren. Wir wuchsen in einer kleinen Stadt unseres Volkes im Norden zusammen auf. Ich werde die Männer noch finden, die ihn getötet haben und sie dann höchst persönlich vernichten."

„Sein Sohn ist bei uns", warf daraufhin Lakalt vorsichtig ein.

„Was?", rief darauf Rubair aus, „sein Sohn ist bei Euch? Wieso denn das?"

Arak zuckte mit den Schultern und wollte gerade etwas sagen, als Lakalt ihm ins Wort fiel und beinahe im Flüsterton antwortete: „Ich habe dafür gesorgt, dass er in diesen Trupp eingeteilt wurde, doch war es nicht mein Einfall, dass Larior für uns kämpfen sollte. Ihr kennt vielleicht den alten Mann aus Moordorf, Maral, er soll von Arior den Auftrag erhalten haben, auf den Jungen zu schauen und sich um ihn zu sorgen."

Daraufhin sagte Rubair erzürnt, aber leise: „Ich verstehe nicht, wie Arior seinen Sohn diesem alten Mann anvertrauen konnte, der kann ihn doch nicht zu einem wahren Krieger machen. Ein Narr muss Arior dieses eine Mal gewesen sein, seinen eigenen Sohn diesem Greis anzuvertrauen. Würde er nicht so hoch in der Gunst Haldriors und der anderen älteren Jäger stehen, würde ich ihm kein bisschen vertrauen."

„Ein Narr?", ertönte plötzlich eine Stimme hinter ihnen, „immer mehr von eurem Wissen geht verloren, während ihr in der Wildnis umherstreift, wenn ihr Arior einen Narren nennt. Genau deswegen sorgte er dafür, dass sein Sohn nicht unter euch Jägern aufwuchs, sondern in einer der grossen Städte Isulas."

Überrascht fuhren sie herum, zogen ihre Schwerter und richteten sie auf die Gestalt, die nun in den Schein des Feuers trat. Als sie ganz unruhig dastanden und sich fragten, wie der Mann an den Wachen vorbeigekommen war, erkannten Rubair, Arak und Lakalt den bärtigen Mann. Rubair, der als erster die Fassung wiederfand, stotterte verwirrt: „Maral?"

Nachdem er eine Weile mit offenem Mund dagestanden hatte, fragte er weiter: „Als Erstes würde ich gerne wissen, wie Ihr an den Wachen vorbeigekommen seid und dann auch noch, was Ihr als alter Mann alleine hier in dieser Gegend sucht."

„Ich kann dafür sorgen, dass ich nicht gesehen werde, wenn ich es nicht will", antwortete Maral mit einem breiten spitzbübischen Grinsen, wurde dann jedoch wieder ernst, „was die Gründe betrifft, ist meine Sache. Ich kann Euch einzig sagen, dass ich zu Eurem Schutze hier bin. Ich habe gehört, der Trupp für Sonnenheim sei zu klein, da bin ich gleich nach Brückstadt gewandert und Euch gefolgt. Damit, dass die Jäger Euch helfen würden, habe ich gerechnet, doch kamen sie ebenso wie ich zu spät, um die Leben derer zu retten, die heute gefallen sind. Allerdings konnte ich einem Trupp der Skralgas einen kleinen Streich spielen, der euch den Rückzug hätte abschneiden sollen. Mit den letzten Worten warf er dem Prinzen den Helm eines Skralgas vor die Füsse und fuhr fort: „Seid vorsichtig, Prinz Arak, der Verrat, der sich gegen Euren Vater richtet, reicht tiefer als Ihr denkt."

Die anderen sahen Maral immer noch erstaunt an und Lakalt fragte ihn: „Soll ich Larior rufen lassen? Er würde sich sicher freuen Euch zu sehen."

„Nein", erwiderte Maral hastig, „es wäre nicht gut, wenn alle sehen würden, dass ich hier bin, auch Larior nicht. Ich kann Euch besser helfen, wenn ich überraschend handeln kann. Wenn ein alter Mann durch den Wald stolpert, erregt dies weniger Misstrauen, als wenn er Seite an Seite mit jungen Soldaten marschiert."

Nun sahen ihn die anderen wieder verwirrt an und Gawair stellte eine Frage, die allen auf der Zunge lag, sie aber nicht auszusprechen wagten: „Ihr seid alleine und nur mit einem Schwert und einem Bogen ausgestattet, vielleicht tragt ihr ja noch einen Dolch, doch das tut nichts zur Sache. Wie findet Ihr den Mut, alleine durch diese unsichere Gegend zu gehen?"

Maral sah Gawair zuerst böse an, sodass dieser zurückwich, doch entschloss er sich dann zu antworten und entgegnete: „Ich habe so meine Methoden, um sicher überall hin zu gelangen, ohne dass mich ein Feind findet oder mich gar tötet."

„Manche sagen", begann Gawair all seinen Mut zusammennehmend, „dass Ihr Zauberkräfte habt, ist da was dran?"

„Hätte ich diese, so würde ich Euren Mund zuwachsen lassen, damit Ihr keine Fragen mehr stellt", fuhr Maral Gawair an, „ausserdem würde es Euch einen Dreck angehen, was ich für Kräfte habe."

Gawair entschloss sich nun zu schweigen, um nicht noch einmal den Zorn des merkwürdigen alten Mannes auf sich zu lenken. Obschon er eben erst dermassen zurechtgewiesen worden war, musste er in sich hineingrinsen, wenn er den alten schrulligen Mann ansah.

Jetzt wandte sich Maral an Arak: „Ich würde zu gerne wissen, was Eure Grenzwachen machen, schliesslich sollten die Skralgas weit entfernt sein."

„Ich glaube wir wurden verraten", erwiderte Arak in verärgertem Ton und wurde dann lauter, „irgendein Vertrauter

meines Vaters hat es gewagt das Reich zu verraten. Mein Vater ist von zu vielen Menschen umgeben, die nur ihren eigenen Vorteil im Sinn haben, doch ist er bei ihnen in guter Gesellschaft. Ich weiss es, dass Ihr mich drauf ansprechen wolltet und ich weiss auch, dass mein Vater nicht der beste König ist. Trotzdem will ich diesen Krieg so schnell wie möglich gewinnen, nicht für meinen Vater, nein, sondern für das Volk und das Reich. Umso besser wäre es zu wissen, wer dahintersteckt, um den Verräter zur Rechenschaft zu ziehen."
Darauf strich wieder ein Grinsen über Marals Gesicht. Der alte Mann näherte sich nun Arak und flüsterte ihm ins Ohr: „Ich hoffte, dass ihr das sagen würdet, das ist die richtige Einstellung. Die Männer sollten nicht für ihren König kämpfen, sondern für ihre Heimat. Ein König ist austauschbar, ein Reich und das Volk nicht. Dennoch befürchte ich, dass dieser Verrat tiefer reicht als wir alle ahnen und dass er sich nicht nur gegen Euren Vater richtet."
Lakalt hörte erstaunt Marals Worte und sagte, als der alte Mann geendet hatte: „Könnte ich nachher noch mit Euch alleine sprechen, Maral? Ich würde gerne wissen, wie es meinem Vater geht."
„Selbstverständlich", antwortete Maral mit einem neugierigen Blick, denn er spürte, dass der Ritter noch mehr von ihm wissen wollte. Sie redeten noch eine Weile am Feuer über die Ereignisse des vergangenen Tages. Sie berieten darüber, wie das nur passieren konnte und wieso sie angegriffen wurden. Viele Vermutungen wurden aufgestellt und wieder verworfen, während der grösste Teil des Heeres sich bereits hingelegt hatte und unruhig schlief. Nur die Arbeiter, die den Weg wieder begehbar machen mussten, konn-

ten sich noch nicht zur Ruhe legen. Ausserdem strichen zahlreiche Wachen wachsam mit leuchtenden Fackeln den Hängen entlang durch den Wald, doch sahen sie nichts, ausgenommen die Leichen der Skralgas, die von den Jägern und Lakalts Trupp liegengelassen worden waren.

„Zum Glück waren es nicht allzu viele", bemerkte Arak erleichtert, „ich glaube, es waren keine zweihundert, aber was machen die hier?"

„Ich denke, sie haben nicht mit einem so grossen Heereszug gerechnet", erwiderte Lakalt, „ausserdem konnten sie uns trotzdem beinahe vierzig Mann nehmen. Wären wir mit einem gewöhnlichen Verstärkungstrupp unterwegs gewesen, hätten sie diesen womöglich bis auf den letzten Mann ausgelöscht ohne selbst grosse Verluste einstecken zu müssen."

Nachdem sie eine Weile über die Worte des Ritters nachgedacht hatten, sprachen sie weiter darüber, was sie als Nächstes tun sollten. Dass sie auf direktem Weg nach Sonnenheim gehen sollten, waren sich alle einig. Rubair entschloss sich, mit seinen Jägern dem Heer vorauszugehen und die Umgebung zu sichern, Maral entschied sich ihm zu folgen. Als sie das weitere Vorgehen fertig besprochen hatten und Arak müde den Kopf auf seinen Sattel sinken liess, packte Maral Lakalt am Arm und zog ihn mit sich in den Wald. Rubair und Feldrior hatten den jungen Ritter immer wieder neugierig gemustert, und so meinte Rubair zu Feldrior, als Lakalt mit Maral verschwunden war: „Das ist also Haldriors Sohn. Er soll der zwanzigste der Linie sein. Ich hoffe er tut das, was sein Vater schon längst hätte tun müssen. Ich sehe in ihm allerdings einen grösseren Feldherrn als in Haldrior, obwohl er noch gar jung ist. Möglicherweise hat

Maral damit recht, dass es den Jungen unseres Volkes guttun würde, wieder in den Städten unserer Vorfahren zu leben."
Feldrior hörte ihm aufmerksam zu und nickte dann und wann, allerdings war er mit dem letzten Satz des Jägers aus Waldnam nicht einverstanden und erwiderte: „Ich glaube, die Jungen würden sich zu stark den anderen Menschen anpassen, sie sollten nicht in jenen Städten aufwachsen, die uns entrissen wurden."
Eine Weile sprachen die beiden Jäger am hohen Feuer noch miteinander, ehe sie die Ihren zusammensuchten und sich mit ihnen auf den Weg machten.
Maral war mit Lakalt ein gutes Stück den Weg entlang weitergegangen und blieb auf einmal stehen. Nachdem er eine Weile geschwiegen hatte, begann er in scharfem Flüsterton zu sprechen: „Deinem Vater geht es gut, er streift wie eh und je den Strassen entlang und erledigt Banditen, doch glaube ich nicht, dass du deswegen mit mir sprechen willst."
„Nein", erwiderte Lakalt ebenso scharf, „es geht nicht darum. Du hast vorhin gesagt, ein König wäre austauschbar, das Reich hingegen sei es nicht. Wieso waren dann meine Vorfahren so lange auf der Suche nach dem König und hatten nicht einfach einen neuen ernannt? Das wäre viel einfacher gewesen und hätte unser Volk vielleicht nicht so zerstreut."
Nun wurde Maral ruhiger und bedachtsam. Er packte Lakalts Schulter und sah ihm tief in die Augen, geheimnisvoll begann er mit ruhiger flüsternder Stimme zu sprechen: „Das wirst du noch verstehen, der König von Cammal hat sich einst selbst zum König ernannt, ebenso wie fast alle

Könige unserer Zeit, doch war das nicht immer so. Die Linie der Könige von Marsat hatte dieses Reich nicht aus Machtgier regiert. Ihre Vorfahren hatten das Reich errichtet, die tüchtigsten Polariä erhielten das Land vom Volk und wurden zu Königen gemacht. Sie nahmen sich nicht selbst die Krone, sie hatten sie sich verdient wie die Treue des alten Volkes, denn sie dienten diesem treu. Sie waren nicht nur die Herrscher über das Reich, sondern dessen Mittelpunkt, sie waren ein Teil davon. Ohne den König war das Reich nicht mehr das, was es mit ihm gewesen war. Die alten Reiche deines Volkes sind mit dem König gestiegen und mit ihm gefallen. Die Macht, die ihm durch seine Linie zuteil war, war grösser, als es sich die Könige von heute vorstellen können. Selbst Nirbrior, der letzte König von Marsat, war nur der Erbe von Königen, die mehrere Generationen vor ihm über ein weit grösseres Reich geherrscht hatten, doch verschwand der Glanz Marsats mit dem Fall des letzten Erben. Nicht Uraks Linie hat Cammal aufgebaut. Es waren die Könige und Statthalter alter Zeiten, die ein prächtiges Reich geschaffen hatten, zu dem einstmals auch Cammal gehörte oder Isula, wie die Statthalterschaft damals noch hiess. Doch nun, da die Verfassung Marsats vorgesehen hat, dass du oder dein Vater als Statthalter alleine über Marsat herrschen können, ist es euch beiden überlassen, euer Erbe wahrzunehmen. Die letzten Statthalterschaften im Norden werden sich Marsat unterstellen, auch wenn dort kein König mehr herrscht. Du wärst der höchste Statthalter, und dir würde eine ähnliche Rolle zufallen wie der erloschenen Linie der Könige. Es gibt noch einige Städte deines Volkes und diese werden dir folgen, wenn du dein Erbe antrittst.

Besonders Narmarsat hat noch eine gewisse Grösse und Marsat würde bald erwachen."

„Diese Zeit wird möglicherweise noch kommen", erwiderte Lakalt daraufhin nachdenklich, „doch bin ich noch zu jung um mein Erbe anzunehmen. Ich vermöchte es noch nicht, eine solche Last auf meinen Schultern zu tragen. So wie du die Könige der alten Zeit beschreibst, kann ich ihrem Erbe gar nicht gerecht werden, zumindest noch nicht."

„Wenn du es tust", fuhr Maral nun mit einnehmender Stimme fort, „dann musst du dir sicher sein, dass du dazu bereit bist, du musst es sein. Das Volk der Polariä wird dir dann folgen und du bist nahezu ihr König, doch darfst du dann nicht vergessen, dass du nicht ganz ihr König bist, sondern nur dessen Stellvertreter, bis dieser zurückkehrt. Es gibt selbst ein Lied darüber in der Sprache deines Volkes. Ich kann mich nur noch an das Ende erinnern, doch das sagt genug aus:

Dis carai reible mai meyira
Gilai dalar bleyita faira
Seit carai ai kilä dis
Sa lebla carai eyis

Ist der König verschwunden oder tot
Der Statthalter wird die Krone erhalten
Doch König ist er nicht
Das ist nur der König allein."

Nun sah Lakalt träumerisch zu den Baumkronen hoch, er sah sich die Äste der Tannen an, welche den Blick auf die Sterne verdeckten. Als er sich umsah, war Maral verschwunden. Keinen Laut hatte er gehört, als der alte Mann wegging, nicht einmal das Knacken von Zweigen. Vorerst musste er sich über Marals Worte klar werden. Er ging noch eine Weile zwischen den festen Stämmen der hohen Tannen hin und her. Neugierig war er besonders, wie Marsat wohl aussehen würde, denn bereits Peyirisula hatte ihn immer beeindruckt. Jene Stadt, deren Erbe er war, musste den Worten nach, die er gehört hatte, noch viel prächtiger sein.

Als der Ritter zurück ans Feuer kam, waren die Jäger ebenfalls verschwunden, einzig wenige der geheimnisvollen Beschützer kümmerten sich noch um die Verwundeten. Einige von ihnen schienen in hoher Heilkunst bewandert zu sein, besser als jene der besten Ärzte im ganzen Reich, doch konnten auch sie keine übernatürlichen Dinge bewirken.

Mehrere Soldaten arbeiteten immer noch daran, den Weg wiederherzustellen. Sie machten gute Fortschritte, der Weg schien breit genug zu werden, und nachdem sie sogar noch Bäume gefällt hatten, um den Wegrand abzustützen, hatte er mehr als die Hälfte der ursprünglichen Breite. Es reichte zumindest, um mit den Karren darüber zu rollen und mit dem ganzen Heer rasch weiter in das Spitzbachtal vorzurücken.

Greg und Larior standen fast ganz hinten im Heer, als auch die letzten Feinde besiegt waren. Sie sahen, wie sich der Prinz wieder an den Anfang der Truppe begab, zusammen mit jenem Jäger, welcher der Anführer ihrer Helfer zu sein schien. Diese hatten geholfen die Zelte für die Verwundeten aufzubauen und diese zu pflegen. Als einer der Jäger zu den Zelten kam, um den anderen etwas in ihrer wohlklingenden Sprache zu sagen, sah Greg, wie er bei Larior stehen blieb und sich die beiden überraschenderweise freundlich begrüssten, doch Larior schien ihm anzudeuten, dass er nicht sprechen wollte, um nicht allzu viel Aufmerksamkeit auf sich zu lenken. Als der Jäger fort war, sah Greg Larior misstrauisch an und fragte: „Wer war das und warum kennst du ihn?"

„Das ist Trendior", erwiderte Larior erfreut, „ich kenne ihn aus Gar, er hatte damals in der alten Sonnenfestungsruine auf dem Hügel gegenüber gelebt. Er hat mir grösstenteils den Kampf mit dem Schwert beigebracht."

Greg gab sich damit nicht zufrieden und hakte argwöhnisch nach: „Du ähnelst diesen Jägern ziemlich stark, nur schon dein Kampfstil oder deine Verhaltensweise. Bist du etwa mit ihnen verwandt?"

Nun zog Larior Greg in den Wald hinein, sah ihm dann tief in die Augen und begann im Flüsterton zu sprechen: „Dein Scharfsinn ist nicht zu übersehen, Greg. Mein Vater war einer der ihren, doch bitte ich dich, dieses Geheimnis für dich zu behalten. Es wäre nicht gut, wenn allzu viele das wissen, am liebsten wäre mir, du würdest es gar niemandem erzählen."

Mit diesen Worten drehte er sich um und schritt aus dem Wald wieder auf die Strasse hinaus. Greg blieb verwirrt stehen, dann war also einer von ihnen, den Volkssoldaten, ein Jäger. Als er selbst ebenfalls nach draussen kam, sah er, wie Larior bereits mit seinem Kopf auf dem Rucksack als Kissen schlief oder zumindest so tat. Der Atem des jungen Soldaten ging regelmässig, doch zuckte sein Arm immer wieder in Richtung seines Schwertes, das in der Scheide gleich neben seinem Kopf lag. Mit der Zeit legten sich alle ihre Kameraden rundherum hin und so versuchte auch Greg bis zur Morgendämmerung zu schlafen. Für die Soldaten kam der Morgen viel zu früh. Sie hatten kaum geschlafen oder zumindest dieses Gefühl, die Unruhe hatte ihnen keinen Frieden gelassen und liess immer wieder die schrecklichen Bilder vom Vortag in ihnen aufkeimen. Niemand war zu einem Spass aufgelegt, als sie sich vom kalten Boden aufrafften und ihre schweren Sachen schulterten. Die Verwundeten wurden auf notdürftige Bahren gelegt, vorne und hinten von einem Kameraden angehoben und auf die Wagen gebracht, während andere die Zelte ebenfalls auf die Wagen in ihrer Mitte luden. Einige stöhnten schmerzerfüllt, während andere knirschend auf die Zähne bissen. Manche sahen gar nicht gut aus, sie hatten nicht nur körperliche Schmerzen zu erleiden, auch ihre Gedanken schienen von den Geschehnissen zermürbt zu werden.

Als sie alles aufgeladen hatten und alle wieder marschbereit waren, setzte sich das Heer in Bewegung. Es ging eine Weile, bis alle den Engpass am neuen Wegstück durchschritten hatten und auch die Wagen durchgefahren waren. Verzweifelt blickten einige zurück, hin zum Donnerfall, wo fast alle ihre Gefallenen hingetrieben worden waren. Nur wenige hatten sie notdürftig am Waldrand beerdigen können. Manche hatten Herbstblumen gepflückt, welche nun die frisch aufgeworfene Erde bedeckten und sanft in den ersten Strahlen der Morgensonne leuchteten.

Sie marschierten dem Fluss entlang in Richtung Sonnenheim, ihrem Ziel. Auf beiden Seiten des Spitzbaches wurden die Hänge immer steiler, und in der Ferne sah man die schneebedeckten Gipfel der Sonnenberge, die in der Morgensonne glühten, manche sahen aus, als trügen sie eine

Feuerkrone. Über den zerfurchten felsigen Hängen zu beiden Seiten des Spitzbaches thronten immer wieder zerfallene Festungen, welche wie Wächter über das Tal blickten und den Soldaten wieder etwas Hoffnung schenkten. Der Weg hier war zum Teil schlammig, da sich immer wieder kleine Gewässer von den Abhängen über den Weg in den Spitzbach ergossen und mancherorts auch tiefe Furchen gegraben hatten, so dass Männer mit Schaufeln dafür sorgen mussten, dass sie für die Karren passierbar wurden. Manche davon waren mit Brücken überwunden, andere schienen jedoch immer an einem anderen Ort zu fliessen, was Brücken unnütz machte. Als sie über das knackende Holz schritten, hofften sie, es würde nicht brechen und sie nicht in den Spitzbach reissen, so morsch schienen ihnen die Brücken, obwohl sie eigentlich von zuverlässiger Bauart waren. Immer wieder einmal standen Häuser am Weg, umgeben von gerodeten Wiesen und unzähligen kleinen Speichern. Sobald die Truppe auftauchte, versteckten sich manche Bewohner ängstlich in ihren Häusern, während andere den Soldaten zuwinkten und Jubelrufe ausstiessen, wieder andere sahen ihnen einfach neugierig zu, während sie vorbeizogen. Allerdings schien es den Leuten hier nicht gut zu gehen, manche waren dürr und blickten das Heer hilflos aus ihren eingefallenen Augen an.

Es vergingen mehrere Tage, bis das Gelände offener wurde und sich das Tal zwischen zwei Bergkämmen weitete. Auf ihrer Seite des Flusses lag eine breite Ebene zwischen dem Waldrand am steilen Hang und dem silbernen Band des Spitzbaches. Auf der herbstbraunen Ebene sah man nun eine Stadt in der Nachmittagssonne glänzen. Rundherum standen kleinere und grössere Gehöfte, einige waren abgebrannt. Die Stadtmauer war an mehreren Orten eingerissen, doch sah man schon von weitem, dass viele Leute sie wieder emsig aufbauten. Die Mauer umgab zahlreiche Häuser aus Holz und Stein mit Dächern aus Schindeln oder rot glänzenden Ziegeln. Inmitten der Stadt ragte ein verkohlter Turm auf, dessen Dachbalken niedergebrochen waren, dennoch wehte über ihm das Banner Sonnenheims im Wind neben demjenigen Cammals.

Als sie in Sichtweite der kleinen Wehrtürme von Sonnenheim kamen, erschallten Trompeten über die Ebene und ihnen kam von weitem ein Trupp bewaffneter Männer entgegen. Nun sah man auch, dass hinter der Stadtmauer einige Gebäude abgebrannt waren und nun zum Teil neu aufgebaut wurden. Während viele von ihnen nur Augen für die Stadt hatten, sahen andere, dass auf einem Hügel zwischen Sonnenheim und dem Spitzbach eine zerstörte alte Festung stand. Die Schäden an den Mauern und Türmen schienen jedoch schon viel älter zu sein als die ganze Stadt am Fusse des Hügels. Man sah, wie auch bei dieser Festung die Mauern ausgebessert worden waren, wenn auch mit minderwertigerem Material als das der ursprünglichen Mauern. Von der Stadt aus führte ein Weg zu jener Festung, doch wurde er offensichtlich wenig begangen, denn er war von Unkraut überwuchert. Nur im oberen Teil war er gepflastert und noch gut gepflegt.

Sie kamen immer näher an die Mauern Sonnenheims und sahen nun, wie die Leute Steine zwischen ein Holzgerüst legten. Sie arbeiteten immer noch emsig, obwohl die Abenddämmerung bereits anbrach. Zahlreiche Fackeln erleuchteten ihre Arbeit, die nur mühsam voranging, allerdings äusserst notwendig war, denn mancherorts war die Mauer stark beschädigt.

Arak und Lakalt ritten gemeinsam voraus durch das Tor, begleitet von der kleinen Truppe aus Sonnenheim. Rasch ritten sie zu einem Gebäude, vor dem ein weiter Platz lag. Darauf stand eine grosse steinerne Statue, sie schien König Urak darzustellen. Jene, die nicht mehr arbeiteten und sich am Feierabend erholten, jubelten dem Prinzen aus Cammal voller neuer Hoffnung zu.

Ein grossgewachsener Mann trat aus dem grössten Gebäude am Platz, er trug ebenfalls eine Rüstung mit einem roten Umhang. Der grosse Krieger schritt auf Arak zu und rief schon von weitem: „Euch schickt der Himmel, Eure Hoheit, wir waren hier nie mehr so glücklich in letzter Zeit. Es übertrifft unsere Hoffnung, so viele Männer hier zu sehen."

„Wie steht es, Hauptmann Greflik?", fragte Arak sofort den Krieger, der nach Gregs Vermutung der Oberbefehlshaber war.

„Nicht gut", antwortete dieser, „erst gerade letzte Woche mussten wir wieder einen grösseren Angriff abwehren, dabei wurde, wie Ihr vielleicht schon gesehen habt, ein Teil der Mauer eingerissen. Zudem haben wir nicht mehr viele wehrfähige Männer, geschweige denn gute Waffen."

„Wie viele denn noch?", fragte Arak.

„Dreihundert", antwortete der Oberbefehlshaber, „noch mal so viele liessen sich ausrüsten, wenn wir alle Männer aus der Stadt einziehen würden, doch müssten wir dann auch die Minenarbeiter aufbieten, die dann nicht mehr für genügend Eisen sorgen könnten, ebenso die Handwerker und Bauern. Letzte Woche mussten fast zweihundert meiner Männer ihr Leben lassen, viele wurden so schwer verwundet, dass sie nun kampfunfähig sind. Es war ein ziemlich grosses Heer, das uns überfiel, doch konnten wir fast alle Angreifer töten. Dennoch lässt mich das Gefühl nicht los, dass sie schon bald ihren nächsten Angriff beginnen könnten. Ihr Lager kann nicht weit von hier sein, es scheint, als kämen sie aus dem oberen Spitzbachtal. Umso mehr freue ich mich über Eure Ankunft. Nun vermögen wir vielleicht lange genug standzuhalten."

„Das sind keine guten Nachrichten", erwiderte daraufhin Arak, „wir sind auch nicht ein allzu grosses Heer und sollten trotzdem dem Spitzbach nach vorstossen. Das sind die Befehle des Königs. Der Feind soll für alle Zeit vernichtet werden, dafür hat er selbst beinahe die ganze Hofgarde abgesandt. Der Auftrag lautet, alle Feinde zu vernichten ohne Rücksicht auf unsere eigenen Verluste."

„Das ist Wahnsinn", brach nun der Oberbefehlshaber hervor, „wir sind so schon zu wenige. Wie sollen wir auf diese Art in den Westen vorstossen?"

„Das ist eine gute Frage", warf darauf Lakalt beunruhigt ein, „wir müssen alles sauber durchplanen, bevor wir in einen offenen Krieg gehen ohne uns hinter den Stadtmauern schützen zu können."

Neuntes Kapitel - Sonnenheim

Während die Ritter mit dem Hauptmann sprachen, wurden die Soldaten zu leerstehenden Häusern gebracht, neben denen auch eine Kaserne mit einem Waffenplatz stand. Die Soldaten bezogen sofort ihre Quartiere und legten sich hin. Sie schliefen alle sogleich, bis sie auf den Platz gerufen wurden um zu essen. Hungrig schaufelten sie alle den Eintopf aus Hirse und anderem Getreide in sich hinein ohne genau zu merken, was sie assen. Obwohl es ein einfaches Essen war, schmeckte es Greg wie ein Festmahl. Er hätte niemals gedacht, dass ihm, einem Sohn aus gutem Hause, eine solch einfache Mahlzeit so gut schmecken könnte. Einige der Männer, vor allem aus der Hofgarde, wurden zu Lakalt gerufen, um als Wache einem Posten zugeteilt zu werden. Auch Greg und Larior gehörten zu ihrem Bedauern dazu. Obwohl Greg lieber geschlafen hätte, war er irgendwie stolz darauf, Seite an Seite mit einigen Hofgardisten Wache stehen zu dürfen. Sie marschierten durch die engen Gassen der Stadt in die Richtung ihrer Posten. Aus den Fenstern jubelten ihnen die Bewohner der Stadt zu. Man sah ihnen an, wie ihnen der Krieg zugesetzt hatte. Die Gesichter vieler Stadtbewohner waren eingefallen, doch waren ihre Blicke glücklich, als sie das Heer aus Cammal sahen. Es war für sie erlösend, endlich wieder das Gefühl von Sicherheit zu haben und möglicherweise wieder eine Nacht in Ruhe durchschlafen zu können.

Der Trupp bewegte sich auf die Stadtmauer zu und schritt dann über eine breite Rampe hinauf. Die Wachen stellten sich in kleineren Gruppen rund um die Stadt auf. Greg und Larior schauten auf ihrem Posten in Richtung der alten Ruinen auf dem Hügel, zusammen mit vier weiteren Soldaten und zwei Hofgardisten, welche regungslos dastanden und mit wachsamen Augen die Gegend absuchten. Bald schon brach jedoch die Dunkelheit herein und man sah kaum mehr etwas. Auf der Stadtmauer wurden Feuer entzündet, die die Gegend bis in Schussweite erleuchteten, doch sah man nicht weiter und stand selbst in vollem Licht, was einige der Männer beunruhigte. Greg sah immer wieder um sich und fürchtete, dass sich Feinde im Dunkeln unbemerkt nähern könnten, allerdings waren seine Bedenken in jener Nacht unnötig.

In der Ferne hörte man einzig das Heulen von Wölfen und anderen Tieren. Manche klangen beunruhigend, andere spendeten Mut. Während die Wölfe den Soldaten Angst einjagten, gab ihnen das königliche Röhren der Hirsche Sicherheit. Allerdings hörten sie immer wieder ein seltsames Brüllen eines Tieres in weiter Ferne. Manche von ihnen behaupteten, dieses Gebrüll würde aus dem Sternenhimmel über ihnen kommen. Immer wieder griff Greg an das Heft seines Schwertes, doch beruhigte er sich dann wieder. Verwirrend war für ihn der Anblick Lariors, welcher ebenso regungslos dastand wie die Hofgardisten. Das Wolfsgeheul schien ihm nichts auszumachen, er nahm davon kaum Notiz. Bei den Lauten aus dem nächtlichen Himmel hatte Greg jedoch das Gefühl, als würden Lariors Augen voller Ent-

schlossenheit zu leuchten beginnen, während seine Finger immer wieder sanft über das Heft seines Schwertes strichen.
Lange standen sie mit den Bogen in der Hand auf der Mauer, doch es geschah nichts, was sie hätte beunruhigen müssen. Später in der Nacht kam ihre Ablösung, endlich konnten sie sich schlafen legen. Greg und Larior lagen beide auf Lagern in einem grösseren Raum, zusammen mit mehr als zehn weiteren jungen Soldaten. Der Boden war staubig, doch war ihnen dies gleichgültig. Sie redeten noch eine Weile miteinander über die Ereignisse der letzten Tage, bis sie zu müde wurden und einschliefen. Greg schlief unruhig, die Bilder des Überfalls am Spitzbach kamen ihm immer wieder in den Sinn, und es wurde ihm mulmig bei dem Gedanken, dass er es hätte sein können, der in den Bach gefallen und dann mit den Fluten aus der Höhe über den Donnerfall hinabgestürzt wäre. Dunkel waren seine Träume, in denen er mit den Wassermassen fiel und fiel, ohne endlich den erlösenden Aufprall zu erfahren. Die Angst davor durchströmte unaufhaltsam und ohne Ende seine grauenvollen Träume, während sich das Wasser um ihn herum immer mehr vor Blut rötete.
Es kam ihm am nächsten Mittag vor, als ob er kaum geschlafen hätte, als sie von den Glocken geweckt wurden, die die Wachablösung bedeuteten. Allerdings war er trotz seiner Müdigkeit froh, endlich aus seinen Träumen gerissen worden zu sein und nun wieder klar denken zu können. Seine Stirn war schweissnass und er fror am ganzen Körper, bis er sich schliesslich wieder beruhigte.
Als sie nach draussen traten, sahen sie die Glocken, sie waren an einem turmförmigen Holzgerüst angebracht. Dort,

wo einst der Stadtturm gestanden hatte, waren nur noch schwarze Gemäuer zu sehen, doch wehten die Banner Sonnenheims und Cammals frei im Wind darüber. Als sie durch die Gassen gingen sahen sie, wie mehrere Häuser zum Teil eingestürzt waren, vor allem im südwestlichen Teil. Wie Greg erfuhr, hatten die Skralgas bisher meist aus dieser Richtung angegriffen und dabei die Verteidigungsanlagen schwer beschädigt. Als die Wachen die Mauer bestiegen, sahen sie rund um die Stadt herum ganz kleine Festungen, die von Palisaden umgeben waren. Kaum zehn Mann hatten in einer solchen Festung Platz, zwischen denen sich Gräben und Palisaden befanden. Als einer der Soldaten, die schon länger in Sonnenheim waren, Gregs fragenden Blick sah, meinte er: „Wir versuchen den Feind schon vor der Stadtmauer zu schwächen. Hauptmann Greflik meint, so liessen sich die Schäden an den Mauern und die Zahl gefallener Soldaten vermindern. Wir nennen diese Festungen Wellenlichter, weil wir dort die angreifenden Wellen etwas lichten können und es weniger werden, doch kehrt kaum jemand aus diesen Wellenlichtern zurück. Hoffe einfach darauf, dass du nie dorthin zugeteilt wirst. Übrigens, mein Name ist Edgar."
„Ich bin Greg, ich komme aus Cammal", erwiderte Greg daraufhin freundlich, „lassen sich diese kleinen Festungen denn überhaupt verteidigen?"
Er sah misstrauisch den verschiedenen kleinen Wellenlichtern entlang, von denen einige vollständig niedergebrannt waren, denn dort auf den kleinen Hügeln, wo sie gestanden hatten, sah man nur einen schwarzen Fleck. Einige Leute hatten bereits wieder Baumstämme in den Boden gerammt und versuchten, die Befestigungen wieder zu errichten.

Zwischen manchen dieser Wellenlichter wurden Gruben ausgehoben und zwischen den kleinen Festungen weitere Palisaden aufgestellt. Die Arbeiten gingen gut voran, sodass zwischen manchen der Wellenlichter nun eine sichere Verbindung vorhanden war, solange die Palisaden standen.
Die Sonne schien auf die Stadt herunter, doch zog ein kalter Wind von den Bergen her und bog die Bäume, die an den steilen Hängen standen. Oben auf dem Hügel mit der alten Festung stieg Rauch auf und man sah, wie sich Menschen emsig hinein und heraus bewegten. Als Larior zu Greg herantrat, sagte dieser zu ihm: „Das hier ist Edgar, er hat mir gerade erklärt, dass die Bauten, die da erstellt werden, die Wellen der Feinde schon vor der Stadtmauer etwas abschwächen sollten."
„Freut mich, Edgar", meinte dann der junge Soldat, „ich bin Larior, ich komme aus Gar."
„Aus Gar?", entfuhr es daraufhin Edgar überrascht, „hier in Sonnenheim gibt es ebenfalls mehrere Garer, die nach Verletzungen hiergeblieben sind, anstatt in den Süden ins Bergbachtal zu gehen. Einer von ihnen soll sogar der Sohn des Bürgermeisters sein. Sie alle sind schon mehrere Jahre hier und nun ziemlich mitgenommen, manche von ihnen scheinen langsam wahnsinnig zu werden."
Edgar sah, wie sich Lariors Gesicht verzog, anstatt sich zu freuen, wie er erwartet hatte. Als Edgar den jungen Garer fragend ansah, meinte dieser: „Einer ist möglicherweise der Sohn des alten Bürgermeisters, doch der ist tot. Der Krieg ist mitten ins Reich hineingedrungen und herrscht nicht nur an den Grenzen."
„Tot?", fragte Edgar erschrocken nach, „ich glaube, Fredgar hat keine Ahnung davon. Wann ist das denn passiert? Ges-

tern noch hat er davon erzählt, was für ein guter Bürgermeister sein Vater sei und wie beliebt er unter dem Volke und beim König sei."
„Hast etwa Freunde gefunden, Edgar", höhnte daraufhin eine Stimme von hinten. Greg und Larior drehten sich zur Stimme um und sahen einen jungen Mann in Lariors Alter. Er sah schmächtig aus, doch aus seinen Augen leuchtete seine Überheblichkeit. Auf einmal blieb der Soldat stehen, sah erstaunt zu Larior und platzte heraus: „Seht ihn euch an, den Sohn des Schmiedes mit Sonderrechten, dann bist auch du noch eingezogen worden. Besser so, dass nun alle gleich behandelt werden und auch solche Halunken wie du endlich zu uns richtigen Männern geschickt werden.
Larior blieb ruhig und erwiderte ohne eine Miene zu verziehen: „Fredgar, es freut mich schon fast, dich am Leben zu sehen."
Doch Fredgar spottete weiter: „Andere Soldaten als du wären mir als Nachschub lieber gewesen, doch lieber ein Soldat, den wir opfern können als gar keinen. Wie geht es eigentlich meinem Vater?"
Fredgar lachte hohl, nachdem er seinen Satz ausgesprochen hatte. Larior stockte und suchte nach Worten, und Fredgar sah ihn fragend an. Als Fredgar, der schon lange in Sonnenheim war, seine Frage wiederholte, fragte Larior langsam und bestimmt: „Hast du nichts von der Schlacht in Gar gehört? Hast du nichts von den Geschehnissen mitbekommen, die sich vor mehr als drei Jahren in Gar abgespielt haben?"
„Schlacht in Gar?", erwiderte nun Fredgar entsetzt, „du willst mir doch nicht etwa sagen, dass mein Vater?"

Der Rest seiner Frage blieb ihm im Hals stecken. Daraufhin schwieg Larior eine Weile und antwortete dann traurig: „Doch er ist tot, ebenso wie mein Vater. Gar hat nun einen neuen Bürgermeister."

Nun wurde Fredgars Gesicht weiss, und er sah Larior wütend an, als wäre dieser daran schuld. Unruhig fuhr Larior mit seinem Bericht fort: „Fast ganz Gar wurde niedergebrannt, die Menschen aus der Umgebung waren kurz nachdem ihr weg wart dazu angestachelt worden, Gar anzugreifen, doch auch Skralgas waren dabei. Zu unserem Glück kam Hilfe von den Jägern und von Prinz Arak, der glücklicherweise gerade in Gar vorbeikam."

Nun traten die Tränen in Fredgars Gesicht, er drehte sich um und rannte davon. Larior setzte sich ebenfalls traurig hin, während Greg mit Edgar sprach. Er strich müde über die Edelsteine seiner Mutter an seinem Handgelenk, die hell im Licht der sinkenden Sonne glänzten.

Allmählich wurde es Abend und ihnen wurde befohlen, sich auf dem Hauptplatz zu versammeln, wo Arak, Lakalt und der Hauptmann bereits oben an der Treppe zum Rathaus mit dem abgebrannten Turm standen. Als sich die Soldaten in Reih und Glied aufgestellt hatten, sprach Arak mit lauter Stimme zu der Truppe. Er schien etwas nervös zu sein, doch vermittelte seine klare Stimme den Männern Sicherheit. Mit seinen Worten stieg wieder etwas Hoffnung in ihre verzweifelten Gedanken.

„Männer Cammals", begann er, „es wird Zeit, euch alle in unsere Pläne einzuweihen. Unsere Späher berichten, dass sich der Feind mit einer starken Streitmacht im Südwesten sammelt, sie werden übermorgen in den frühen Morgenstunden hier sein, doch müssen wir sie abwehren und dann weiter nach Westen vorstossen, um unser Reich wieder zu befreien, solange sie sich nicht neu formiert haben. Meine Waffenbrüder, nun kommen die Tage, an denen wir diesen Krieg endlich beenden können. So kämpft für den Frieden und die Freiheit Cammals. Wir alle müssen zusammenstehen, um den Feind zu schlagen. Wenn uns dies nicht gelingt, so gelingt es niemandem, und eure Familien werden in Bedrängnis kommen, sollten wir den Feind nicht diesseits des Grossen Flusses besiegen. Kämpft für eure Freiheit! Kämpft für eure Familien! Kämpft für euer Reich! Kämpft für euren König, Soldaten Cammals!"

Die Soldaten stiessen nun Jubelrufe aus und streckten ihre Fäuste in die Höhe. Sie schrien laut durcheinander. Ein tosender Beifall folgte, als der Prinz seine Rede beendet hatte, denn nun fühlten sich die Ankömmlinge bereits wie Helden. Einzig die Soldaten, die schon lange in Sonnenheim waren, schienen nicht besonders erfreut zu sein, doch auch sie taten so, als würde der Kampfgeist sie packen, obwohl das einzige, was sie sich wünschten, die Heimreise war.

Nach der Ansprache betraten Arak und Lakalt das Rathaus, wo sie sich in der hohen Eingangshalle zusammen mit den Offizieren an einen langen Tisch setzten. Als sich alle bereits gesetzt hatten, trat eine weitere Gestalt ein, es war Rubair, wie Lakalt sofort erkannte. Dieser setze sich ebenfalls und betrachtete die auf dem Tisch ausgebreitete Karte, auf welcher die Flammen der Kerzen rundherum zu tanzen schienen.

Sie redeten lange miteinander über die Pläne, welche am klügsten wären, doch niemand wollte das Leben seiner eigenen Männer aufs Spiel setzten, indem er sie bei den Wellenlichtern stationieren wollte. Als es schon fast in ei-

nen Streit ausartete, stand Lakalt auf und rief, sodass alle augenblicklich ruhig wurden: „Ich werde die Aufgabe übernehmen, zusammen mit meinen Hofgardisten und mindestens hundert weiteren Männern, die ich selbst auswählen werde, doch will ich dann auch selbst entscheiden, wie wir uns dort vorne verhalten. Die fünfzig berittenen Hofgardisten werden in der Stadt zurückbleiben, um von da aus Ausfälle zu machen, sofern Ihr, Arak einverstanden seid. Ich hoffe, mit meinen Männern kann ich grosse Schneisen schlagen, bevor der Feind an die Mauern brandet."
Arak nickte und stimmte dem Plan seines Kameraden und Freundes zu. Einige der Offiziere hingegen schienen nicht einverstanden damit, dass Lakalt willkürlich die besten Soldaten auswählen dürfte, doch sie schwiegen, denn keiner von ihnen wollte diese gefährliche Aufgabe übernehmen. Lakalt blickte nun entschlossen in die Runde und meinte schliesslich zu Gawair: „Den Hofgardisten wird es wohlmöglich gelingen, ohne allzu hohe Verluste den Gegner stark zu schwächen, doch kann ich nicht wissen, ob viele von ihnen zurückkehren werden, dennoch will ich Seite an Seite mit ihnen fallen, wenn es sein muss.
Rubair sah den jungen Ritter nun entsetzt an und zog ihn zurück auf den Stuhl. Daraufhin stand er selbst auf und begann laut zu sprechen: „Die Hofgardisten sind stark, doch haben meine Späher ein sehr grosses Heer ausgemacht, Lakalt, Eure zweihundert Männer werden fallen ohne Verstärkung, darum sollst du auf meine Unterstützung zählen können, ebenfalls auf jene meiner Männer. Ich werde meine hundert Männer dazu aufbieten, welche hier sind."
Die Offiziere sahen nun zum Jäger und dem Ritter. Lakalt hatte sich wieder von seinem Stuhl erhoben, und sie stan-

den beide stolz nebeneinander. Auch Gawair stellte sich neben sie und legte sein Schwert vor Lakalt hin mit den Worten: „Die Hofgardisten sollen ihrem Ruf alle Ehre machen und diese Bestien das Fürchten lehren."
Nachdem sie fertig geplant hatten, traten sie wieder nach draussen in das Licht der langsam niedergehenden Sonne. Die Soldaten sassen rundherum in der Stadt, viele von ihnen rauchten aus Pfeifen, andere würfelten oder spielten Karten. Auf einmal erschallten die Trompeten wieder, und augenblicklich rannten alle auf den Hauptplatz. Als sie sich schliesslich in geordneten Reihen versammelt hatten, schritten Lakalt und Gawair durch die Reihen und musterten die Männer. Viele der Soldaten versuchten so kränklich wie möglich zu erscheinen, denn das Gerücht hatte sich herumgesprochen, der Ritter und sein Hauptmann würden viele von ihnen auswählen, um sich als Wellenlichter zu opfern, und sie wussten, dass das wohl ihren Tod bedeuten würde. Mehrere Männer waren schon mehr oder weniger freiwillig aus den Reihen gerufen und nach vorne beordert worden. Bald trat Lakalt neben sie hin und packte Larior sanft an der Schulter, mit der anderen Hand packte er Greg. Greg sah sich erschrocken um und erbleichte, doch sah er, wie Lariors Augen plötzlich zu glühen begannen, was ihm wieder ein bisschen Mut gab. Sie wurden alle nach vorne geführt, grosse breitschultrige Männer, jene, die die besten zu sein schienen, um Seite an Seite mit den Hofgardisten dem Feind in vorderster Front die Stirn zu bieten. Die anderen Soldaten versammelten sich zusammen mit ihren Offizieren an einem neuen Ort, während die ausgewählten hundert vom Hauptmann zur Kaserne geführt wurden. Dort erklärte dieser: „Geht in die Waffenkammer, wählt euch

Gegenstände aus, die eure Rüstung verbessern. Ihr werdet darauf angewiesen sein. Larior wollte gerade hinter Greg durch die hohe Tür in die von Fackeln beleuchteten Gänge eintreten. In jenem Augenblick, als er seinen Fuss auf die Schwelle setzte, packte ihn eine Hand von der Seite und zog ihn aus der anstehenden Schlange. Mit harscher Stimme meinte der Mann, welcher ihn gepackt hatte: „Ariors Sohn soll eine bessere Rüstung tragen als einen Helm, der kaum einem Holzschwert Widerstand leisten würde. Komm mit mir, ich werde dir etwas Besseres besorgen. Du sollst gerüstet sein, wie es deinem, unserem Volk gebührt."
Larior sah den Mann daraufhin verwirrt an, denn er kannte Rubair nicht und fragte: „Wer seid Ihr?"
„Mein Name ist Rubair", erwiderte dieser, „dein Vater war ein guter Freund von mir. Viele Jahre lang habe ich ihn gekannt, noch heute schmerzt mich sein Verlust, doch will ich nun dafür sorgen, dass sein Sohn angemessen gerüstet wird, um nicht den frühen Tod zu erfahren."
Larior sah sich daraufhin fragend zu Lakalt um, doch dieser gab ihm mit einem Handzeichen zu erkennen, dass er dem Jäger ruhig folgen solle. Rubair führte Larior durch eine Gasse zu einem Haus im Innern der Stadt. Es war eines der einzigen Steinhäuser in Sonnenheim und schien älter als die meisten anderen. Der Jäger öffnete die schwer beschlagene Eichentür und trat in das alte Haus ein. Durch hohe Fenster in der Wand fiel fahles Licht ein und beleuchtete den aufgewirbelten Staub, bis Rubair eine Fackel anzündete. Als die Fackel den Raum erhellte, meinte er grimmig: „Hier haben wir noch alte Rüstungen im Keller. Wir tragen sie selten, denn sie sind nicht geeignet für das Leben im Wald, doch unsere Vorfahren trugen sie einst auf Schlachtfeldern. Die-

ses Haus und die Festung auf dem Hügel sind die letzten Erinnerungen an eine Stadt, die einst hier gestanden hatte, ehe die Horden des Schattens aus den Bergen hervorbrachen. Deswegen gibt es hier auch weit mehr Rüstungen als Jäger."

Er führte Larior eine gewundene Treppe hinab zu einer Reihe aufgehängter Harnische, Helme, Bein- und Armschienen, Schwertern, Schilden und Kettenhemden. Larior kam kaum mehr aus dem Staunen heraus, als er die edlen Stücke sah und fragte Rubair verwundert: „Warum rüstet Ihr nur mich aus?"

„Weil du der einzige unseres Volkes bist unter diesen hundert Männern. Die Hofgardisten hingegen sind alle von unserem Volk, doch diese tragen bereits solche Rüstungen. Jene, die nicht aus unserem Volk sind, sind dieser Rüstungen nicht würdig und würden vor lauter Stolz den Kopf verlieren anstatt zu kämpfen."

Der junge Soldat zögerte, doch als Rubair ihn erwartungsvoll ansah, streifte Larior seinen roten Überzug und das metallbeschlagene Überhemd ab, das als Harnisch diente und einige Schnitte hatte. Rubair blickte verwundert auf den jungen Mann, als er dessen Kettenhemd sah. Staunend murmelte er vor sich hin:

„Erz aus der verborgenen Stadt
Aus den Minen der Zwerge,
gefertigt für das hohe Blatt
Stahl der ewig sonnigen Berge

Blauer Stahl aus harten Felsenrinnen
geschmolzen in den Öfen der Gnome
die lichterloh überm Berge erglimmen
leuchtend wie am Sommertag eine Bienendrohne

Geschmiedet von Eyilreä, dem edlen Volke
aus Stahl die feinsten Ringe
unter einer goldenen Wolke
gefertigt wurden diese Meisterdinge

Gefertigt von Menschen, wie sie einst waren
Geschaffen von ihren Händen
Polariä die edelsten unserer Vorfahren
Halten sie stand in den finstersten Bränden."

Larior sah ihn fragend an, worauf er dann antwortete: „Dieses Hemd ist besser als jedes, das wir hier haben. Es gibt nur wenige davon, nur die Hofgardisten und Palastwachen in alter Zeit hatten diese getragen. Nicht einmal die Hofgarde Cammals trägt so etwas. Es ist so leicht, so sanft und doch so stark. Manche behaupten, dass gar nie solche Hemden geschmiedet wurden, doch jetzt erkenne ich, dass es keine Sage, sondern wahr ist."
Als Rubair eine Weile lang das Hemd bestaunt hatte, nahm er einen Harnisch von einer Stange und gab ihn Larior. Es war ein Harnisch, auf dem ebenfalls ein Blatt zu sehen war, welches in einem Schwertheft endete. Die Bein- und Armschienen waren ebenfalls so gerippt wie Blätter der Bäume. Der Helm sah aus wie die Helme der Hofgarde, nur hatte er kein Blatt an der Spitze. Der junge Bündnisgardist zog die Riemen fest, die Rüstung war erstaunlich leicht und liess

ihm überraschend viel Bewegungsfreiheit. Über die glänzende Rüstung zog Larior den roten Überzug wieder an. Als Rubair ein Schwert aus einem Regal nehmen wollte, meinte Larior zu ihm: „Ich würde lieber mit meinem eigenen kämpfen, ich habe mich bereits daran gewöhnt."
Ohne sich zu Larior umzusehen erwiderte Rubair: „Du bist anderer Meinung, sobald du eines von denen getragen hast. Keine Schwerter vermögen besser zu sein als diese hier, es sei denn, du willst in den Waffenkammern Peyirisulas oder Marsats danach suchen. Ich habe ja das Heft von deinem Schwert gesehen, das sieht nicht annähernd so edel aus wie diese hier."
Als er sich umdrehte, stand Larior aufrecht vor ihm und streckte ihm sein Schwert mit stolzer Haltung entgegen. Rubair zuckte zurück und starrte dann auf die glänzende Klinge nieder. Er begann zu staunen und fragte Larior beinahe in Flüsterton: „Hat dir dein Vater dieses Prachtstück gefertigt?"
Zu Rubairs Überraschung antwortete Larior nicht gleich und nicht wie erwartet. Erst nach längerem Schweigen erwiderte er: „Nein, es ist mein eigenes, ich habe es selbst gefertigt."
„Dann stehst du deinem Vater in nichts nach", entgegnete Rubair mit einem erstaunten Lächeln, „ich hoffe, du besitzt auch seine Fähigkeiten im Kampf."
„Das kaum", erwiderte Larior mit hochgezogenen Augenbrauen. Schliesslich, als er auch noch den Helm aufgesetzt hatte, musterte der Jäger den jungen Mann und meinte: „Das lässt einen ja glatt neidisch werden, jedoch nicht darauf, wo du kämpfen musst. Allerdings siehst du nun aus wie die Hofgardisten."

Sie gingen wieder zusammen die Treppe hoch, und Rubair reichte Larior noch einen sauberen Mantel, den er über seine neue Rüstung zog und schliesslich, bevor sie zur Tür hinausgingen, noch einen Bogen mit einem Köcher voller Pfeile. So verliessen sie das Haus. Rubair schloss es mit einem Klicken ab, und sie marschierten in Richtung Kaserne.
Die anderen standen ebenfalls gut ausgerüstet mit Bogen und Schwert vor der Kaserne bereit. Greg trug nun einen guten Helm, der auch seinen Nacken schützte und einen Eisenharnisch über einem Kettenhemd, das von guter Machart war, zumindest für die Verhältnisse der Volkssoldaten.
Im weiteren Verlauf des Tages mussten diese hundert Soldaten ihre Sachen aus ihren Lagern holen, denn sie wurden in der Kaserne einquartiert. Dort hatten sie mit Tüchern bezogene Betten in kleineren Zimmern mit Fenstern anstatt die Massenunterkunft auf den kratzenden Strohlagern in den grossen Räumen. Damit wurden ihnen noch einige letzte komfortable Stunden gegönnt. Als Greg und Larior durch das andere Gebäude schritten, spähte ein vertrautes bärtiges Gesicht aus einem der Zimmer und rief mit höhnischer Stimme: „Ah, das ist wirklich Larior, Fred hat also nicht gelogen. Hab gehört, du wirst morgen fallen. Viel Spass dabei, ich habe drei Jahre hier überlebt, dich erwischt es wohl schon nach drei Tagen."
Es war Philipp, Fredgars treuer Begleiter, der Larior nachrief wie ein flegelhafter Bub. Als der Neuankömmling ihn nur kurz und freundlich grüsste, brüllte er ihm wütend nach: „Kommst hierher um den Held zu spielen, was? Wir sind seit Jahren schon hier und uns sagt man nicht mal, dass unsere Heimatstadt abgebrannt ist, geschweige denn, dass

man uns ehrt, wofür wir hier in diesem stinkenden Loch sitzen und Tag ein, Tag aus dem Tode ins Auge blicken müssen. Doch du wirst übermorgen fallen bei deiner Unfähigkeit. Keine Ahnung hast wahrscheinlich vom Kämpfen."
Larior warf ihm nur einen kurzen wütenden Blick zu und ging mit Greg weiter zu ihrem Lager. Dort packten sie ihre Sachen und machten sich wieder auf den Weg nach draussen. Doch auch diesmal rief Philipp seinem ehemaligen Schulkameraden nach: „Kaum bist du da, hast du eine edle Rüstung. Hast wohl wieder irgendwelche Beziehungen spielen lassen und fühlst dich uns gewöhnlichen Leuten nun überlegen, was? Ohne deine schurkischen Jägerfreunde wärst du ein Niemand."
Greg und Larior bezogen zusammen mit zwei anderen Soldaten eines der Viererzimmer in der Kaserne, wo sie sich schon bald hinlegten. Die Namen ihrer Zimmerkameraden waren Kalio und Heliek. Kalio war eher klein und hatte ziemliche Ähnlichkeiten mit Kari, während Heliek gross und breitschultrig war. Kalio war aus der Nähe von Periula, was seine Ähnlichkeit zu Kari erklärte. Er kam aus einer alten Fischerfamilie. Heliek hingegen war aus Altstrassburg und erst bei Altfestungshausen zum Heereszug gestossen. Wie sie nun erfuhren, war er auf einem Bauernhof aufgewachsen, wo seine Kräfte dringend gebraucht würden.
Als Larior beinahe schon eingeschlafen war, flüsterte Greg: „Zu gerne würde ich noch einmal das Gesicht von Prinzessin Celeyia sehen. Geht es dir auch so?"
Larior antwortete nicht, nur ein liebevolles Schmunzeln zeigte, dass ihm das Gesicht der wunderschönen jungen Eyilreä wieder in den Sinn gerufen worden war.

Greg schossen vor dem Einschlafen wilde Bilder durch den Kopf, ihm kamen die furchtbaren Sätze wieder in den Sinn, welche er gehört hatte, wonach er dem Tode geweiht war. Auch Larior neben ihm schien nicht ruhig schlafen zu können. An dessen Bett hing eine edle Rüstung, wie sie Greg einzig bei den Hofgardisten bereits gesehen hatte, doch er wollte Larior nicht darüber ausfragen.

„Kennst du diesen Jäger?", war das einzige, was er ihn noch gähnend fragen mochte. Larior starrte verträumt zur Decke hinauf und schreckte hoch, als ihm Greg die Frage stellte.

„Er sagt, er sei ein Freund meines Vaters gewesen", antwortete Larior traurig und sah dann zum halb offenen Fenster hinaus. Greg folgte seinem Blick und sah dann ebenfalls hinauf ins Sternenzelt. Nach einer Weile schwenkte sein Blick zurück zu Larior, und Greg sah, wie sich die Sterne in seinen Augen spiegelten. Lariors Blick richtete sich traurig zu den Sternen, als würde er etwas suchen, was er sehr vermisste. Als sie bereits eine Weile da gelegen hatten, schliefen beide ein. Einige Zeit später wurden auch ihre Kameraden ruhig, und man hörte nur noch die regelmässigen tiefen Atemzüge der vier Soldaten.

Am nächsten Morgen wurden sie auf den Waffenplatz gerufen, um einige Pfeile abzuschiessen. Greg stand neben Larior, sie mussten auf nebeneinanderliegende Scheiben zielen. Gregs erster Schuss war etwa einen Daumen breit von der Mitte entfernt, während es bei Larior beinahe zwei Daumenbreiten waren. Von irgendwo aus einem Fenster ertönte wieder Philipps Stimme: „Siehst du, Larior, du triffst ja kaum die Scheibe. So willst du dem Feind entgegentreten?"

Mit der Zeit und einigen abgeschossenen Pfeilen kamen sie immer näher an die Mitte, doch Larior traf im Gegensatz zu

Greg kaum einmal näher als einen Daumen breit an das feine schwarze Kreuz, welches die Mitte bezeichnete. Greg stellte aber verwundert fest, dass Lariors Pfeile fast doppelt so weit in das harte Holz eindrangen wie seine eigenen.

Der Vormittag verging rasch, und sie genossen den ruhigen Mittag. Die beiden Kameraden würfelten am Rande des Hauptplatzes. Doch die Ruhe hielt nicht lange, plötzlich kam ein Bote eilig vor die Kaserne geritten. Rasch rannte Lakalt zu ihm hinaus und fragte ihn hastig: „Habt Ihr Neuigkeiten?"

„Ja", antwortete dieser laut, so dass es die neugierigen Soldaten rundherum ebenfalls hörten, „sie werden morgen im Morgengrauen hier eintreffen."

Rasch drehte sich Lakalt um und rief seinen Männern zu: „Ruht euch noch aus, wir werden heute Abend unsere Stellungen beziehen. Schleift eure Schwerter noch einmal, denn morgen müssen sie scharf sein."

Beunruhigt sah Greg daraufhin, wie Lakalt noch wild gestikulierend mit dem Boten sprach, bevor er selbst sein Zimmer aufsuchte.

Vorerst konnte keiner von ihnen schlafen. Vor allem Greg und Larior waren unruhig. Die anderen beiden schienen ruhiger zu sein. Sie waren beide schon seit längerer Zeit in Sonnenheim und bereits mehrmals beim Abwehren der Angriffe beteiligt gewesen. Kalio schlief sogleich ein, ohne sich auch nur einmal umzudrehen. Endlich übermannte sie die Müdigkeit und sie fielen in einen unruhigen Schlaf.

Der Nachmittag zog sich hin und die Sonne verlor an Höhe, schon bald warfen die Hänge rundherum lange Schatten über Sonnenheim. Als sie aus ihren Zimmern geholt wurden, wurde einigen von ihnen übel vor Unruhe. Ein grossgewachsener bärtiger Mann mit breiten Schultern musste sich an einer Hausecke übergeben, worauf er mit zitternden Knien zu den anderen zurückkehrte. Sie folgten dem Ritter und dem Hauptmann nach draussen und hinaus aus der Stadt in Richtung der hölzernen Wellenlichter. Viele von ihnen traten unruhig von einem Fuss auf den anderen, während einige bleich zitternd dastanden und schwiegen. Drohend brach nun die Dämmerung über sie herein und liess sie frösteln.

Stadtbewohner hatten in den letzten Tagen einen fast mannshohen Graben ausgehoben, dahinter einen Palisadenwall errichtet und hinter diesem den Aushub aufgeschüttet. Überall hinter dieser Verteidigungsstellung wurden nun Feuer entfacht, die den Männern etwas Wärme spenden sollten.

Nun holten auch die Stadtbewohner ihre Bogen und was sonst noch an Waffen zu finden war. Viele von ihnen gesellten sich zu den Soldaten auf die Stadtmauer, während sich andere mit Schwertern und Speeren bewaffnet auf dem Hauptplatz versammelten. Die Sonne ging nun vollständig unter, und die Ebene wurde nur noch von den hellen Feuern erhellt. Das warme Licht gab den Leuten in Sonnenheim etwas Hoffnung, doch kaum ein Gesicht blieb beim Gedanken an die nahende Streitmacht ruhig. Einzig die Hofgardisten standen still an der Palisade und spähten aufmerksam über die Ebene, hin zum fernen Waldrand. Oben in der alten zerfallenen Festung brannten ebenfalls helle Feuer, die wirkten, als würden sie über dem Boden in grosser Höhe schweben.

Lakalt rief seinen Männern Befehle zu. Die Mannschaft teilte sich auf und besetzte die Wellenlichter. In jeden der

zehn kleinen Festungen befahl Lakalt zehn Männer, während er die anderen hinter der neu gebauten Palisade postierte. Er selbst schritt zwischen den Soldaten hin und her und sprach ihnen so gut es ging Mut zu. Als alle ihre Posten bezogen hatten, setzten sich einige an die hohen Feuer und würfelten im Licht der tanzenden Flamme, um die Zeit und die Spannung zu vertreiben. Allerdings gelang es nur den Wenigsten, ihre Furcht mit Spielen zu verdrängen, so dass sie sich bald ins herbstlichbraune Gras legten, um auf den Zeitpunkt des Angriffs zu warten. Später, als es langsam ruhig wurde, hörte man Hufgetrappel von der Stadt her, Arak kam auf sie zu galoppiert, neben ihm zwei der berittenen Hofgardisten, welche das Banner Cammals trugen.
Arak erhob langsam seine Stimme und begann dann so laut, dass ihn alle hören konnten, über die Ebene zu rufen: „Meine Waffenbrüder, der Zeitpunkt ist nun gekommen, da wir für die Freiheit kämpfen. Wir werden keine Gnade erfahren, so kämpft auch ihr mit aller Kraft, die euch verliehen ist. Egal ob Mensch oder Monster, jeder der es wagt uns anzugreifen, soll erfahren, welche Kraft wir im Namen Cammals und König Uraks aufbringen können, welche Kraft uns verliehen ist, um unser Reich und unsere Familien zu schützen. Ich fordere euch auf, lasst euch nicht einschüchtern vom Feind, sondern kämpft, wenn der Feind eintrifft, so dass er es niemals vergessen und ihm für alle Zeiten ein Andenken sein wird, genauso wie unserem Volk, das Heldenlieder über jene Soldaten schreiben wird, welche Sonnenheim gegen den Feind verteidigt und eine der entscheidenden Schlachten zur Beendigung dieses schlimmen Kriegs geschlagen haben. Wir werden ihnen standhalten, seien es auch doppelt so viele Köpfe wie wir Verteidiger. Sie sollen

nur kommen und sich gegen uns werfen. Wir bleiben standhaft und lassen uns nicht zurückdrängen. Wir werden sie schlagen mit Kameradschaft, Mut und Ehre. Sie werden diesen Tag ihrer Niederlage niemals vergessen, genauso wie wir den Tag nicht vergessen werden, an dem wir siegreich waren. Steht zusammen, ihr werdet als goldene Generation in die Geschichte Cammals eingehen, ihr seid jene, die über das Schicksal von allen entscheiden. Ihr seid die besten Männer, die Cammal für diesen Tag aufzubieten hat. Euch wird gelingen, was zu gelingen gilt."
Dann hob Arak sein Schwert in die Höhe und stiess einen lauten Schrei aus, der von allen Männern erwidert wurde. Das Tal wurde vom Klang der Stimmen der Männer und ihrem Echo erfüllt. Alle streckten ihre Waffen in die Höhe und stiessen laute Schlachtrufe aus, die über die leere Ebene vor ihnen hallte, jener Ebene, auf der viele verbrannte Gehöfte standen, umgeben von grösstenteils brachliegenden Feldern, und es hallte bis zu den Wäldern jenseits dieser Ebene. Das Echo kam zurück, doch nicht nur das. Plötzlich hörten sie aus weiter Ferne ein Gebrüll, das sie erschaudern liess. Es war ein Gezische, das über die Kämme hinweg zu ihnen herdrang. Die aufkeimende Hoffnung drohte bereits wieder zu erlöschen, bevor sie aufblühen konnte. Dann sahen sie es, ein Feuer, das auf einem Bergkamm vor ihnen entfacht wurde, auf jenem Kamm woher die Stimmen schallten. Es war ein fürchterliches Gezische und Gejaule, das von dort herabkam. Die Soldaten, die zuvor noch an den Feuern gesessen und gewürfelt hatten, rannten nun zur Palisade und den Wellenlichtern. Viele von ihnen packten ihre Bogen und legten einen Pfeil auf. Allerdings war auf der Ebene nicht der Hauch einer Bewegung

zu sehen, nicht einmal in den weit entfernten Schatten, die vom Feuerlicht kaum erreicht wurden. Nun brachten noch einige Stadtbewohner Banner aus der Stadt, Banner des Reiches Cammal, und hängten sie an langen Stangen über die Palisade, wo sie im nächtlichen Wind zu wehen begannen. Kühl kamen die Böen vom Bergkamm herab und trugen die wüsten Stimmen mit sich heran.
Um die alte zerfallene Festung auf dem Hügel sah man nun mehrere Gestalten umherstreifen, sie schienen wachsam zu sein und bereit, auf den Feind zu treffen. Immer wieder leuchtete eine kampfbereite Klinge im Glutschein auf.
Dann wurde es wieder ruhig, man hörte keine Stimmen mehr, einzig das Gemurmel einzelner Soldaten war noch zu hören. Das Feuer knisterte, und der Wind pfiff steif durch das Tal, als würde nichts geschehen. Dann und wann röhrte ein Hirsch in die Nachtluft hinaus oder ein Wolf heulte dem Mondschein entgegen. Es schien, als würde es eine ganz normale Nacht werden, keine Zeichen davon, was sich in diesem Tal, auf dieser Ebene zusammenbraute.

Zehntes Kapitel - Morgenschlacht

Die Soldaten wurden wieder lockerer und waren erleichtert, als sie nichts mehr vom Bergkamm herunter dröhnen hörten, doch wollte die Spannung nicht verschwinden. Als sich einige erneut zum Würfeln hinsetzen wollten, schreckten sie sogleich wieder hoch, denn auf einmal erschallte ein Meer aus Trommeln den Berg herunter. Die Schläge liessen die Luft erzittern. Alle sprangen an die Bogen und legten zitternd Pfeile auf. Die markdurchdringenden Trommelschläge blieben jedoch nicht allein, auf einmal erklangen wüste Töne aus grausamen Hörnern durch das Tal und hallten von den Bergen wider. Selbst die Wölfe schienen angsterfüllt die Flucht ergriffen zu haben und jaulten ein letztes Mal, ehe sie über die Hänge verschwanden.
Die Schläge der Trommler kamen immer näher, und der Mond überschritt allmählich seinen Zenit. Ein schwacher Wind wehte ihnen entgegen und kräuselte die Haare, welche unter den Helmen hervorschauten. Hinter den weiten Ebenen und flachen Hügeln jenseits des Grossen Flusses erschien bereits der erste Streifen der Morgendämmerung. Es war ein Leuchten, das den Soldaten Hoffnung gab, wenn sie sich umblickten. Dann wurden langsam die Wolken rötlich eingefärbt, und das Morgenrot durchflutete den Himmel wie eine Feuersbrunst. Im Tal hingegen war es noch dunkel, einzig die Feuer spendeten ein schwaches Licht. Auf

einmal endeten die Trommelschläge, und im ganzen Tal herrschte eine beängstigende Stille wie die Ruhe vor einem Sturm. Unruhig traten einige Soldaten von einem Bein auf das andere, während sie auf Tabakblättern oder anderen würzigen Kräutern herumkauten. Selbst die Hofgardisten sassen nun nicht mehr um ihre Feuer, sondern standen mit schussbereiten Bogen an der Verteidigungsanlage.

Greg spuckte aus, das Tabakblatt in seinem Mund verlor langsam an Geschmack und Würze. Er war müde und gereizt, die Ungeduld und das Warten auf die Schlacht liessen ihm übel werden. Larior neben ihm hatte bereits die ganze Nacht still dagesessen und kaum etwas gesprochen. Sein Blick war über die Palisade hin der Ebene zugewendet, während seine Finger immer wieder über die Klinge seines Schwertes strichen. Seinen Helm hatte er niedergelegt, der Wind wehte sein Haar durcheinander, doch sein Blick richtete sich unruhig in die Richtung, von welcher die Trommelschläge herüber gedrungen waren. Seine Gedanken schienen allerdings immer wieder an einen anderen Ort zu gleiten. Greg sah, wie seine Augen dann und wann zu glänzen begannen und ein feines Lächeln über das Gesicht seines Kameraden huschte.

Greg war einerseits neidisch auf Lariors neue Ausrüstung, andererseits mochte er es ihm auch gönnen. Dennoch blickte er immer wieder missmutig auf seine eigenen Rüstungsstücke, die jedoch im Gegensatz zu jenen der Soldaten in der Stadt hervorragend gefertigt waren.

Die Feuersglut des Morgenrots trieb über sie hinweg, als plötzlich wieder die Hörner erschallten, dunkle tiefe Töne, die vom Wald her dröhnten. Die Hörner Sonnenheims antworteten mit hellem Klang, doch dieser ging im Tosen der

Hörner des Feindes unter. Langsam und im Schatten der Bäume kaum sichtbar, bewegte sich ein schleichender Schatten vom Wald her auf die Ebene. Die dunklen Töne wurden noch lauter, ihr Klang wurde nicht mehr von den Bäumen gedämpft, sondern schallte nun frei über die Ebene aus unzähligen Hörnern. Auf einmal setzten auch wieder die Schläge der Trommler ein, und ein Donner wallte gegen Sonnenheim. Ängstlich zogen die Soldaten ihre Köpfe hinter die Palisade zurück, streckten sie jedoch im nächsten Augenblick wieder neugierig heraus. Die Angst war in ihren Augen zu spüren, doch wich sie immer mehr der Ungeduld, die in den vielen jungen Männern aufkam.
Der Schatten kam immer noch auf grosser Breite aus dem Wald gekrochen und wurde immer länger, er schien kein Ende zu nehmen und immer lauter zu werden. Nun hörte man auch das Klirren von Schwertern auf eisernen Schilden. Der Feind war da. Fackeln erhellten die dunklen dreckigen Banner, sie schienen schon fast ein Meer zu bilden, welches leuchtend auf die Stadt zukam und mit eisernen Stiefeln den fruchtbaren Boden zertrampelte. Feind um Feind strömte aus dem Wald heraus und stiess ein lautes fürchterliches Brüllen aus, so dass in Sonnenheim beinahe die Steine bebten. Manchmal tönte es auch mehr wie ein Zischen, das über die Ebene schallte und den Männern umso mehr Schrecken einjagte. Ohne Vorzeichen hielt der Schatten plötzlich an, er hatte nun vollständig den Wald verlassen, und er schien unendlich gross. Es waren mindestens zehn Mal so viele Feinde dort wie Verteidiger hinter der Palisade, wohl doppelt so viele, wie sich in Sonnenheim befanden. Eine Streitmacht von scheinbar mehr als zwei-

tausend feindlichen Bestien, welche die Stadt vernichten wollten.

Sie kamen mit schweren Schritten auf die Palisade zumarschiert. Sie waren noch mehrere Schussweiten entfernt, doch ihre wüsten Stimmen hörte man bereits. Sie zerrissen die Stille der Nacht mit ihrer Schärfe und Giftigkeit. Kein Wort konnte jemand von ihnen auch nur im Ansatz verstehen, kein bisschen Ähnlichkeit hatte die Sprache dieser Bestien mit ihrer eigenen.

Nun kamen die ersten Feinde in den Schein der grossen Feuer, sie bewegten sich immer schneller auf die Palisade zu und hoben bereits ihre Schilde zu einem kräftigen Wall. Sie waren nur noch etwa zwei Schussweiten von den Bogenschützen entfernt und legten bereits selbst Pfeile auf. Auf ihren Bogen aus dunklem Holz lagen die schwarz gefiederten Pfeile mit den grausamen Widerhaken an den langen Spitzen.

Sie bildeten eine breite Front, nicht weit vor der Palisade und dem Graben, jedoch ausserhalb der Schussweite der Verteidiger. Die Feinde blieben alle stehen und warteten ab, einzig ein paar gehässige Zischlaute wurden den Soldaten entgegen gestossen. Zuvorderst standen die Bogenschützen und streckten ihre Bogen nach vorn, bis andere Skralgas vorbeirannten und mit Fackeln die Pfeile entzündeten. Dann schritten sie langsam nach vorn auf die Palisade, auf ihre Gegner und Sonnenheim zu. Drohend stieg der Rauch von ihren brennenden Pfeilen hinan in den klaren Morgenhimmel und verschleierte ihn.

„Pfeile bereit, legt sie auf, spannt eure Bogen", ertönte Lakalts Befehl weit über die Linie der Verteidiger, die sich endlich wieder fassten. Die Soldaten standen nun geduckt

hinter der schützenden Palisade, während der Feind langsam auf sie zukam. Auf einmal erschallte von Lakalt der nächste Befehl: „Pfeile los, Männer! Lasst diese Bestien euren Zorn spüren, durchbohrt sie!"
Alle richteten sich auf, zielten und liessen hastig ihre Sehnen sausen. Die Pfeile flogen in einem Hagel in einem hohen Bogen in Richtung der herannahenden Feinde. Währenddessen ertönte aus den Reihen der Feinde laut der Schrei: „DSRKSK!"
Daraufhin flogen die Pfeile der Skralgas jenen der Soldaten Cammals entgegen. Die Pfeile aus den Köchern der Soldaten prasselten auf die Skralgas nieder und einige von ihnen gingen zu Boden, andere konnten jedoch die Pfeile mit ihren Schilden abwehren. Während das geschah, kamen brennende Pfeile auf die Soldaten hinter der Palisade zugeflogen, die ängstlich davor zurückwichen.
„Die treffen ja kaum", meinte Greg höhnisch lächelnd zu Larior, „fast alle Pfeile sind in der Palisade eingeschlagen. Sie kommen ja kaum darüber hinweg in unsere Reihen."
Er hatte recht, kein Pfeil traf auch nur einen einzigen Mann auf der Seite der Soldaten, doch dann erschraken sie, die Pfeile steckten nun tief im Holz und brannten weiter. Obwohl die Stämme der Palisade noch feucht waren, begannen sie langsam zu rauchen und hüllten das Tal in einen gespenstischen Schleier. Auf einmal erklang von irgendwo aus dem Rauch ein entsetzter Schrei: „Feuer! Die Palisade hat Feuer gefangen, bringt Wasser."
Nun eilten Männer mit Kesseln voll Wasser aus dem Dorf herbei, doch auch die Skralgas rannten auf sie zu, unterstützt von einem Pfeilhagel. Ein heftiger Tumult brach hinter den Mauern Sonnenheims los, von wo nun Wasser ge-

bracht werden sollte. Der Pfeilhagel wurde erwidert, unzählige Pfeile wurden dem anrennenden Feind entgegen geschossen. Greg sah, wie sein Pfeil einen Feind genau in die Brust traf und ihn zu Boden gehen liess, während ein Pfeil von Larior den Hals einer der Bestien durchbohrte. Doch dann ertönte dicht neben Greg ein Schmerzensschrei. Er kam von einem Soldaten aus ihrem Zimmer, von Kalio. Weiss im Gesicht sah er an sich hinunter auf den Pfeil in seiner Brust und brach dann langsam mit einem klagenden Stöhnen zusammen. Schnell rannte Greg zu ihm hin, doch sein Kamerad gab kein Lebenszeichen mehr von sich. Der schwarze Pfeil mit der dunklen Spitze und den Rabenfedern hatte ihn genau ins Herz getroffen. Nun sah Greg auch, wie vor allem die Hofgardisten ihre Schilde in die Höhe hoben und die Pfeile von ihnen abprallten. Einige Soldaten lagen leblos neben den Holzstämmen oder schrien vor Schmerz. Die meisten waren allerdings noch kampftüchtig und schossen Pfeil um Pfeil auf den hasserfüllten Feind.
Die Skralgas hatten rasch die Palisade erreicht. Wild sprangen sie darauf zu, obwohl sie dabei unter dauerndem Beschuss standen. Viele von ihnen stürzten leblos in den Graben vor der Holzmauer, doch schien das die anderen nicht zu beirren, sie nutzten ihre Mitstreiter sogar dazu, den Graben auszufüllen, sprangen mit Äxten über ihre Rücken auf die Palisade zu und schlugen ihre Klingen in das Holz. Ein Skralgas nach dem anderen wurde getroffen, doch entsetzt musste Greg sehen, wie jeder gleich durch einen anderen ersetzt wurde. An manchen Orten schwächelte die Palisade bereits und einige Stämme kippten gefährlich weit in Richtung des Grabens. Verzweifelt versuchten die Soldaten mit ihren Lanzen über die Palisade hinunter auf den Feind ein-

zustechen, dabei trafen sie immer wieder eine der Bestien, dennoch schienen diese die Verluste kaum zu bemerken. Ihr Zimmerkamerad Heliek kämpfte auch dort, doch mit Schrecken musste Greg zusehen, wie Heliek seinen Feind verfehlte, das Gleichgewicht verlor und dann von zwei dunklen ledrigen Pranken gepackt und über die Palisade gezogen wurde. Dabei kippte einer der Stämme über den Graben und Greg sah, wie der Skralgas wild mit der Axt auf seinen Zimmerkameraden einschlug. Dieser versuchte sich mit seinen Armen so gut wie möglich zu schützen, doch bald hörte man nur noch seine schrecklichen Schmerzensschreie. Der Skralgas wollte nun zu seinem tödlichen Schlag ausholen. In diesem Augenblick sah Greg Larior mit gezogenem Schwert durch eine Lücke in der Palisade auf den Skralgas stürzen, und bevor dieser seine Axt niedersausen liess, durchstiess eine elegante Klinge seinen Leib. Er ging mit einem Grunzen nieder und fiel auf die anderen Kämpfer im Graben, seine Augen verdrehten sich ein letztes Mal, ehe er in seiner eigenen schwarzen Blutlache endete. Sofort packte Larior Heliek am Arm und zog ihn mit zurück hinter die Palisade. Rasch sprang einer der Hofgardisten heran, packte Helieks Lanze und stiess einem Skralgas, der sich gerade durch die Lücke zwängen wollte, in den Leib.
Heliek lag nun mit schmerzverzerrtem Gesicht am Boden hinter den noch schützenden Stämmen und hielt sich sein blutüberströmtes Bein mit beiden Händen.
Nun schienen rundherum und überall Feinde über die Palisade zu klettern oder sich hindurchzuzwängen. Die meisten von ihnen wurden rasch von Hofgardisten bemerkt und lagen augenblicklich tot auf dem verbrannten Boden. Doch es wurden immer mehr, welche die Palisade überwanden.

Es erschallten wieder ihre dunklen Hörner, und mehrere Soldaten rund um Greg fielen zu Boden. Sie schrien auf vor Schmerz. Doch dann wurden die dunklen Klänge der schwarzen Hörner vom hellen Klang edler Hörner übertönt. Sie klangen von der alten Festung herunter, und bald sah man in der aufgehenden Sonne dunkle Gestalten die Strasse herunterrennen. Von weitem schon liessen sie ihre Pfeile auf die ihnen entgegenkommenden Skralgas fliegen und sie zu Boden gehen. Manche der Bestien wichen etwas zurück, als sie nun im Licht der aufgehenden Sonne die Schwerter der Jäger und die glänzenden Rüstungen der Hofgardisten aufblitzen sahen.

Langsam wurde das Tal vom Licht der Morgensonne durchflutet, doch die Feinde liessen sich davon nicht beirren, an manchen Orten hatten sie bereits grosse Schneisen in die schützende Palisade gehauen und drangen nun zu Hauf hindurch. Sie wurden mit Schilden zurückgedrängt, dabei fielen jedoch gleich mehrere Soldaten unter den wilden Hieben der Bestien. Ihre letzten Schreie erschallten und raubten ihren noch kämpfenden Kameraden die letzte Hoffnung.

Die Schwerter der Hofgardisten klirrten auf jene der Skralgas, als sie sich ihnen im Zweikampf stellten. Viele Male schienen ihre Feinde tödliche Treffer zu landen, doch immer wieder rutschten ihre Klingen von den glatten Rüstungen der Hofgardisten ab und liessen dabei glühende Funken sprühen. Lakalt stand dicht neben Gawair im Gefecht. Sie wurden immer mehr zu jener Seite hin gedrängt, auf welcher Greg und Larior verbittert kämpften, in Richtung der alten Festung. Lakalts Schwert war bereits mit dem schwarzgrünen Blut der Angreifer dick überzogen und troff davon. Gerade rannte wieder einer der Feinde auf ihn zu und hob das Schwert, doch er schlug es geschickt zu Seite und schnitt seinem Gegner mit einem schnellen Streich die Kehle durch, worauf dieser mit schmerzerfülltem Blick langsam auf die Knie sank, zur Seite kippte und regungslos liegen blieb. Gawair nebenan schlug einen anderen Skralgas nieder und trieb ihm sein Schwert in den Leib. Viele der Soldaten versuchten sich so gut es ging zu wehren, doch allmählich wurden sie von ihren Kräften verlassen, ohne dass sie das Gefühl hatten, den Feind tatsächlich schwächen zu können.

Währenddessen strömten immer mehr Skralgas durch die Palisade, immer breiter wurden die Schneisen, bald schon konnten die Heerscharen der wilden Bestien den Graben über die Leiber ihrer toten Mitstreiter mühelos überqueren und flink durch die Palisade hindurchkriechen.

Gerade kamen zwei Feinde auf Heliek zugerannt, der immer noch bewegungslos am Boden lag, doch bevor sie den Verletzten angreifen konnten, stellten sich ihnen Greg und Larior in den Weg. Die Skralgas keckerten und stürzten sich dann auf sie. Sie erwarteten, es mit zwei einfachen Soldaten aufnehmen und diese rasch niederstechen zu können. Doch als eine der Bestien mit voller Wucht ausholte, tauchte Larior unter ihrem Schlag weg und spiesste sie auf, während die Axt des anderen klirrend auf Gregs Schwert aufschlug. Er hielt ihm mit aller Kraft stand, doch die Axt fuhr jetzt auf sein ungeschütztes Gesicht zu. Gleichzeitig brach der Skralgas mit einem Stöhnen zusammen und fiel tot vor ihm hin. Larior zog sein Schwert zurück und packte es wieder fest mit beiden Händen. Er hatte damit den Skralgas von der Seite her mit voller Wucht durchbohrt. Immer mehr

Feinde drangen durch die Palisade, ihr Strom schien unerschöpflich zu sein, und so schwand die Hoffnung der Soldaten auf einen Sieg immer mehr.

Auf einmal kam von hinten aus Sonnenheim ein lauter Hornstoss, und dann hörte man Hufgetrappel. Zahlreiche Skralgas zogen sich fliehend zurück, als sie den schlagkräftigen Trupp auf sich zukommen sahen. Angeführt von Arak sprengten nun die berittenen Hofgardisten mit wuterfüllten Gesichtern in Richtung Palisadenwall dem Feind entgegen. Sie hoben ihre Lanzen und streckten sie den fliehenden Feinden entgegen. Die schwarzen Gestalten fielen den donnernden Hufen zum Opfer oder wurden von spitzen Lanzen aufgespiesst. Dann, als Arak und seine Männer parallel dem Wall entlang ritten, schrie er den Männern zu: „Rückzug, Rückzug in die Stadt. Zieht euch hinter die Mauer zurück, die Palisade lässt sich nicht mehr halten."

Das liessen sich die Männer nicht zweimal sagen. Sie begannen zu rennen, der Stadt entgegen, kaum jemand sah noch zurück, einzig die schützenden Mauern lockten sie noch an, während die Kavallerie hinter ihnen kämpfte. Lakalt rannte gerade an Larior vorbei, welcher verzweifelt versuchte, Heliek auf seine Schultern zu ziehen.

„Er ist tot, rette dein eigenes Leben!", schrie Lakalt Larior zu, doch dieser sprang Lakalt an und riss ihn zu Boden. Lakalt wollte Larior bereits wütend zur Seite stossen, als mehrere Pfeile direkt über ihre Köpfe hinwegzischten. Rasch drehte sich Lakalt um und sah, wie fünf Feinde gleichzeitig neue Pfeile auflegten, er packte einen Schild, der gerade neben ihm lag und hob ihn hoch, keinen Augenblick zu früh, die Pfeile sausten auf ihn zu und prallten vom Schild ab. Nun versuchte er sich wiederum vor Larior zu stellen, um

ihn und Heliek vor den Pfeilen zu schützen. Als die Gegner ihre Schwerter zogen und auf die beiden losgerannt kamen, schrie Lakalt Larior mit verzweifelter Miene an: „Wir müssen fliehen! Fünf sind zu viele, wenn wir keine Deckung haben."
Nun wollte Larior Lakalts Befehl befolgen, doch dann fielen die Feinde vor ihnen plötzlich zu Boden. Federn ragten aus ihrer Seite, sie waren von Pfeilen durchbohrt worden, von Pfeilen der Jäger.
Lakalt half Larior den hilflosen Heliek auf die Schultern zu nehmen, der ihn wie einen Kartoffelsack zur Stadt trug, während er ihm den Rücken freihielt. Entsetzt musste er sehen, wie mehrere Reiter hinter Arak von ihren Rössern fielen, als diese getroffen wurden. Lakalt schrie mit der ganzen Kraft seiner Stimme: „Rückzug, zieht euch in die Stadt zurück. Macht rasch!"
Alle rannten, sie rannten um ihr Leben. Viele von ihnen stützten verwundete Kameraden oder trugen sie wie Larior auf den Schultern. Es war ein Durcheinander wie es noch keiner von ihnen jemals erlebt hatte. Sie hatten alle einzig ein gemeinsames Ziel, das vermeintlich rettende Stadttor.
Vorne an der Palisade kämpften nun die Reiter gegen ihre Feinde, doch auch die Reiter wurden langsam zurückgedrängt und begannen sich geordnet zurückzuziehen. Schnell rannten die Soldaten auf das offene Stadttor zu und stürzten sich mit furchterfüllten Gesichtern hinein. Greg war einer der letzten, die die Stadt zu Fuss erreichten, doch er konnte Larior nirgends sehen. Er begann schon die Hoffnung zu verlieren, als sein blutüberströmter Kamerad gebeugt, mit Heliek auf den Schultern, durchs Tor kam. Sein Überzieher hing nur noch in Fetzen von ihm herunter und

seine Rüstung war von Blut verschmiert, schwarzem Blut, doch auch von rotem, und sein Gesicht hatte mehrere Kratzer, so lief ihm ein rotes Rinnsal vom Kinn über die Rüstung. Bei diesem Anblick wurde Greg bewusst, dass er selbst nicht viel anders aussah. Er blickte an sich hinunter und erkannte überall schwarze Flecken.

Sie brachten die Verwundeten so schnell es ging in die Häuser zu den Frauen, während nun auch die Reiter eintrafen und von ihren Rössern sprangen. Den angekommenen Soldaten wurden Befehle zugerufen, sie sollten sich auf die Mauer begeben oder sich hinter dem Tor postieren. Greg und Larior rannten schnell auf die Mauer, nachdem sie Heliek bei einer älteren Weberin abgelegt hatten, die sich nun sorgsam um ihn kümmerte. Auf der Mauer bot sich ihnen ein fürchterlicher Anblick, die Ebene war von Leichen übersät und überall brannten unkontrolliert lodernde Feuer. Es schien, als hätten sich die Linien der Feinde um mehr als einen Drittel gelichtet, doch sie kamen immer näher an die von den Soldaten besetzte Stadtmauer. Die Verteidiger standen schussbereit auf der Mauer und liessen ihre Sehnen surren, sobald die Feinde nahe genug waren. Es schien, als würden sich die Bestien nun die Zähne an der Mauer ausbeissen müssen, als plötzlich ein lautes Gebrüll vom Wald her klang. Es war weder das Gebrüll eines Skralgas noch eines Tieres, noch der Wesen, die sie aus der Luft hatten brüllen und schreien hören.

Zuerst kamen nur maskierte Gestalten aus dem Wald zu der Stadt her, doch dann sah man die Wesen, sie waren weder Mensch noch Tier noch etwas, das die Männer jemals gesehen hatten. Sie trugen ein dickes schwarzes Fell, von Stahlplatten bedeckt, und in ihren Pranken hielten sie schwere

schwarze Schwerter, beschlagene Keulen oder riesige Steinschleudern. Allein ihre Köpfe waren mannshoch. Wenn sie sich voll aufrichteten, streckten sie ihre Ohren fast über die Baumwipfel dem Himmel entgegen. Die kolossalen Wesen erhoben sich nun furchterregend aus dem dunklen Wald.
Von weitem schleuderten sie mit ihren riesigen Steinschleudern bereits Steine gegen die Mauer. Wer ein Schild trug, hob es schützend vor sich. Panisch schrien die Männer durcheinander und konnten nicht glauben, was sie sahen.
„Was ist das?", schrien manche. Andere brüllten: „Die Zauberei hat sich gegen uns verschworen, rettet euch!"
Die Offiziere versuchten die Männer zu beruhigen, obwohl sie nun selbst voller Furcht neben ihnen standen. Viele der kleineren Steine prallten von den Schilden ab, doch die grösseren rissen die Männer mit sich über die Kante der Mauer. Obwohl es nur sechs dieser Wesen waren, kam ein Stein nach dem anderen auf die Verteidiger der Stadt zugeflogen. Verzweifelt versuchten die Soldaten mit ihren Pfeilen die Bestien zu treffen, doch hatten sie Mühe, sie in dieser Ferne zu erreichen. Mehrere Pfeile bohrten sich unter dem dicken Fell in die Haut der riesigen Bestien, doch anstatt schwächer zu werden, wurden sie nur noch rasender, als sie den stechenden Schmerz spürten. Drei von ihnen rannten nun auf das Tor zu, einer hob seine Keule, schwang sie und schmetterte sie gegen die schweren Holzflügel. Rasch rannten die Männer hin zum Tor und stemmten sich dagegen, doch gleich wurden sie vom nächsten Keulenschlag zurückgeworfen, woraufhin sie sich wieder mit voller Kraft gegen die schweren eisenbeschlagenen Pforten warfen. Die Pfeile prasselten nun auf die Eisenplatten der Bes-

tien oder trafen ihre ledrige Haut. Doch nichts machte den Ungetümen Eindruck. Erst als ein Pfeil, abgefeuert von einem der Hofgardisten, das Auge eines der riesigen Wesen traf, wankte dieses zurück und verlor den Halt. Als dann mehrere Hofgardisten noch ihre Lanzen in die dicke Haut warfen und sich diese tief eingruben, torkelte die Bestie zurück und fiel mit einem dumpfen Krachen zu Boden, wobei sie mehrere Skralgas erdrückte. Ermutigt vom Fall der ersten dieser riesigen Fellkreaturen eilten nun alle Männer mit Lanzen herbei und warfen sie auf die anderen beiden vor dem Tor. Eine der Fellbestien fiel kurz darauf, doch dann kamen zahlreiche grosse Steine geflogen und fegten mehrere Verteidiger von der Mauer nach unten auf die Männer hinter dem Tor, unter welchen auch Edgar stand und sich immer wieder gegen das zu bersten drohende Tor warf.

Einer der Soldaten kam auf Edgar zugeflogen und riss ihn zu Boden. Erschrocken schrie er auf und wälzte sich zur Seite, so dass der leblose Körper des Soldaten neben ihm zu Boden fiel. Anderen Soldaten erging es ebenso, als das Tor plötzlich zu splittern begann und eine Keule den erschrockenen Männern entgegensauste. Sie riss mehrere Soldaten mit und schleuderte sie gegen die Hauswände, doch schon bald krachte sie selbst zu Boden und versperrte den nacheilenden Skralgas den Weg.

Die Fellbestie war zusammengebrochen, nachdem gleich mehrere Lanzen die dicke Haut an ihrem Hals durchbohrt hatten. Nun packten auch wieder die Hofgardisten ihre Bogen und liessen Pfeile auf ihre Feinde niederprasseln, während die Reiter auf das zerbrochene Tor zu galoppierten. Allerdings hörte der Steinhagel der anderen drei Bes-

tien nicht auf, und so mussten sich die Hofgardisten immer wieder hinter den Zinnen ducken und in Deckung gehen.
Die Skralgas hatten die Keule inzwischen beiseite geschleppt und wollten in die Stadt eindringen, doch nun kamen die Reiter in rasender Geschwindigkeit auf den Pferden mit ihren donnernden Hufen auf sie zu. Lanzen stiessen vor und rissen einige Skralgas mit sich, während die anderen Reissaus nahmen.
Der Mittag war bereits vergangen und die Sonne schien schon wieder zu sinken. Die Männer waren müde und verloren langsam den Mut, einige weinten sogar nach ihren Familien, doch es gab auch welche unter ihnen, die noch die Entschlossenheit und die Kraft besassen, sich dem Feind entgegenzustellen. Während die Pferde zum Tor hinaus galoppierten, sah Greg, wie mehrere Skralgas den Weg zur alten Festung hinauf rannten, doch sie fielen einer nach dem anderen den Pfeilen der Jäger zum Opfer. Dann sah man, wie die Jäger ihre Schwerter packten und den Bestien entgegenliefen. Sie trieben rasch eine tiefe Schneise zwischen die Skralgas, deren Reihen sich nun immer weiter lichteten. Der Feind schien nahe an der Niederlage zu stehen, doch dann kamen maskierte Menschen auf die Stadt zu. Sie trugen gebogene Schwerter mit krummen Griffen, ihre Masken waren aus Eisen und schützten ihre Gesichter, während sie unter ihren schwarzen Mänteln glänzende Rüstungen trugen. Einige von ihnen nahmen Armbrüste von ihren Schultern, legten an und liessen die Bolzen sausen. Diese schossen durch die Luft und trafen mehrere der Reiter, die in die Reihen der Skralgas preschten, in den Rücken. Die Reiter machten kehrt und ritten nun auf die maskierten Menschen zu. Allerdings vermochten die eisernen Bolzen

die glänzenden Rüstungen der Hofgardisten zu durchdringen und die Getroffenen von ihren Pferden zu werfen. Auf einmal stampften jedoch die drei verbliebenen Fellbestien den vordringenden Reitern entgegen und schleuderten wieder Steine. Die Ritter packten ihre Lanzen und warfen sie den riesigen Gestalten an die Hälse. Zwei der Bestien brachen darauf zusammen, doch nun schossen die maskierten Menschen in ihren schwarzen Mänteln auf die Pferde, und mehrere Reiter wurden aus den Sätteln geworfen.

Dann, als sich die berittenen Hofgardisten rasch in einem Halbkreis gegen den nahenden Feind aufstellten, um die Verwundeten zu schützen, erschallte Lakalts Befehl über die Stadtmauer, und er eilte bereits mit erhobenem Schwert zum Tor heraus.

„Folgt mir, Männer, kämpft für den Prinzen und die Freiheit", brüllte der Ritter, ehe die Hörner Sonnenheims laut erschallten.

Jubelnd folgten ihm die Männer, die nun neuen Mut fassten. Gleich hinter Lakalt rannten voller neuer Hoffnung auch Greg und Larior neben vielen weiteren jungen Männern, unter ihnen auch Fredgar und Philipp. Bald schon hatten fast alle Männer die Stadt verlassen und jene, die noch Pfeile hatten, schossen bereits im Laufen auf die restlichen Skralgas, die erschrocken zurückwichen. Doch auch diese fassten wieder Mut, als sie die maskierten Männer an ihrer Seite sahen und nun zusammen mit ihnen gegen Sonnenheim stürmten. Schliesslich hatten diese noch ihre letzte Hoffnung, die sich nun baumgross aufgerichtet hatte, die noch lebende Fellbestie. Diese stampfte wütend auf die Soldaten los und zertrampelte mehrere von ihnen, während sie wütend ein Schwert aus dunklem Stahl schwang. Die

Linien prallten aufeinander, und es schien einen Augenblick lang so, als würden die Soldaten Cammals nach Sonnenheim zurückgedrängt, doch dann pfiffen plötzlich Pfeile durch die Luft aus der Richtung, aus der die Fellbestie und die maskierten Menschen kamen, allerdings galten sie nicht den Soldaten Cammals.

Tief drangen die Pfeile in die Haut der riesigen Bestie, tief in ihren Leib, bis sie schliesslich mit einem lauten Brüllen zusammenbrach und in Richtung der fliehenden Skargals fiel. Nun erschraken auch die maskierten Menschen, sie mussten entsetzt sehen, wie Männer in braunen Mänteln nun in tiefer Haltung mit erhobenen Schwertern auf sie zu gerannt kamen, unterstützt von Pfeilen, die über ihre Köpfe auf den Feind zu schwirrten.

Greg und Larior standen in jener Richtung, aus der die Jäger herbeieilten, ihnen voran einer, der herausstach. Kurz darauf hörte Greg seinen Kameraden schreien: „Das ist Haldrior mit seinen Jägern. Der Anführer der Jäger ist gekommen, sie stehen uns alle bei."

Daraufhin hob der junge Soldat aus dem Volke ihrer Retter sein Schwert in die Höhe und eilte in jene Richtung. Greg folgte ihm sogleich, obwohl er nicht wusste, wieso und sich das später oft auch selbst fragte. Plötzlich eilte Lakalt an ihm vorbei in dieselbe Richtung, er hatte gehört, wie Larior den Namen *Haldrior* gerufen hatte und erkannte seinen Vater nun selbst.

Die Soldaten um Greg und Larior waren zusammen mit ihnen noch weit von den Jägern entfernt, getrennt durch Reihen wütender Bestien und maskierter Menschen, die verzweifelt versuchten, sich aus ihrer Einkesselung herauszuschlagen. Ein letztes Mal preschten sie aufeinander los.

Von überall hörte man die wüsten Schreie der Skralgas und die Siegesschreie der Soldaten, aber auch die Schmerzensschreie der Verwundeten. Larior drängte sich nun zusammen mit Greg nach vorne, wo er gleich einem ihrer Gegner das Schwert in den Leib rammte. Plötzlich stand zum Schrecken der beiden Soldaten ein riesiger Skralgas neben ihnen, der seine Keule schwang und Larior durch die Luft schleuderte, worauf dieser mitten im Kampfgeschehen regungslos liegen blieb. Als der grosse Skralgas nun mit erhobener Keule auf ihn zu rannte, wurde Greg angst und bange, er konnte sich nicht zu seinem Kameraden durchkämpfen, zu viele Feinde und Freunde kämpften zwischen ihnen. Der Skralgas holte bereits zum tödlichen Schlag aus, als ein langer Speer durch die Luft sauste und die Bestie mitten in den Rücken traf. Greg drehte sich sofort um und sah dort Lakalt mit ausgestrecktem Arm stehen. Lakalt packte nun wieder sein Schwert und schlug sich schnell zu Larior durch, wobei er noch mehr Kratzer erwischte und ihn das Schwert eines Feindes nur knapp verfehlte. Lakalt schlug zurück, worauf der Gegner tot niederfiel. Sofort kniete er neben Larior nieder, der nun benommen den Kopf schüttelte. Als Larior wieder die Augen aufschlug, meinte Lakalt mit einem erlösenden Lächeln: „Nun sind wir wieder gleich auf."
Dabei packte er Larior am Arm und half ihm vom Boden hoch. Dieser ergriff darauf sein Schwert, welches neben ihm auf der zertrampelten blutdurchtränkten Erde lag. Der blutgefärbte Schlamm quoll unter ihren Stiefeln hervor, als sie sich wieder auf ihre Feinde stürzten, allerdings taumelte der junge Soldat bei seinen ersten Schritten noch ein wenig. Nun sahen sie, wie plötzlich einige der maskierten Menschen die Flucht ergriffen, während ihnen die anderen folg-

ten. Selbst mehrere Skralgas drehten sich um und versuchten aus der Einkesselung zu entkommen. Nur noch wenige waren übrig, als sich die Soldaten Cammals zu beiden Seiten den Jägern näherten. Die Feinde leisteten kaum noch Widerstand und flohen zwischen die Bäume, sofern sie bis dort gelangten, denn manch ein Fliehender bekam den stechenden Schmerz des Pfeils eines Jägers zu spüren und stürzte leblos nieder. Doch einige gaben nicht auf, vor Lakalt standen noch mehrere kampflustige wütende Bestien, die nun auf ihn zustürmten. Neben ihm stand Larior, welcher sein Schwert mit der schillernden Klinge bereithielt. Die Bestien waren in der klaren Überzahl, als plötzlich von überall her die Hofgardisten auftauchten und hinter ihnen plötzlich die Jäger standen und die grausamen Bestien erledigten. Haldrior war einer von ihnen, er zog gerade sein Schwert zurück und sah dann zu Lakalt und Larior hinüber. Die Augen des Anführers der Jäger waren mit Stolz erfüllt, als er seinen Sohn dort stehen sah in der Rüstung des obersten Hofgardisten des ehemaligen Isula, einen Feldherrn, wie man ihn in diesen Zeiten brauchte.
Die meisten Skralgas waren nun gefallen und vernichtet worden. Einzig viele der maskierten Männer und einige Skralgas waren in den steilen Wald hinauf entkommen. Haldrior und Lakalt sahen sich lange an, doch wollten sie nicht zu vertraut wirken. Stattdessen schritt Lakalt auf Haldrior zu und meinte dann förmlich: „Habt vielen Dank für Eure Hilfe. Ausserdem wüsste ich zu gerne, was das für Wesen gewesen sind, diese grossen Bestien mit dem schwarzen Fell. Könnt Ihr mir sagen, was das für eine Teufelei war?"

Daraufhin weiteten sich Haldriors Augen und er sah entsetzt aus. Tiefe Sorgenfalten bildeten sich auf seiner Stirn, bevor er nach einer längeren Pause endlich antwortete: „Ich habe so etwas weder jemals gesehen, noch davon gehört. Einzig in alten Mythen und Legenden, die selbst viele der Jäger für Unsinn halten, werden sie erwähnt."
„Gibt es viele von ihnen?", fragte darauf Lakalt erschrocken weiter.
„Wenn man den alten Legenden Glauben schenkt", antwortete darauf Haldrior und machte eine kurze Pause, „gab es einst ganze Heere davon. Grausame Mordscharen, die alles kurz und klein schlugen, was ihnen in den Weg kam.
„Wie ist der Name dieser Bestien?", wollte der Ritter nun neugierig wissen.
„Ich glaube, man nannte sie einst Yetis, Monster, die von eisigen Gipfeln herabstiegen und dem Bösen gehorchten", erwiderte Haldrior daraufhin auf die Frage seines Sohnes, „manche sagen allerdings, sie wären zur Dunkelsten Stunde vom Bösen geschaffen worden."
Bald darauf ertönte Hufgetrappel, und Arak kam im Trab herbeigeritten. Neben ihm streckte ein Hofgardist eine Lanze mit Cammals Banner in die Höhe, welches sich im kräuselnden Wind blähte und flatterte.
„Ah, Haldrior", rief Arak schon von weitem mit einem breiten Lachen, „einmal mehr stehen wir in Eurer Schuld. Doch könnt Ihr mir erklären, was das für Fellbestien waren?"
Daraufhin erklärte Haldrior Arak alles, was er bereits Lakalt erklärt hatte. Als er mit seiner Erklärung an den Prinzen geendet hatte, wandte sich Haldrior mit seinem milden Blick an Larior und meinte: „Du stehst deinem Vater in nichts nach, ich habe dich kämpfen sehen. Du siehst ihm

dann so ähnlich, dass ich dich für eine Weile für ihn gehalten habe. Es war mir, als sähe ich Arior wieder vor mir, als dein Schwert die Skralgas niederstreckte."
Dieses Lob erwiderte Larior mit einem traurigen, jedoch stolzen Blick und entgegnete: „Ich werde vermutlich nie meines Vaters Abbild sein, zu gross ist die Leere, die er hinterlassen hat. Niemals kann ich leisten, was er geschaffen hat und die Lücke ausfüllen, die durch seinen Tod entstanden ist."
„Du wirst sie auszufüllen vermögen, Larior, darauf vertraue ich. Du bist noch jung, mehr als zehn Mal so lange, wie du nun lebst, hat dein Vater gelebt", erwiderte daraufhin Haldrior. Als der junge Soldat nichts mehr antwortete und sich bereits abdrehen wollte, meinte der Jäger zu ihm: „Jemand ist hier, den du sicher gerne sehen wirst."
„Wer?", fragte Larior überrascht, während er sich zum alten Jäger umdrehte.
„Folge mir", meinte dieser nur, ehe er mit schweren Schritten davon marschierte. Auch Arak und Lakalt folgten ihnen, und auf der Strecke zum Wald gesellte sich auch noch Rubair dazu. Die drei ahnten bereits, von wem der Anführer der Jäger gesprochen hatte.
An Rubair gewandt, dankten der Prinz und der Ritter ebenfalls für dessen Hilfe und jene seiner Jäger. Sie kamen immer näher an den Wald, wo in der Zwischenzeit bereits einige Zelte aufgebaut worden waren, deren Tuch sich kaum vom Boden und den Bäumen abzuheben schien. Vor einem der Zelte schien ein älterer Jäger einen Zwist mit einem alten bärtigen Mann auszutragen. Schnell erkannte Larior den alten Mann und rannte voller Freude auf ihn zu.

Dieser kehrte sich sofort um, als er die ihm wohlbekannte Stimme erfreut seinen Namen rufen hörte: „Maral!"
Herzlich umarmten sie sich, doch schienen Marals Augen nicht richtig glücklich zu wirken, eher schien es, als ob sich ein sorgenvoller Schatten über seinen Blick gelegt hätte . Dennoch freute er sich, endlich wieder den jungen Soldaten zu sehen.
Nachdem die beiden eine Weile miteinander gesprochen hatten, trat Haldrior neben sie und fragte den Jäger misstrauisch: „Triar, worüber streitest du dich mit Maral?"
Doch bevor Triar antworten konnte, wandte sich Haldrior an Maral: „Was hast du mein Freund, was bedrückt dich?"
In der Zwischenzeit waren auch viele der Offiziere in ihre Nähe gekommen und wollten zu Arak, sie standen nun nahe um sie herum. Misstrauisch wurden sie von Maral gemustert, bevor dieser sich mit beunruhigter Stimme in Eylreäis an Haldrior wandte: „Haldrior, äeyi glevier riärail Milrea wai areyil waer."
„Waer?", erwiderte darauf Haldrior mit fragendem Blick.
Dann meinte Maral mit genervter Miene: „Ceyiä heyif äeyi cäill."
„Vertraust du mir etwa nicht?", erwiderte Haldrior daraufhin erzürnt nun in der Sprache der Jäger, die den Soldaten Cammals ebenso fremd war.
Doch Maral antwortete ruhig: „Es geht hier nicht darum, ob ich dir vertraue, sondern darum, dass es meine Sache ist, wen ich dort aufsuche und es dich nicht interessieren muss."
Daraufhin drehte er Haldrior den Rücken zu und wandte sich wieder an Larior. Misstrauisch schaute ihnen Haldrior nach, als Maral Larior zu einem der Zelte führte.

„Versprich mir, dass du dich nicht den Jägern anschliesst", begann Maral hastig.
„Ihre Absichten mögen edel sein, doch wirst du noch früh genug erfahren, wieso ich es nicht für klug halte. Bis dahin darfst du auf keinen Fall in ihre Reihen eintreten. Ausserdem wollte ich dir noch sagen, wie gut du gekämpft hast. Ich habe einiges gesehen, doch du musst noch viel lernen. Lass dir allerding eines sagen, nicht alle deines Volkes sind zu Jägern geworden. Manche bewachen immer noch die alten Stätte, die noch von ihrem Glanz zeugen und noch nicht zerstört worden sind."
Nach diesen Worten und Lariors verwirrtem Blick verabschiedeten sie sich, und der junge Soldat war bereits dabei, das Zelt zu verlassen, als Maral in Eyilreäis flüsterte: „Mel Celä riär ail Dailron."
Sie winkten einander noch einmal zu und Larior kehrte an den Zelten vorbei zur Stadt zurück. Nachdenklich marschierte er den beschädigten Mauern und dem Stadttor entgegen, das mit gebrochenen Balken und Splittern in den Angeln hing.
Es war bereits Abend geworden, und die langen Schatten legten sich langsam über das breite Tal. Einzig die kleinen Plantagen mit den Kastanienbäumen an den oberen Hängen glühten noch in der roten Abendsonne. Die Kastanien waren bereits geerntet, die Bewohner von Sonnenheim hatten sie vor etwas mehr als einer Woche von den Bäumen geschüttelt, aufgenommen und in Säcken ins Tal getragen. Nun wurden sie den Soldaten als Siegesmahl aufgetischt, doch auch Sonnenheims Bewohner hatten noch mehr als genug davon, so dass sie noch bis im nächsten Frühjahr Kastanien kochen konnten.

Draussen vor der Stadt wurden wieder Feuer entzündet und einige Wachen aufgestellt, denen mehrere Jäger Gesellschaft leisteten, sollten die Feinde, welche geflohen waren, zurückkehren. Allerdings schien es nicht danach auszusehen, es blieb beinahe ruhig, abgesehen vom Röhren der Hirsche und dem Heulen der Wölfe, die wieder den Wald durchstreiften.
Das Tor war mit unzähligen Balken verbarrikadiert worden, so dass gerade Mal noch ein Pferd am Zügel geführt sich hindurchzwängen konnte. In vielen Häusern kümmerten sich vorwiegend die Frauen Sonnenheims um die verwundeten Soldaten, während die unverletzten Männer die Gefallenen zum Waldrand trugen und dort beerdigten. An allen Gräbern stand ein geschliffenes Holzbrett mit dem Namen, der Heimat und dem Alter des Gefallenen, zudem war in vielen der Bretter das Wappen Cammals eingeschnitzt, während zwischen zwei hohen Stangen mit Bannern bereits eine Gedenktafel stand. Im glatten Stein waren einige Worte fein eingemeisselt worden:

„Gefallen zum Schutz Sonnenheims ruht hier ihr Gebein
Tapfer haben sie im Angesicht des Todes gekämpft
Ihr Opfer soll nie und nimmer vergessen sein
Ihr Tod hat die Freude über den Sieg gedämpft

Soldaten Cammals tapfer in Gestalt
Werden wir sie immer ehren
Sie wurden in allem Schmerz nicht alt
Möge nun keiner mehr dem Leben den Rücken kehren."

Ehrfürchtig verbeugten sie sich vor den Gräbern, bei ihnen waren auch Larior, Greg und Edgar. Greg und Larior standen vor Kalios Grab, und Greg flüsterte mit wütender Stimme: „Wir werden dich noch rächen, mein Freund."
Larior nickte zustimmend, schwieg jedoch und starrte in den Wald, in welchem bereits tiefe Dunkelheit herrschte, während die Ebene noch vom Licht der Dämmerung und der Feuer erleuchtet wurde. Vor ihnen lagen die aufgeworfenen Erdhaufen, unter denen ihre toten Kameraden ruhten, die nie wieder zu ihren Familien zurückkehren würden. Nie wieder würde Kalio die Brandung hören und die Gischt auf seiner Haut spüren wie früher, als er mit seinem Vater und seinen Brüdern zum Fischen in den Golf von Periula hinaus fuhr. Traurig standen die Männer Schulter an Schulter und sahen auf die frischen Gräber ihrer Kameraden nieder. Auch Bewohner aus Sonnenheim hatten sich an der Gedenkstätte eingefunden.
Plötzlich trat Arak vor den Gedenkstein, stellte sich stramm hin und begann mit lauter klarer Stimme zu den Männern und Frauen an den Gräbern zu sprechen: „Ein weiterer siegreicher Tag ist nun vergangen, doch auch mir ist nicht zum Feiern. Zu viele tapfere Männer haben wir verloren. Doch die Zeit zu trauern ist nicht jetzt, wir müssen weiter vorstossen, ehe der Winter kommt. Ich hatte nie einen Zweifel an Eurer Kampfkraft, Männer Cammals, doch nun kommt jener Teil unseres Feldzuges, in welchem wir unseren Durchhaltewillen, unseren Mut und unsere Tapferkeit dem ganzen Reich und weit über seine Grenzen hinaus offenbaren werden. Niemand wird jemals sagen können, dieses Heer hätte mehr zum Sieg über den Feind beitragen können. Niemand wird auch nur einen Gedanken in diese Rich-

tung verschwenden können. Wir alle werden als Helden in die Geschichte eingehen, noch lange werden sich die Menschen unseres Reiches an uns erinnern. Meine Schwertbrüder, tragt das Andenken eurer gefallenen Freunde im Herzen und kämpft mit ihrer Kraft, rächt ihren Tod, lasst uns den Feind ein für alle Mal vernichten, sodass wir erhobenen Hauptes nach Cammal zurückkehren können. Ehre und Ruhm sind euch schon jetzt gewiss, doch der Sieg zur Vollendung unserer Taten fehlt noch. Er muss mit vereinten Kräften errungen werden. So rufe ich euch auf, steht zusammen im Kampf gegen den Feind, mit den gefallenen Kameraden im Herzen, damit ihr Tod nicht vergeblich war. Für den Sieg!"
Nach diesen Worten hoben alle Soldaten ihre Schwerter gegen den Himmel, so dass diese im Licht des Feuers und der Sterne rot leuchteten und wie unzählige glitzernde Fackeln wirkten. Sie jubelten dem Prinzen zu und schrien wütend gegen ihre Feinde. Gregs Schwert glänzte silberrötlich, während er verwundert auf das Schwert von Larior sah, welches einen leichten Blauton annahm, als würde sich das Feuer darin überhaupt nicht spiegeln.
Die Nacht war nun hereingebrochen, doch der Himmel war klar. Das Sternenzelt erstreckte sich weit über sie und der Mond war beinahe voll. Einzig einige Nebelschwaden schwebten leicht über sie hinweg, während man Eulen ihre Kreise ziehen sah und die Hirsche laut röhren hörte. Die Nacht wollte nicht still werden, doch Larior sah seelenruhig hinauf zu den Sternen und hob sein schimmerndes Schwert ihnen entgegen. Dieses begann im Licht der Gestirne hell zu glitzern und verzauberte den Blick des jungen Soldaten.

Weit oben im Nachthimmel stiess ein Adler während er seine Kreise zog einen schrillen Schrei aus, es schien ein angsterfüllter Schrei des Königs der Lüfte zu sein. Sogleich flatterte er davon und wich einem grösseren geflügelten Tier, das ein lautes Gebrüll ausstiess und sich hoch über Lariors Schwert in das Sternenzelt erhob. Das Wesen kreiste himmelwärts, und die Soldaten sahen ihm angsterfüllt nach, wie es königlich in das Sternenzelt hinauf glitt. Es war vermutlich eine jener geheimnisvollen Erscheinungen, die sie bereits tags zuvor in luftiger Höhe gesehen hatten. Einige der Soldaten zitterten vor Angst, nachdem sie gesehen hatten, wie die Könige der Lüfte vor dem brüllenden Wesen geflohen waren. Schliesslich, als man es kaum noch sehen konnte, stiess es wieder sein lautes Brüllen aus, begleitet von einem schrillen Schrei eines weiteren ähnlichen geheimnisvollen Wesens.
Die Fichten bogen sich im kalten Nachtwind, als alle Trauernden wieder zurück in der Stadt waren. Der Mond verschwand hinter dicken Wolken, die nun das Sternenzelt zu verdecken begannen. Bald schon wurde es ganz still in der Stadt, einzig die Gespräche der Wachen und das Hin- und Hereilen der pflegenden Frauen waren noch zu hören, selbst die Wölfe wollten den Mond nicht mehr anheulen. Von der Mauer aus sah man einige Hasen über die Ebene hoppeln, gefolgt von leichtfüssigen Rehen, die die freie Fläche ängstlich und schnell zu überqueren versuchten, um im Wald Schutz zu finden.
Bald dämmerte es schon wieder, und das erste Morgenrot durchflutete den verhangenen Himmel. Es kam den Leuten in Sonnenheim vor, als hätte die Nacht erst gerade begonnen, obwohl die Tage kürzer und die Nächte länger wurden.

Bald schon beschien die Morgensonne Sonnenheim durch das Tal des Spitzbaches. Die Wiesen waren nass, nächtlicher Regen hatte sie in einen silbernen Mantel gehüllt, während die oberen Hänge zu den Gipfeln hin weiss waren, als wären sie mit Puderzucker bestreut worden. Der Winter hatte in den höheren Gebieten bereits Einzug gehalten. Es war ein frischer Morgen, Larior und Greg überquerten den Platz hin zum Esssaal in der Kaserne. Als sie an einer Gasse vorbeigingen, trat eine Gestalt heraus, packte beide an den Schultern und zog sie hinein. Larior griff sofort zum kurzen Dolch an seinem Gürtel, während Greg erschrocken wie versteinert stehen blieb.

„Steck den Dolch weg, Larior", begann die vertraute Stimme zu sprechen, „ich will nur mit dir reden."

Mit Erleichterung stellten sie fest, dass es Lakalt war. Als sie sich vom ersten Schrecken erholt hatten, fuhr der Ritter fort: „Ich habe euch beide kämpfen sehen, ihr seid beide tapfere Männer. Mehrere Hofgardisten sind gefallen, dreizehn an der Zahl, andere sind schwer verwundet. Gerne würde ich euch beide in meiner Truppe haben, doch dir Greg, kann ich das nicht antun."

„Wieso nicht?", erwiderte Greg ein wenig entrüstet über die Worte des Ritters.

„Es ist so", begann Lakalt, „schon viele Menschen, die nicht vom Blute des Volkes der Jäger waren, wurden in den Stand der Hofgardisten emporgehoben, sei es durch die Leistung auf dem Felde oder durch die Beziehung zum Hause des Königs, doch keiner dieser Männer ist jemals von seinem ersten Einsatz als Hofgardist zurückgekehrt. Deswegen kann ich dir das nicht antun, denn du würdest nicht mehr nach

Hause zurückkehren. Larior will ich jedoch in meine Truppe aufnehmen, da er vom Blute des alten Volkes ist."

„Aber Ihr selbst seid doch keiner der Jäger, warum lebt Ihr dann noch, Ritter Lakalt", fragte darauf Greg neugierig und dennoch respektvoll.

„Ich bin Ritter und nicht Hofgardist", erwiderte Lakalt, worauf Greg beschämt zu Boden blickte. Bevor sie wieder aus der schattigen Gasse hinaustraten, meinte Lakalt zu Greg: „Ich kann dafür sorgen, dass du den Schlosswachen zugeteilt wirst, jenen Männern, die das Schloss des Königs bewachen. Sie sind die angesehensten Soldaten der königlichen Armee und nur wer sich im Kampf verdient gemacht hat, wird einer dieser Wachen."

Bei diesen Worten des Ritters hellte sich Gregs Miene auf und er rief aus: „Mein Vater wäre bestimmt stolz auf mich. Danke, Ritter Lakalt."

Lakalts Antwort war ein breites Lächeln, worauf er sich wieder an Larior wandte und nachdenklich meinte: „Komm zur Mittagsstunde zum Gebäude, wo ich und meine Männer untergebracht sind, dort wirst du auch noch den passenden Überzug erhalten, deine Rüstung lässt ja bereits jetzt kaum zu wünschen übrig. Zudem werde ich dich in einer kurzen Zeremonie zum Hofgardisten schlagen. Allerdings sollst du einen Helm erhalten wie die Hofgardisten ihn tragen, alles andere, das du bereits trägst, scheint dasselbe zu sein."

Lariors Augen begannen zu glänzen, und er nickte nur zur Antwort. Ein stolzes Lächeln spielte um seine Mundwinkel, als sie die Gasse verliessen und nun zum Essen marschierten.

Es wurde allmählich Mittag und die Sonne stand bereits an ihrem höchsten Punkt flach im Süden. Greg und Larior würfelten noch, bis Larior schliesslich ihr Spiel unterbrach: „Ich muss mich jetzt auf den Weg machen. Ich sollte nicht zu spät kommen, merk dir den Stand."

Schon bald war er beim Gebäude angekommen, in welchem die Hofgarde einquartiert war und wo Lakalt bereits auf ihn wartete.

Elftes Kapitel - Herbstgarde

Zwei Tage waren nun vergangen, seit Larior von Lakalt feierlich einen feinen Schwertschlag auf beide Schultern erhalten hatte, der ihn zum Hofgardisten beförderte. Überall rüsteten sich die Männer bereits wieder, um weiter das Tal hinauf zu den hohen Sonnenbergen zu ziehen. Arak hatte zur Eile aufgerufen, denn es wurde von Tag zu Tag kühler, und der Puderzucker auf den Hängen wurde immer weiter ins Tal hinabgestreut. Allmählich befürchteten manche, sie würden auf dem Weg vom Schnee überrascht werden und äusserten das laut. Arak versuchte alle zu beschwichtigen, obwohl er selbst einige Bedenken hatte. Der Weg war nicht ungefährlich, wenn grosse Schneemengen auf den Hängen lagen, denn mancherorts musste die Strasse im Frühling immer wieder neu erstellt werden, da Teile von ihr von grossen Lawinen mitgerissen worden waren.

Überall drehten Schleifsteine und liessen glühende Funken in die kalte Herbstluft stieben. Gebrochene Lanzenstiele wurden ersetzt und Pfeile neu gefertigt. Es war ein reges Hin und Her, welches in Sonnenheim herrschte, bis spät in die Nacht hinein und bereits am frühen Morgen wieder, bis schliesslich der Tag kam, an welchem alle Männer, welche für den Vorstoss bestimmt waren, in Reih und Glied vor dem Tor bereitstanden. Einigen war es mulmig zumute, immer wieder blickten sie zu den Häusern zurück, die ihnen in der Zwischenzeit ganz heimelig vorgekommen waren.

Es war noch ziemlich früh am Morgen, die Sonne liess gerade ihre ersten Strahlen über die Hänge gleiten und erwärmte das Fell der Rehe und Hirsche, die gemächlich in der Sonne ästen. Weit oben sah man die Silhouette der Hörner eines Steinbocks, der laut von einem Felsen aus ins Tal hinaus röhrte.

Larior stand neben einem der älteren Hofgardisten, sein Name war Grendair. Er war einer der erfahrensten in der hoch geachteten Truppe Cammals und hatte schon zahlreiche Schlachten geschlagen. Sein Blick war ruhig und doch stechend, aber auch gutmütig und klug. Das Gesicht hinter dem kurzen Bartwuchs war ein wenig kantig. Er war etwas kleiner als Larior, dafür bullig gebaut. Seine Rüstung war blank poliert und glänzte bald in den ersten Strahlen der Sonne, die nun langsam in das Tal fiel und das Heer vor dem Tor in warmes Licht hüllte.

Still hörten sie zu, wie Arak, Lakalt und die Offiziere durch die Reihen ritten und den Soldaten Befehle zuriefen. Es waren nur Soldaten, die noch kampffähig zu sein schienen und nicht von Krankheit und Wunden stark geschwächt waren. Allerdings sah man auch in den Gesichtern dieser jungen Männer, dass ihr Kampfgeist nicht dem jugendlichen Übermut glich, mit dem sie ihre Heimat verlassen hatten, denn dieser war nun der Ernsthaftigkeit, Furcht und Kameradschaft gewichen. Viele von ihnen wollten den Feldzug einfach so rasch wie möglich hinter sich bringen und dann nach Hause zurückkehren. Greg war das Glück beschert in Sonnenheim bleiben zu dürfen und bereits früher zurückzukehren, da er nun eine Schlosswache und kein Volkssoldat mehr war. Die Sonne begann bereits zu steigen, als die Soldaten gefolgt von einer Kolonne von Wagen über die Ebene

davonschritten. Die Trompeten Sonnenheims schallten ihnen durch den klaren Morgen nach und hauchten ihnen ein wenig Wärme ein. Die Wagen waren mit Zelten und Nahrungsmitteln beladen, auch warme Kleidung war dabei für die Menschen, die in den kleinen Dörfern in den Bergen wohnten und vor den Skralgas geflohen waren.
Der Weg über die Ebene war breit und mit Kies bestreut, so dass er gut begehbar war und auch die Wagen nicht einsanken. Dann führte der Weg wieder einen Hang entlang, der zum Spitzbach hin steil abfiel. Hier toste der Bach durch eine schmale Schlucht und über mehrere Felsen. Mächtige Baumstämme wurden als Treibholz mitgerissen und gegen die Felsen geschleudert, wo grosse Stücke absplitterten. Wegen der Wasserfälle machte der Weg immer wieder Kehren, um an Höhe zu gewinnen. In verschiedenen Kehren bereitete es Mühe, die Wagen um die engen Kurven zu bringen. Sie mussten von mehreren Männern angehoben werden. Als ob es der Mühe noch nicht genug gewesen wäre, begann es auch noch zu regnen. Der blaue Morgenhimmel war nun verschwunden und es wurde finster. Drohende Wolken zogen über sie hinweg und begossen sie mit schweren kalten Wassertropfen. Bald bildeten sich die ersten Wasserrinnen auf dem Weg, und die Wagen, gezogen von Maultieren, kamen kaum noch voran und mussten von den Soldaten gestossen werden. Die Stiefel der Männer versanken teilweise knöcheltief im Schlamm, während sie völlig durchnässt wurden. Es ging mühsam voran, und trotz der häufigen Wechsel ermüdeten die Soldaten rasch und wurden kraftlos.
Inzwischen war es Abend geworden. Als der Weg durch eine Art Galerie führte, die in eine Felswand eingelassen

war und ein bescheidenes Dach bildete, hielt Arak an und stoppte den Zug. Die Männer freuten sich, dass sie einigermassen geschützt übernachten konnten und machten es sich auf dem steinigen Boden so bequem wie möglich. Durch Felsspalten tropfte da und dort Wasser herab, sie stellten Kessel auf und füllten das Wasser in ihre Wasserschläuche. Alle versuchten sich möglichst fern von den tropfenden Ritzen hinzulegen und einen Schlafplatz zu ergattern, der so trocken wie möglich war.

Viele waren bereits eingeschlafen, einzig einige Hofgardisten mussten zu beiden Seiten des Zuges Wache halten. In der ersten Wache waren auch Grendair und Larior eingeteilt, am bergseitigen Ende der Galerie. Sie sassen zusammen an einem hellen Feuer, dessen Rauch in die Schlucht hinauszog.

„Wie ist es, das ganze Leben auf dem Schlachtfeld zu verbringen?", fragte Larior Grendair, nachdem sie schon eine Weile wachsam am Feuer gesessen hatten.

„Es ist die beste Erfahrung meines Lebens", erwiderte Grendair, und nach kurzem Innehalten, „wenn es das ist, was du gemeint hast, doch muss ich mir immer sagen, dass ich für das Gute kämpfe, sonst wäre ich nicht dazu fähig so etwas zu tun, vor allem nicht mein ganzes bisheriges Leben, seit ich ein bisschen älter war als du jetzt bist."

„Was hast du zuvor gemacht?", wollte Larior nun neugierig wissen.

Grendair zögerte wieder kurz, ehe er antwortete: „Es waren meine Eltern, die aus dem Norden gekommen waren. Sie stammten ebenfalls aus dem alten Volk der Polariä, doch wollte mein Vater auf keinen Fall, dass ich mich den Jägern

anschloss. Genauso wie es fast allen Hofgardisten und Palastwachen von ihren Vätern gesagt worden war.
Nur wenige unserer Vorfahren lebten im Süden, einige hingegen jenseits der Sonnenberge. Ich selbst bin in Periula aufgewachsen und dann, als ich zur Palastwache gekommen war, nach Cammal entsandt worden, um dort die Hofgarde zu verstärken, welche damals nach einigen blutigen Scharmützeln mit den Soldaten Salmarsats sehr geschwächt war. Cammal entriss damals Salmarsat grosse Gebiete. Das war noch zu Zeiten von Uraks Grossvater. Es war der Blaimkrieg, jener Krieg, der die Blaim Halbinsel und die Fischenbucht an Cammal übergehen liess. Viele Männer fielen im kalten Winter den Meerstürmen zum Opfer oder ertranken während der Seeschlacht in der Enge zur Bucht. Das Ganze ist bereits mehr als hundertfünfzig Jahre her, doch vermutlich werde ich mich nach Norden in die Heimat meiner Eltern begeben, wenn dieser wüste Krieg hier endlich vorbei ist und die Leute wieder in Frieden leben können."
Der junge Hofgardist gab sich bei weitem noch nicht mit der Antwort zufrieden und hakte weiter neugierig nach: „Meinst du damit den Kampf gegen das Böse hierzulande, gegen die Banditen, die Söldner und die Skralgas, sodass die Menschen hier keine Angst mehr um ihr Leben haben müssen, oder?"
„Genau das meine ich", antwortete Grendair und sah dem jungen Hofgardisten tief in seine vor Kampfgeist funkelnden Augen.
Bald kam die Wachablösung und sie konnten sich zur Ruhe legen, doch Larior fand keinen Schlaf. Im Gegensatz zu ihm atmete Grendair bald langsam und gleichmässig und begann laut zu schnarchen. Viele der anderen Männer

schnarchten ebenfalls und erschwerten jenen das Einschlafen, welche sich immer noch unruhig hin und her wälzten.

Bald schon begannen die ersten Bergspitzen golden in der Morgensonne zu leuchten. Die Luft war durch den Regen abgekühlt und sauber geworden. Die kahlen Bäume standen trostlos an der gegenüberliegenden Klippe und liessen dicke Wassertropfen auf die steilen Felsen fallen. Die weisse Pracht lag nun kaum mehr als zweihundert Meter über ihnen und glänzte hell. Mehrere Raben schossen durch die Schlucht hinaus ins breite Tal und zogen dort ihre Kreise. Ihr lautes Krähen weckte auch noch die letzten Soldaten.

Bald hatten sie wieder alles zusammengepackt und marschierten weiter, denn Arak hielt sie zur Eile an, zusehends beunruhigte ihn die immer weiter absinkende Schneegrenze. Als sie die Schlucht verliessen und nicht mehr den Schutz des galerieartigen Gewölbes genossen, wehte ihnen ein eisiger Wind entgegen. Die Männer versuchten die Kapuzen ihrer Mäntel vor dem Gesicht so zusammenzuziehen, dass man kaum noch die Augen sah.

„Ich hasse diesen Dreckswinter", fluchte Grendair zu einem Hofgardisten neben ihm über die kalte Jahreszeit, „immer wird es so kalt, dass man kaum noch die Finger bewegen kann. In den letzten Jahren wurde es sowieso immer kälter, habe ich das Gefühl. Ausserdem gehen die Winter zu allem Übel auch immer länger, wenn mich der Eindruck nicht täuscht."

Frilak, der angesprochene Hofgardist, antwortete daraufhin mit mürrischer Miene: „Mir geht es gleich. Ich verstehe nicht, wieso dieser Feldzug nicht bis im nächsten Sommer warten konnte. Könnten wir mit allen Kräften diesen ver-

fluchten Bestien entgegentreten, wäre es die reinste Freude, ihre Schultern von ihren abartigen Köpfen zu befreien."
„Ich glaube", erwiderte Grendair daraufhin, während er sich wachsam umsah, „dass der König im Sommer einen Krieg um Helrendar gegen Salmarsat plant, sollte Salmarsat es ihm nicht kampflos überlassen. Er rechnet nun damit, dass er diesen Krieg hier mit dem letzten Feldzug gewinnt."
„Das befürchte ich auch", stimmte ihm Greior, ein anderer Hofgardist, zu.
„Es ist mehr als das", meinte Frilair, ein weiterer Hofgardist daraufhin, „da brüht sich etwas zusammen, das grösser ist als alles, was wir bisher kennen. Das wird nicht nur Cammal und Salmarsat betreffen, sondern auch viele weitere Länder und Reiche."
Frilair mit seinen langen zottigen Haaren wirkte, als wäre er einer der ältesten Hofgardisten. Sein Blick war weise und voller Erfahrung, die nur das Alter und das Leben mit sich bringen kann. Er sah sich nachdenklich in der Gegend um und meinte dann mit tiefen Sorgenfalten auf seiner zerfurchten Stirn: „Etwas verändert sich, ja, doch ich weiss nicht was, eben so wenig, wo es geschieht. Ausserdem gab es bis vor wenigen Jahren keine Skralgas mehr in diesen Gebieten und nun auf einmal kommen sie wieder aus ihren Löchern gekrochen, obwohl man sie seit den grossen Skralgaskriegen nicht mehr in den Sonnebergen gesehen hatte."
„Ich denke du hast recht", stimmte daraufhin Grendair seinen Kameraden zu, während er versuchte, nicht in die Wassergräben im Weg zu treten, „die Zeiten haben sich geändert. Eine neue Zeit scheint anzubrechen, doch ich weiss nicht, in welche Richtung sie gehen wird, doch hoffe ich,

dass alles besser wird und sich alles zum Guten wendet, wenn wir diesen Krieg endlich gewinnen."
„Ich hoffe es auch", stimmten ihm die anderen wie aus einem Mund zu. Gedankenversunken und doch wachsam marschierten sie gemeinsam schweigend nebeneinander her. Es ging nur mühsam voran, und vor allem die Soldaten, welche nicht zur Hofgarde gehörten, wurden allmählich von ihren Kräften verlassen, doch auch einige von Cammals bester Truppe schleppten sich mühsam dahin. Während des Tages wechselten sich Regen und Sonnenschein ab. Der Regen durchnässte die Männer bis auf die Haut, einzig ihre Rüstungen konnten das Wasser abhalten und sorgten dafür, dass ihnen noch einige trockene Hautstellen blieben. Die Gesichter der Soldaten wurden langsam fahl und ihre Beine schwer. Der Weg wurde schlechter und war immer wieder von Baumwurzeln durchzogen oder von Steinen übersät, die nach einem Felssturz die steilen Hänge heruntergedonnert waren, von hohen Wänden, die sich steil zu den immer höher werdenden Gipfeln hin erhoben, Gipfel, die schneebedeckt in der Sonne glänzten oder dann und wann in den Wolken verschwanden. Es war, als würden sie durch eine Falle gehen, ohne dass sie zuschnappt, jedoch immer drohender ihre Spitzen in Stellung bringt. Immer wieder hörten sie Steine krachen und ins Wasser donnern. Ihr Echo schallte noch lange nach und liess sie vor Furcht erzittern. Alle traten enger zusammen und versuchten, den Steinen so wenig Fläche wie möglich zu bieten. Mehrere Male donnerte ein Felsbrocken gleich hinter ihnen auf den Weg und blieb liegen oder rollte weiter bis in den Fluss, wo er nach einem lauten Platschen in den reissenden Fluten versank.

Einmal konnte Arak noch knapp sein Pferd wenden, bevor ein Felsbrocken vor ihm niederdonnerte und mit einem lauten Klatschen ins Wasser stürzte. Endlich hatten sie diese gefährliche Wegstrecke unversehrt überwunden und konnten nun leichteren Herzens weiterschreiten. Unverhofft kamen sie zu einem Dorf. Mehrere Häuser schienen noch bewohnbar zu sein, doch stand das kleine Dorf verlassen da, und sie schlugen ihr Lager auf. Kleine Feuer wurden entzündet und viele Wachen aufgestellt, die unablässig die Geschehnisse in der Umgebung im Auge behielten.

Bald sah man die Sonne absinken, sie durchflutete die dicke Wolkenschicht mit ihrem roten Licht und färbte den Himmel in feurigen Flammen. Es war, als würden die Wolken über ihnen brennen und den ganzen Himmel entzünden. Auf einmal war es wieder da, das geflügelte Tier mit seinem Gebrüll. Es flog näher über ihnen als beim letzten Mal, doch nun erkannte man, dass sein Körper nicht dem eines Vogels glich, sondern dem einer Raubkatze, einzig die Flügel und der Rücken waren mit Federn bedeckt wie bei einem Adler. Zu ihrem Schrecken tauchte ein weiteres dieser Wesen auf und liess sie erschaudern, doch dieses stiess den schrillen Schrei eines Adlers aus. Der Kopf dieses geflügelten Wesens war im Gegensatz zum vorherigen nicht der einer Raubkatze, sondern der eines Adlers.

Fasziniert und mit ehrfürchtigem Gesicht sah Larior hinauf und fragte Grendair, der neben ihm ebenfalls verwundert in den Himmel sah: „Was ist das? Was ist das für ein Tier? Ist es gut oder böse?"

„Das weiss keiner so genau", antwortete Grendair nachdenklich, „doch entspricht es einer alten Sagengestalt. Körper und Kopf gleichen einem Löwen und der Flug jenem

eines Adlers. Bei den Weibchen soll der Kopf allerdings der eines Adlers sein. Ob das Wesen gut oder böse ist, weiss ich nicht, doch könnte es uns wahrscheinlich ohne Probleme verspeisen, wenn es nur wollte. Ich habe Märchen gehört, in denen sie keine Tiere sein sollen, sondern weise Geschöpfe, die sogar sprechen können."
Grendairs letzte Worte beunruhigten die Soldaten um sie herum, und sie sahen daraufhin noch ängstlicher in den Himmel hinauf. Als die Dämmerung hereinbrach und es in der Richtung Sonnenheims einzudunkeln begann, durchzog das Gebrüll wieder die aufkommende Nacht, und die Männer suchten Zuflucht unter den schützenden Dächern des verlassenen Dorfes. Der Schrecken sass noch in ihren Knochen, als sie sich an die Feuer setzten und zusahen, wie die beiden geflügelten Wesen langsam immer höher in den Himmel hinaufkreisten, den Sternen entgegen, die langsam zwischen den Wolken sichtbar wurden.
Das spärliche Abendessen wirkte auf die hungrigen Soldaten wie ein Festmahl und die Strohlager in den Scheunen wie weiche Betten nach der vergangenen Nacht auf dem harten steinigen Boden. Bald schon wurde es ganz still, einzig das Flüstern der Wachen war noch zu hören und die Geräusche der Tiere. Die Hirsche waren allerdings zum grössten Teil weiter unten im Tal, wo das Gras noch frischer war. Ein kleines Wolfsrudel folgte der Hirschherde in einiger Entfernung. Irgendwo pfiff ein Vogel, der noch nicht nach Süden geflogen war oder es gar nicht beabsichtigte.
Am nächsten Tag machten sie sich wieder früh auf den Weg. Die Berge um sie herum wurden höher und weisser und das Tal unter ihnen immer tiefer. Von Tag zu Tag wurde es kälter. Sie kamen immer näher an die hohen Sonnenber-

ge und bewegten sich nun auf einem steil abfallenden Bergkamm. Zu ihrem Trost sahen sie die Jäger hinter sich, welche ihnen gefolgt waren, es waren ihrer etwa zweihundert. Der Weg auf dem Kamm war nicht mehr von hohen Bäumen geschützt, sondern nur noch von niedrigen Büschen, an deren Ästen noch einige Schneeflocken hingen. Hier hatten sie kaum mehr Schutz vor den Augen der Feinde, und so versuchte Arak so schnell wie möglich voran zu kommen.

Auf einmal sah Arak in der Ferne auf einer kleinen Ebene etwas Ähnliches wie ein Feldlager. Es sah aus, als würde sich dort zwischen der steilen Felswand und dem reissenden Fluss ein Heerlager befinden. Lakalt trat sofort neben ihn, während er sein Pferd an den Zügeln führte.

„Siehst du das dort?", fragte Arak seinen Ritter.

„Ja", antwortete dieser beunruhigt, „es sieht aus wie ein grosses Lager. Denkt Ihr was ich denke?"

„Wenn du denkst, was ich denke, dass du denkst, dann schon", meinte Arak daraufhin mit einem leichten Grinsen, ehe er wieder ernst wurde.

Bei diesen Gedanken drehte er sich den Soldaten zu und rief: „Wir rasten hier, Männer Cammals. Macht keine Feuer und seid leise. Vermutlich haben wir das Lager des Feindes aufgespürt."

Zelte wurden aufgestellt und Wachen postiert. Bald schon hörte man das Sprühen der Funken der Schleifsteine der Männer, die mit der Schärfe ihrer Klingen immer noch nicht zufrieden waren. Beunruhigt sassen die anderen da und löffelten mürrisch die kalte Kost, die sie nun nicht über Feuern zubereiten konnten.

Bald schon kam Rubair von hinten herbeigeeilt und begab sich zu Lakalt und Arak.

Während sich die Soldaten ausruhten und den kalten Getreidebrei assen, hielten die Anführer Kriegsrat.

Sie hatten bereits eine Weile geredet und schienen zuerst eher ratlos zu sein, doch dann, als sie sich endlich entschieden hatten, meinte Rubair: „Dann versuche ich also mit meinen Jägern den Berg zu erklimmen und den Feind von oben mit einem Pfeilhagel einzudecken."

Daraufhin blieben sie alle schweigend nebeneinander sitzen und dachten eifrig nach. Auf der Stirn von Befer, dem Hauptmann der Volkssoldaten, pochte eine Ader, Arak hielt sein Gesicht zwischen seinen Händen verborgen, Gawair ritzte mit einem Ast in hastigen Bewegungen etwas auf den Boden, Rubair schnitzte mit seinem Dolch ein kleines Tier aus einem Holzklotz und rutschte dabei immer wieder ab, während Lakalt nervös mit den Fingerknöcheln auf seinen Helm trommelte. Keiner der Hauptleute wusste, ob das, was sie geplant hatten, auch gelingen würde.

Die Soldaten wurden ebenfalls unruhig und nervös im Wissen, dass der Feind so nahe war. Manche schliffen ihre Schwerter immer noch mit feinen Wetzsteinen, andere strichen unablässig mit den Fingern über die Sehnen ihrer Bogen oder die Federn ihrer Pfeile. Nur wenige konnten den erholsamen Schlaf finden und schnarchten unruhig vor sich hin. Selbst die Hofgardisten blickten immer wieder beunruhigt zu den Feuern in der Ferne hin.

Aus dem Wald kam von fern das Geheul von Wölfen und anderer wilder Tiere. Einmal war es den Soldaten, als hätten sie einen grossen Bären durch die Dunkelheit trotten sehen. Für kurze Zeit meinte einer der Soldaten, eines der

geflügelten Wesen wieder gesehen zu haben und duckte sich schlotternd vor Furcht unter die Zeltdecke. Edgar schlenderte langsam durch das Lager, er war einer der wenigen Volkssoldaten gewesen, welche für den Vorstoss ausgewählt worden waren. Die meisten Gesichter waren ihm unbekannt, sie schienen alle zu jenen zu gehören, welche erst gerade nach Sonnenheim gestossen waren. Er war müde, konnte jedoch wie viele andere keinen Schlaf finden. Endlich sah er ein bekanntes Gesicht am Rande der Hofgardisten in der Nähe eines kahlen Strauches. Es war Larior, der sich unruhig auf dem Boden hin und her wälzte und dabei kein Auge zutun konnte.
„Larior!", flüsterte Edgar überrascht und ging zu seinem Kameraden hin. Larior hob müde seinen Kopf und sah sich um. Nachdem er sich seine Augen gerieben hatte, flüsterte er ebenfalls erstaunt: „Edgar? Ich dachte, du wärst in Sonnenheim geblieben."
„Ich dachte dasselbe von dir", erwiderte daraufhin Edgar erfreut, „seit wann bist du einer der Hofgarde? Wie ist es dazu gekommen, dass du als Volkssoldat auf einmal zu denen gehörst?"
„Seit wir Sonnenheim verlassen haben", antwortete Larior mit einem stolzen Lächeln. Dabei konnte er allerdings nicht verbergen, dass auch ihm die Furcht in den Gliedern sass. Edgar setzte sich neben Larior hin und fragte ihn über die Schlacht bei Gar aus, über die er nur bruchstückhafte Erzählungen aus seinem Kameraden herausquetschen konnte. Der junge Hofgardist hingegen wollte von Edgar wissen, wie es in Sonnenheim gewesen war, bevor der Feind kam. Daraufhin kam Edgar gar nicht mehr zum Schwärmen heraus. Er erzählte von den goldenen Kastanien, den frischen

Zwetschgenwähen, dem süssen Bienenhonig und der wohlschmeckenden Milch. Sein Bericht klang so angenehm, dass sich Larior das Tal um Sonnenheim in den schönsten Farben vorstellen konnte und das gefiel ihm, und umso mehr wollte er nun, dass es wieder so werden konnte.

„Es war wundervoll", meinte Edgar mit trauriger Miene, „es war eine wunderbare Zeit. Ich wünschte, sie wäre jetzt noch da und ich könnte in Frieden zusammen mit meiner Familie auf unserem Hof auf der Ebene vor Sonnenheim leben, zusammen mit unseren Kühen und unseren Bienen."

Daraufhin erwiderte Larior, nachdem sie eine Weile an die vergangene Zeit gedacht hatten: „Ich sehne mich auch nach den wilden Bienen, die friedlich in ihren Völkern an den Eichen am Grünbach gehangen haben. Sie mögen noch heute dort hängen, doch für mich ist nichts mehr wie es war."

„Ja", stimmte ihm Edgar zu, „der Feind will uns alles nehmen, was wir lieben."

Nachdem sie wieder eine Weile geschwiegen hatten, unterbrach Larior die Stille: „Ich glaube, das ist es, was diese Bestien wollen. Sie wollen uns alles nehmen, was wir lieben, alles Gute. Deshalb müssen wir kämpfen, kämpfen für das Gute, unsere Freiheit und alles, was wir lieben."

In seinen Augen begannen sich die Sterne zu spiegeln, und seine Lippen bewegten sich unablässig weiter, als er bereits aufgehört hatte zu reden. Nur ein seltsamer Klang ging von ihnen aus in einer Sprache, die Edgar nicht verstand. Doch nun war ihm wohler, da er endlich jemanden gefunden hatte, den er kannte. Bald schon konnte er beruhigt einschlafen, ebenso Larior, nachdem er noch eine Weile in die

Sterne gestarrt und Worte in der Sprache seiner Mutter vor sich hingemurmelt hatte.
Endlich wurde es ruhiger im Lager und auch die letzten Schritte verstummten, einzig das Hin und Her der Wachen war noch zu hören. Nicht einmal mehr die Wölfe heulten, und als die Wachen stehen blieben, hörte man gar nichts mehr. Sie wurden von einer gespenstischen Stille umfangen, sodass die Schritte der Wachen gerade noch beruhigend gewesen wären.
Die Silhouetten der Zelte erhoben sich über dem Grat, auf dem sie lagerten, doch wurden sie fast ganz von den hohen Sträuchern rundherum verborgen. Der kalte Wind strich um ihre Gesichter und liess immer wieder einmal ein Blatt in das Gesicht eines Soldaten schweben, der dann möglichst ein Niesen zu unterdrücken versuchte. Die Nacht verstrich rasch und schon bald dämmerte es, nun waren auch wieder die Wölfe zu hören. Jetzt sahen sie auch, dass sie sich am Vorabend nicht geirrt hatten, da war tatsächlich ein Bär, der auf der Suche nach einer Höhle für seine Winterruhe war. Einige packten vorsichtshalber ihre Bogen, doch als das braune Pelztier sie nur beiläufig musterte und dann weitertappte, legten sie ihre Waffen wieder beiseite.
Die rote morgendliche Sonne stieg langsam am Himmel empor und brachte ihnen etwas Wärme. Die Soldaten packten ihre Sachen zusammen und spannten die angepflockten Maultiere vor die Wagen. Edgar meinte, als er gerade seine Decke im Rucksack verstaute: „Ich hasse es."
„Was?", fragte Larior und blickte verwundert zu Edgar hinüber, der mürrisch in den Himmel blickte.

„Das Morgenrot", erwiderte Edgar mürrisch, „das heisst, es wird heute Abend schon wieder regnen und uns wieder alles durchnässen."

„Glaube ich nicht", meinte Grendair, der hinter Edgar stand, mit einem nicht besonders frohen Gesichtsausdruck, „ich bin mir sogar ziemlich sicher, dass es das nicht tun wird."

Edgar atmete beruhigt auf und wollte gerade etwas Essbares in seinem Rucksack suchen, als Grendair mit einem ironischen Lachen hinzufügte: „Nein, regnen wird es mit Sicherheit nicht, doch glaube ich, dass es schneien wird. Was dir lieber ist, musst du selbst entscheiden, doch das Wetter wirst du nicht ändern können."

Nun wurde Edgars Gesicht noch mürrischer, und er warf Grendair einen halb wütenden, halb verwirrten Blick zu. Der Hofgardist klopfte Edgar grinsend auf die Schulter und blickte sich dann nach Larior um. Dieser schliff gerade die bereits scharfe Klinge seines Schwertes und schaute dabei stolz auf sein Werk. Dann blickte er in die Richtung, in die sie nun gehen mussten. Grendair sah, wie sich in Lariors Augen Freude und Kampfgeist spiegelten, doch auch Furcht war im Blick des jungen Hofgardisten zu erkennen.

Endlich hatten sie ihre Sachen gepackt und waren bereit zum Abmarsch. Die Offiziere gingen durch die Reihen und riefen den Männern den Befehl zu: „Sobald wir die Talsohle erreicht haben, lasst eure Habe zurück, es werden genug Wachen zurückgelassen."

Bevor sie ihren Weg fortsetzten, wurden mehrere Männer als Wachen ausgewählt. Als Larior das hörte, packte er sofort das Schwert seines Vaters aus seinem Rucksack. Bevor er es sich gut verstaut in der Schwertscheide an seinen Gür-

tel schnallte, hielt er es eine Weile in der Hand und sah auf das einfache Heft nieder.
Sie marschierten los, weiter über den Grat, dessen Flanken allmählich flacher wurden. Zu ihrer Rechten fiel der Hang zum Spitzbach hin ab, zu ihrer Linken in eine offene Talmulde, wo sie mehrere verkohlte Ställe und Häuser erblickten. Der Himmel war nun stahlblau, einzig weit entfernt über den Sonnenbergen türmten sich bedrohlich die Wolken auf. Vor ihnen fiel der Weg ab, vorbei an den Ruinen einer kleinen Stadt, die an diesem Hügel gebaut worden war. Die Stadtmauer war teilweise zusammengebrochen und die verkohlten Häuser waren halb verfault. Sie waren einmal zahlreicher gewesen als die Bauten im neuen Gar, doch hier sah man keine lebende Seele mehr zwischen den unzähligen Ruinen.
„Hier stand Sonnenburg", meinte Grendair wütend zu Larior, „es war eine hübsche kleine Stadt, doch sie war eine der ersten Städte, die dem Erdboden gleichgemacht wurde. Bald wächst Moos über den Marktplatz, auf dem einst frischer Alpkäse und süsser Berghonig angeboten wurden. Einige Male war ich hier, als noch alles schön und gut war, doch diese Zeiten sind längst vorbei."
Dabei deutete er in die Richtung, wo sich zwischen den Ruinen eine grössere Lücke auftat und ein gepflasterter, mit Trümmern übersäter Platz zum Vorschein kam. Mancherorts hingen noch die vermodernden Tücher und Gestänge der Marktstände. Doch sah man bereits, wie aus den Ritzen das braune Unkraut hervorstach und Efeu, welcher an den Ruinen hochkletterte. Dort wo einst das Stadttor gestanden hatte, waren Schmierereien auf den Überbleibseln der Mauern zu sehen.

Als einige der Soldaten näher vorbeigingen, schreckten sie mit fürchterlichem Gesichtsausdruck zurück. Es war keine rote Farbe, mit der hässliche Zeichen gemalt worden waren, sondern Blut, Blut der Menschen von Sonnenburg.
„Das werden sie büssen", rief Grendair leise aus und lockerte sein Schwert in der Scheide. Rasch marschierten sie alle weiter, dem Lager des Feindes entgegen. Keiner wagte es mehr nach Sonnenburg zurückzublicken, zu fürchterlich sah das Bild aus, das sich ihnen dabei bot. Bald schon wurden sie zu ihrer Linken von den Jägern überholt, welche sich dem hohen Felskamm oberhalb des Lagers zuwendeten. Mit ihren braunen Mänteln, im Schutz der Bäume kaum sichtbar, schlichen sie fast lautlos ihrem Ziel entgegen.
Währenddessen hatte der Heereszug bereits das Tal erreicht, und die Soldaten legten alle Sachen ab, die sie für den Kampf entbehren konnten. Dort wurden nun Wachen aufgestellt. Sie waren zwanzig an der Zahl, einer von ihnen war Edgar. Er war froh darüber, nicht schon wieder in eine Schlacht ziehen zu müssen, die aus seiner Sicht vermutlich in einem Gemetzel enden würde. Zum Glück hatten nicht alle Männer diese Einstellung und waren trotz der Furcht frohen Mutes. In den Augen vieler spiegelte sich immer noch der Kampfgeist und der Wille, den Feind zu besiegen. Mit dem Anblick der Ruinen Sonnenburgs war der Hass auf die Bestien noch stärker gewachsen, und viele von ihnen hatten nur noch ein Ziel, nämlich den Feind zu vernichten.
Die Sonne näherte sich schon ihrem Höchststand, als Arak den Arm hob und den Männern das Zeichen gab langsamer zu gehen. Vorsichtig bewegten sie sich vorwärts. In einer gewissen Entfernung vor ihnen erhoben sich Wachttürme aus Holzgerüsten, endend in zerrissenen schwarzen und

roten Stofffetzen, welche im Wind an langen Stangen über den Türmen wehten. Das Lager war weder von einem Graben noch einer Palisade umgeben, doch wurde es auf einer Seite von einer steilen Felswand mit spitzen Klippen geschützt und auf der anderen Seite vom reissenden Spitzbach.

Weit über ihnen zog ein Geier seine Kreise, er schien die bevorstehende Schlacht zu wittern. Ausser den Schreien von Geiern hörte man kaum noch etwas, einzig das Rauschen des nahen Flusses und den Wind, welcher durch die Bäume wehte. Manchen der Männer wurde es beim Anblick der kreisenden Vögel, die als Vorboten des Todes galten, mulmig zu Mute, auch Larior. Doch erinnerte sich der junge Bündnisgardist an Grendairs Worte, für das Gute zu kämpfen. Bei diesen Gedanken fühlte er sich auf einmal wieder mit Mut erfüllt und lockerte das Schwert in der Scheide. Seine Augen blickten voller Wut gegen das Lager, und er dachte an all seine Kameraden, die er durch die Schwerter und Pfeile der Skralgas hatte fallen sehen. Die meisten der Soldaten nahmen ihre Bogen und legten leise einen Pfeil auf. Als alle bereit zu sein schienen, ertönte die Trompete eines Herolds durch die Stille des kühlen Spätherbsttages. Die Pferde der berittenen Hofgardisten scharrten mit ihren Hufen im weichen Boden und schnaubten nervös.

Zwölftes Kapitel - Klippendrang

Ein letztes Mal blickten sie auf die schneebedeckten Hänge und Gipfel um sie herum, von denen ein kalter Wind herunterwehte und ihnen die Haare unter ihren Helmen zerzauste. Die wenigen Bäume in dieser Höhenlage, bogen sich in den Böen. Ein letztes Mal flüsterten viele von ihnen Worte in jene Richtung, in der sie ihre Heimat ahnten.
Als die Trompete erschallte, eilten die Männer los. Allen voran Arak, gefolgt vom Herold, der an einer langen Lanze das wehende Banner Cammals trug. Hinter der Kavallerie folgten die Männer zu Fuss, schon von weitem hielten sie Ausschau nach den Feinden auf den Türmen. Einige entzündeten bereits ihre Pfeile an den Fackeln der Knappen und schossen sie über die weite Entfernung in das Lager des Feindes. Doch zu ihrer Überraschung kam kein Pfeil zurückgeflogen, kein Feuerpfeil wurde erwidert, noch war das wüste Schlachtgebrüll der Skralgas zu hören. Einzig von einem der Türme sauste ein Pfeil heran und traf einen der Hofgardisten im Arm. Dieser konnte sich jedoch mit schmerzverzerrtem Gesicht im Sattel halten, während ein anderer dem Skralgas auf dem Turm direkt einen Pfeil in die widerliche Stirn schoss, worauf die scheussliche Kreatur mit einem wüsten Schrei vom Gerüst stürzte. Als der Leib des Erschossenen mit einem lauten Knall auf dem harten Boden aufschlug, sprangen plötzlich einige Dutzend Feinde aus

den Zelten zum Eingang des Lagers, doch konnten sie dem nahenden Pfeilhagel nicht standhalten, und jene, die nicht gefallen waren, rannten zurück, weiter talaufwärts, weiter in die hohen kalten Sonnenberge oder in Richtung der steilen Felswand. Kaum hatte das Heer das Lager der Skralgas erreicht, brannten die Hütten und Zelte lichterloh und liessen eine schwarze Rauchfahne in den blauen Mittagshimmel emporsteigen. Der Rauch vermochte allerdings nicht weit zu steigen, die kalte Luft drückte ihn zu Boden, und der Wind zerstreute ihn bald. Die Wachtürme waren bald ebenfalls niedergerissen und die Feinde verschwunden. Arak reckte sein Schwert in die Höhe und schrie: „Cammal ist nicht zu besiegen, das soll all unseren Feinden eine Lehre sein. Die Soldaten des Königs sind zu stark für jeden Feind, Sieg! Der Sieg ist unser!"
Doch als die Armee Cammals mit Trompetenstössen vor dem zerstörten Lager stand, dröhnte es plötzlich gewaltig aus der Felswand heraus, und mehrere Steine donnerten herunter. Der hintere Teil des Heereszugs zog sich verängstigt zusammen und bewegte sich langsam in Richtung der reissenden, eisig kalten Fluten. Auf einmal sprangen Löcher in der Felswand auf, grosse runde eingehauene Löcher. Die Steine, die sie verborgen hatten, kamen den Soldaten donnernd entgegengerollt, begleitet von einem Hagel schwarzer Pfeile.
Wüste Schreie und ein grausames Gezische dröhnten ihnen entgegen. Araks Pferd brannte plötzlich durch, und der Prinz wurde abgeworfen. Sofort wandte Lakalt seinen Hengst zum Prinzen hin und half ihm wieder auf die Beine, doch das Pferd des Prinzen war fort, voller Furcht war es in den Spitzbach gesprungen und wieherte nun in Todesangst,

während es den hoffnungslosen Kampf gegen den Bach focht. Die einfachen Soldaten im hinteren Teil des Heereszuges drängten sich zusammen und hoben die Schilde hin zur unheilbringenden Felswand. Ihre Schilde ähnelten bald einem Igel, so voller Pfeile waren sie. Als sie sich vom ersten Schrecken erholt hatten, schossen sie zurück, doch die meisten Pfeile prallten von der Felswand ab. Erst als auch die Hofgardisten zu schiessen begannen, rollten einige der Bestien mit wüsten Schmerzensschreien aus ihren Löchern den Steilhang herunter und blieben zu Füssen der Soldaten liegen. Nun hoben alle ihre Schwerter und Lanzen, eine einzige Festung aus Stacheln stellte sich den Skralgas entgegen. Allerdings liessen sich diese in ihrer überwältigenden Zahl nicht einschüchtern. Sie strömten in grossen Massen heran, auch wenn mehrere von ihnen plötzlich mit einem Pfeil in der Brust zu torkeln begannen. Die ersten hatten bereits die Lanzen erreicht, doch rannten sie entschlossen weiter, und viele wurden aufgespiesst. Bald begannen die unzähligen Feinde einen Keil zwischen die Soldaten Cammals zu treiben. Hilflos sah Lakalt hinauf zur Klippe, wartend auf den Hagel der Pfeile der Jäger, doch dieser blieb aus. Plötzlich jedoch erklang auch von dort oben ein Schwerterklirren, und mehrere der Bestien stürzten herunter, gerade zwischen die Linien der kämpfenden Heere. Zum Schrecken des Ritters fiel jedoch auch plötzlich ein Mann in einem braunen blutdurchtränkten Mantel herunter und rollte vor die Füsse der Soldaten. Es war einer der Jäger. Erschrocken wichen die Soldaten zurück. Das war ihr Verderben, denn nun schlugen sich die Bestien zwischen die zögernden Soldaten und durchstiessen deren mangelhafte Rüstungen mit ihren schwarzen Klingen.

Gawair, der in einer der hinteren Reihen stand und seinen Hofgardisten Befehle zuschrie, sah das Gemetzel mit verzweifelten Augen mit an. Er gab einigen seiner Männer ein Zeichen, und sie folgten ihm dorthin, wo der Feind in ihre Reihen eingedrungen war. Mit wütendem Gesicht und beinahe leerem Köcher eilte er ihnen voran. Unter den Männern, die ihm folgten, waren auch der erfahrene Grendair und der unerfahrene Larior, welcher nun seinen Bogen zurück auf den Rücken geschwungen und sein Schwert gezogen hatte. Die Volkssoldaten standen allmählich in enormer Bedrängnis und wurden immer weiter in Richtung Spitzbach gedrängt, quer durch das brennende Lager der Skralgas. Befer, ihr Kommandant, schrie verzweifelt Befehle an der Frontlinie und säbelte hie und da selbst eine der Bestien um, doch wüteten immer mehr Skralgas unter ihnen ohne Rücksicht auf ihre eigenen Verluste. Die Verluste, die sie in den Reihen der Volkssoldaten anrichteten, waren allerdings für diese umso verheerender. Soldaten sahen ihre Kameraden fallen und mussten sich selbst wehren. In ihren Herzen machte sich Verzweiflung und Ernüchterung breit.
Doch endlich waren Gawair und seine Männer durchgekommen. Sie versuchten mühsam mit der Hilfe der Volkssoldaten die Skralgas zurückzudrängen, doch ging das nur langsam voran, und die Reihen wurden immer weiter in Richtung des reissenden Flusses zurückgedrängt. Der Hauptmann der Hofgarde selbst befand sich gerade im Gefecht mit einer der Bestien, schliesslich durchbohrte er ihren Leib. Auf einmal holte einer der Skralgas von hinten aus und liess seine zweischneidige Axt in Richtung von Gawairs Genick fahren, doch bevor sie dieses erreichte, durchbohrte

ein Dolch die Kehle der riesigen Gestalt. Grendair stand noch da, mit ausgestrecktem Arm in Richtung des gefallenen Feindes. Gawair nickte seinem Retter dankbar zu und griff sofort wieder ins Kampfgeschehen ein. Voller Entschlossenheit standen die Hofgardisten inmitten des Getümmels und liessen sogar in den Augen einiger Skralgas die Angst aufblitzen.
Immer mehr Kämpfer stürzten über die Klippe herunter, Skralgas ebenso wie Jäger. Es schien dort oben ein Gemetzel sondergleichen stattzufinden, noch fast schlimmer als jenes, am Fusse der Felswand. Blut tränkte den Boden, das rote der Soldaten Cammals ebenso wie das grünschwarze der Skralgas. Schwarze Rinnsale rannen neben roten über die Klippen herab und liessen jene, die im Tal kämpften, nur erahnen, was dort oben geschah. Zwischen den kämpfenden Linien lagen nun Gefallene Schulter an Schulter nebeneinander, Freund ebenso wie Feind. Jene, die von oben heruntergestürzt waren, blieben mit verrenkten Gliedern liegen und trugen noch den Schmerz in ihren Augen. Im Vergleich zu den Soldaten liessen sich die Skralgas nicht einschüchtern. Sie sprangen und trampelten über die Gefallenen hinweg und stürzten sich den Menschen entgegen, manche bedienten sich sogar noch der Waffen ihrer toten Mitstreiter, wenn ihre eigenen stumpf wurden. Die Männer Cammals kamen nun gefährlich nahe an den Spitzbach, einige spielten bereits mit dem Gedanken, aus Furcht diesen Weg zu wählen. Lieber das kalte, reissende Nass als die schwarzen Klingen und Zähne dieser Bestien, doch konnten sie ihre Furcht im Zaum halten und blieben standhaft, denn sie dachten an die Klippen des Donnerfalles und an die to-

senden Schluchten, durch die sie geschleudert und dann ertrinken würden.

Gawair und seine Männer konnten die Frontlinie wiederherstellen und kämpften dort in vorderster Linie gegen die heranstürmenden Feinde. Larior zog gerade seine Klinge aus dem Leib eines Skralgas, als etwas Schwarzes schnell auf ihn zukam und er kurz darauf einen brennenden Schmerz an der Wange verspürte. Doch der schwarzgefiederte Pfeil streifte nur sein Gesicht und prallte dann an seinem Helm ab, einzig eine klaffende Wunde war zu sehen. Mit schmerzverzerrtem Gesicht drückte Larior seinen Überzug dagegen, der sich sogleich von Scharlachrot zu Blutrot umfärbte. Er konnte sich ein bisschen zurückfallen lassen, riss einen langen Stoffstreifen von seinem Überzug ab und band ihn über die Wunde, allerdings konnte er nun kaum mehr sprechen. Grendair legte sich gerade ebenfalls einen Stofffetzen um sein blutendes Bein, welches von einer Klinge erwischt worden war. Die Hose aus dickem Leder hatte Schlimmeres abgewendet, doch floss trotzdem ein dünnes rotes Rinnsal über sie hinunter.

Die Männer mussten immer längere Linien ziehen, um nicht ins eisige Wasser gedrängt zu werden. Einige nutzten die Gunst der Stunde und verschwanden im scheinbar schützenden Wald. Doch die Skralgas sahen das und versuchten, den Kreis hin zur Richtung, aus der das Heer gekommen war, zuzuziehen und somit Arak und seinem Heer den Fluchtweg abzuschneiden. Die Soldaten nahe am Fluss sahen sich nun wirklich abschätzend zum Fluss hin um, der Sprung ins Wasser kam ihnen nun gar nicht mehr so abwegig vor. Die kalten Fluten blickten sie allmählich im Vergleich, zu dem, was ihnen sonst blühte, freudig an. Nur noch die steile Uferböschung trennte manche vor der reissenden Strömung.

Doch nun, da der Feind auf dem ebenen Boden angekommen war, konnte auch die Kavallerie lospreschen und Schneisen schlagen. Ihnen voran ritt Prinz Arak, der bereits wieder auf einem neuen Pferd sass. An der Seite des Prinzen blies der Herold kräftig in seine Trompete und liess die Angreifer zögern. Nun spalteten sich die Reihen der Skralgas unter den Hufen des Prinzen. Feind um Feind fiel, während die Hofgardisten, stolz auf ihren Pferden, ihre Gegner niedermähten. Auf einmal ertönte wieder die Trompete, doch nun nicht mehr so kräftig, der Sattel des Herolds war leer. Schmerzensschreie klangen aus dieser Richtung zwischen dem ganzen Kampfgetöse hervor. In der Zwischenzeit hatten sich die Schneisen bereits wieder mit neuen Feinden gefüllt.

Arak musste mitansehen, wie sich die Bestien über den Herold hermachten, der sich klagend am Boden wand. Mehrere Hofgardisten folgten nun zu Fuss ihren berittenen Kameraden und schlugen auf die Feinde ein, doch auch sie vermochten es nicht, den Feind weit in Richtung Felswand zurückzutreiben, zu zahlreich war dieser.

Die Skralgas hatten inzwischen eine breite Linie zwischen Fluss und Felswand gezogen, die den Fluchtweg gänzlich abschnitt. Einzelne Soldaten flohen bereits in Richtung Sonnenberge. Die Kommandanten versuchten ihre Männer zusammenzuhalten, trotzdem rannten einige in panischer Angst davon. Einige hackten sogar schon mit ihren Äxten Bäume an der Uferböschung ab, hielten sich gut daran fest und sprangen dann mit ihnen ins eisige Wasser. Schnell wurden sie von der reissenden Strömung fortgezogen. Entsetzt mussten ihre Kameraden zusehen, wie die Skralgas am Fluss reihenweise Pfeile auf die Vorbeischwimmenden abschossen, worauf mehrere Schmerzensschreie folgten und zahlreiche Stämme ohne Besitzer weitertrieben. Gawair und die Hofgardisten um ihn herum rannten nun eilig in jene Richtung, wo der Feind den Kreis geschlossen hatte. Nur mühsam kamen sie zwischen den eigenen Soldaten hindurch, die sich zusammendrängten oder panisch versuchten, in die hinteren Reihen zu gelangen, um dort vor den feindlichen Klingen geschützt zu sein. Breit standen die grossen, mit schweren Äxten bewaffneten Skralgas vor ihnen und schwangen sie gegen die Soldaten. Einige der kleineren Äxte kamen ihnen sogar entgegengeflogen. Ein solches Geschoss spaltete den Helm eines der Volkssoldaten, der daraufhin regungslos auf dem durchweichten Boden aufschlug. Nun trat Larior einem grossen breitschultrigen Skralgas entgegen, der schwerfällig seine Axt schwang. Knapp konnte der junge Hofgardist dem tödlichen Hieb ausweichen und den Arm seines Angreifers mit seinem Schwert erwischen, woraufhin dieser mit der Waffe niederfiel. Die Axt knallte klirrend zu Boden und die Bestie brüllte laut auf. Doch anstatt zu fliehen, packte der Skralgas seinen langen spitzen Dolch mit seinem unverletzten Arm und stiess ihn Larior entgegen. Dieser spürte, wie der Dolch gerade unter seinen Harnisch hineinfuhr, er schloss die Augen und bereitete sich auf den Schmerz vor. Doch dieser blieb aus, der Dolch verfing sich in seinem Kettenhemd, worauf der Hofgardist zum tödlichen Streich ausholte. Der Skralgas ging zu Boden und war besiegt. Erleichtert schaute Larior auf seinen mächtigen Gegner hinunter und sah, wie Grendair anerkennend zu ihm herüberblickte. Stolz blickte der Hofgardist auf seine glänzende Klinge, die er soeben aus dem Leib seines Feindes gezogen hatte.

Sogleich richtete er seinen Blick wieder nach vorn, gerade rechtzeitig, denn eine breite einschneidige Axt sauste zischend auf ihn zu. Im letzten Augenblick konnte er sein Schwert schützend vor sich hinhalten, doch er wurde vom heftigen Schlag des zwei Köpfe grösseren Skralgas weit nach hinten geschleudert. Rasch rappelte er sich wieder auf und sah, wie Grendair den Gegner mit einem Seitenhieb ausser Gefecht setzte und mit hasserfüllten Augen auf den Leib der toten Bestie niederblickte.

Nun konnten die Soldaten Cammals endlich wieder etwas Gelände gutmachen und über den von Blut durchweichten Boden vorrücken, während die Reiter reihenweise Feinde niedermetzelten. Zum Erfolg auf der Ebene schien noch jener der Jäger oberhalb der Felswand hinzuzukommen. Immer mehr Leiber von toten Feinden stürzten die Klippen herab und blieben zwischen ihren Mitstreitern liegen. Bereits konnten einige der Jäger von oben Pfeile auf die Skralgas hinabschiessen, während sich die anderen noch um die verbliebenen Feinde kümmern mussten.

Doch zum Entsetzen aller Soldaten Cammals und der Jäger ertönte plötzlich Gebrüll aus einem Spalt in der Felswand. Gestein begann zu bröckeln, und bald erschien eine mächtige behaarte Fratze. Kaum war der erste Schreck verflogen, erschien das ganze Wesen in seiner furchteinflössenden Grösse. Es war ein Yeti, dessen zottiges Fell mit Eisenplatten bedeckt war und der in der Hand eine gewaltige stachelbesetzte Keule schwang. Aus dem riesigen Helm auf seinem Kopf reckten zwei lange dreieckige Ohren empor. Diese waren bereits von mehreren Pfeilen durchbohrt wor-

den, was seine Wut noch steigerte. Er stiess ein wüstes Gebrüll aus, das aus dem Fels heraus beantwortet wurde und die Männer Cammals beinahe erstarren liess. Auf dieses Gebrüll hin kletterten vier weitere Yetis aus der Felswand heraus, sie brüllten der Armee Cammals entgegen, so dass sich deren Reihen unsicher in Richtung des eisigen Wassers zurückbewegten. Bald schon hatten die Ungeheuer die Linien der Soldaten erreicht und liessen ihre Keulen auf sie niedersausen. Die Pfeile prallten mit einem Klirren von ihren stählernen Panzern ab und fielen stumpf zu Boden. Die Soldaten verloren langsam die Hoffnung, diese Wesen besiegen zu können.
„Schiesst auf ihre Hälse! Los schiesst!", schrie Arak seinen Männern zu, „Spiesst ihre Kehlen mit euren Lanzen auf!"
Nach mehreren Pfeilhageln ging endlich ein Yeti, dessen Hals nun dem Rücken eines Igels glich, zu Boden. Das dunkle Blut troff daraus und verklebte die schwarzen Zotteln. Die anderen liessen sich jedoch davon nicht einschüchtern. Nun kamen sie umso rasender auf die Männer zu und liessen ihre Keulen mit voller Wucht auf die Soldaten niederdonnern.
Die Jäger über den Felsen schienen siegreich gewesen zu sein, Pfeil um Pfeil mähten sie den Feind einen nach dem anderen um. Manche seilten sich bereits mit langen Stricken der Felswand entlang ab, um bessere Schusspositionen zu erlangen. Bald schon hatten einige Jäger den Boden erreicht und rannten in ihren tiefen Stellungen dem Feind in den Rücken. Andere hatten sich auf einer Klippe postiert und liessen aus sicherer Stellung ihre gut gezielten Pfeile in die Nacken der Skralgas sausen.

Doch während die Jäger Boden gut machten, verlor die Armee Cammals eben so viel. Immer näher wurden sie wieder an den Spitzbach gedrängt und umso verzweifelter versuchten sie sich zu wehren. Mehrere Männer wurden von den schweren Keulen der Yetis ins Wasser gefegt und ruderten wild schreiend mit den Armen, ehe sie von den Fluten verschluckt wurden. Manche versuchten weiter unten wieder ans Ufer zu gelangen, sofern sie noch bei Bewusstsein waren, doch waren die Äste, welche ins Wasser hinausragten, glitschig, und die Männer wurden schreiend von der Strömung mitgerissen. Nur wenigen gelang es, sich ans rettende Ufer zu hangeln, doch umso glücklicher konnten sie dann sein. Auf diese Weise gelang es manchen, dem Einschluss der Feinde zu entkommen und den Fluchtweg das Tal hinab zu erreichen. Arak versuchte erneut einen Keil in die Reihen des Feindes zu treiben und eine Verbindung zu den Jägern herzustellen, doch kam er mit seinem Reitertrupp direkt in die Schwungrichtung der Keule eines Yetis. Mehrere Reiter wurden von ihren Pferden gefegt und prallten auf den blutdurchtränkten Boden, dennoch ritt Arak unbeirrt weiter. Der Keil trennte die Linie, und Arak schrie laut: „Für Cammal, für Reich und Volk!"
Schliesslich erreichten sie die wenigen Jäger am Fusse der Felswand. Die Jäger versuchten sich durch diesen Korridor hindurchzuschlagen, um den Soldaten zu Hilfe zu eilen. Arak ritt ihnen mit seinen Reitern voran und sicherte die Gasse zwischen den Feinden. Viele der Skralgas versuchten der tödlichen Kavallerie zu entkommen und ebenso den treffsicheren Pfeilen der Jäger, so dass diese rasch vorankamen. Einer der Jäger war Rubair, er folgte Arak mit sei-

nen Männern und erreichte schon bald die Linien der Armee Cammals.

Gawair und seine Hofgardisten wurden immer mehr in Richtung Fluss getrieben, die hintersten seiner Truppe waren mit ihren Fersen nicht mehr weit von der abfallenden Böschung entfernt. Larior hatte sich inzwischen mit brummendem Schädel wieder aufgerichtet und kämpfte Schulter an Schulter mit Grendair, dessen Schwert allmählich schartig wurde und von schwarzem Blut troff. Mit den meisten Skralgas konnten sie es leicht aufnehmen, denn auch diese wurden allmählich müde, vor allem wenn zahlreiche ihrer Schläge von den Rüstungen der Hofgardisten abgefangen wurden.

Doch nun kam wieder einer der grossen Skralgas mit einer Axt auf sie zu. Ein Schlag dieses Recken unter den Skralgas hätte selbst die stärkste Rüstung aus der Glanzzeit des alten Volkes durchbrochen. Schützend hob Larior sein Schwert vor sein Gesicht, während Grendair seinen Schild hochhielt. Als die schwere Axt auf den Holzschild traf und diesen zerschmetterte, warfen sich die beiden entschlossenen Hofgardisten dem hässlichen Skralgas entgegen und trieben ihm ihre langen scharfen Klingen in seinen ledrigen Leib, so dass ihr Gegner rasch mit einem wüsten Grunzen zu Boden ging und seine Axt im weichen Boden stecken blieb. Das schwarze Blut troff ihm aus den tiefen Wunden und versickerte im durchtränkten Boden.

Allerdings fuhren nun die Keulen der Yetis durch ihre Reihen, mehrere Männer wurden in Richtung Fluss gefegt, andere von den spitzen Stacheln durchbohrt und unter schmerzerfüllten Schreien mitgerissen. Larior konnte sich knapp ducken, als eine Keule über ihn hinweg sauste.

Grendair konnte ebenfalls ausweichen, doch Frilair wurde getroffen und von der Keule zum reissenden Fluss hin geschleudert. Sofort rannte Grendair in diese Richtung und bahnte sich einen Weg durch die Soldaten, Larior folgte ihm so gut er konnte. Frilair war gerade am Ufer auf dem Boden aufgeprallt, dicht hinter der Frontlinie. Beide beugten sich zu dem Hofgardisten hinunter, der vor Schmerz laut stöhnte. Larior hörte hinter sich das Brüllen eines Skralgas und drehte sich sogleich um. Gerade als der Skralgas zum Schlag ausholen wollte, durchfuhr ein spitzer Pfeil dessen nackten Oberkörper und er ging zu Boden. Der junge Hofgardist wollte sich nun wieder zusammen mit Grendair um Frilair kümmern, doch dann sah er plötzlich einen Schatten über seinem Kopf. Schnell duckte er sich, aber sogleich spürte er einen dumpfen Schmerz am Kopf und wurde weggeschleudert. Als er endlich wieder Boden unter sich spürte, rollte er ein Stück weit über die durchweichte Erde, ohne dass er etwas dagegen hätte tun können. Sein Körper gehorchte ihm nicht mehr, er fühlte sich völlig taub. Dann rollte der junge Hofgardist einen Abhang hinab, jenen Abhang, der bereits so vielen Kameraden zum Verhängnis geworden war. Im letzten Augenblick kehrte wieder Gefühl in seine kräftigen Arme zurück. Sofort packte er einen Baum, der übers Wasser hinausragte und atmete erleichtert auf. Da sah er plötzlich die grausame Fratze eines Skralgas über sich, der mit einer Axt ausholte und mit einem schrecklichen Lacher den dünnen Baum mit einem Schlag abschlug. Der Hofgardist konnte gerade noch mit seiner Hand den Dolch an seinem Gürtel ergreifen und ihn der lachenden Fratze in die Kehle werfen, woraufhin diese mit einem lauten hässlichen Grunzen auf ihn zustürzte. Plötzlich wurde es

nass und kalt um Larior herum, sein Bewusstsein begann zu schwinden, bis es ihm schliesslich schwarz wurde vor den Augen. Das Letzte, was er fühlte, war, wie er von etwas Eisigem mitgerissen wurde.
Grendair musste das Ganze mitansehen. Er konnte dem jungen Hofgardisten nicht mehr helfen, obwohl er einem Skralgas nebenan wutentbrannt seine Klinge in den Leib stiess. Der Skralgas stiess ein Stöhnen aus, bevor er ebenfalls kopfüber in den reissenden Fluss stürzte und Larior rasch folgte. Der erfahrene Hofgardist sah noch, wie sein junger Kamerad bewusstlos vom Wasser herumgeschleudert wurde und dann rasch in der Ferne verschwand. Allerdings wunderte er sich, dass Larior von der alten eisernen Rüstung, die blau in der Nachmittagssonne schimmerte, nicht auf den Grund des Baches gezogen wurde.
Wutentbrannt warf sich Grendair nun dem Feind entgegen, nun gab es für ihn kein Halten mehr. Sein Schwert schlitzte einem Feind nach dem anderen die Kehle auf oder durchstiess dessen Leib.
Obwohl die Soldaten Cammals die Skralgas immer weiter zurückdrängen konnten und es immer weniger von ihnen wurden, verloren sie langsam die Hoffnung auf einen Sieg, denn die Yetis schienen nicht einzuknicken und liessen weiter Schlag um Schlag erbarmungslos auf sie niedersausen.
„Lanzen und Speere zu mir", schrie Arak den Soldaten zu, woraufhin sich viele Männer mit langen Lanzen bei ihm einfanden. Dann, als ein Yeti gerade auf sie zugelaufen kam, brüllte Arak den verzweifelten Soldaten zu: „Werft die Lanzen in seine Seite, durchbohrt seinen Leib. Werft sie auf den Hals und löchert seine Kehle!"

Die Lanzen flogen auf die Bestie mit ihrem schwarzen zottigen Fell zu, doch diese stellte sich mit ihrer Rüstung den Männern entgegen und bot kaum Angriffsfläche. Schliesslich, als bereits mehrere Lanzen am massiven Eisen geborsten waren, holte der Yeti mit seiner schweren Keule aus. Arak schloss bereits die Augen und wartete auf den schmerzvollen tödlichen Schlag, der ihm, dem einzigen Erben Cammals, ein Ende bereiten würde. Nun würde sein Vater seine Schwester bald mit jemandem vermählen müssen, um seine Erbschaft zu sichern, doch wer würde es sein. Dem Prinzen gefiel dieser Gedanken gar nicht. Er sah vor seinem inneren Auge Mendrieno oder Feriak auf dem Thron sitzen, hämisch grinsend mit dem Zepter in der Hand und der unglücklichen Prinzessin an seiner Seite. Das Warten kam ihm endlos lange vor, die Keule schien nicht kommen zu wollen, um dem peinvollen Warten ein Ende zu setzen. Auf einmal ertönte das wüste Brüllen des Yetis, es war nicht das erwartete triumphale Brüllen, sondern mehr ein verzweifeltes schmerzerfülltes Kreischen, welches grauenvoll durch die Gegend hallte.

Arak öffnete die Augen wieder und sah einen Schatten die Abendsonne verdecken. Der Yeti hatte keine Keule mehr in der Hand, lag rücklings am Boden und röchelte nur noch. Bereits sprangen Soldaten und Jäger auf ihn zu und liessen ihre Klingen in das Biest eindringen. Schliesslich erkannte Arak am Himmel vier riesenhafte geflügelte Wesen. Es waren jene Wesen, die sie bereits an den Vortagen hoch am Himmel gesehen hatten. Sie alle trugen die Flügel eines Adlers, doch ihr Körper war der eines Löwen. Zwei von ihnen hatten ein Löwenhaupt, umgeben von einer majestätischen Mähne, die anderen einen anmutigen befiederten

Kopf mit einem langen spitzen Schnabel, den sie dem Yeti ins Fleisch gebohrt hatten.
Die anderen Yetis warfen ihre Keulen hin und rasten in Richtung Sonnenberge davon, doch vor den Greifs gab es kein Entrinnen. Die grossen scheinbar furchtlosen Bestien mit ihrem schwarzen Fell schienen nun einem Feind gegenüberzustehen, den selbst die Yetis fürchteten, einem Feind, gegen den sie kaum etwas ausrichten konnten. Angsterfüllt sahen die Soldaten zu den gefährlichen Wesen hinauf. Einige hatten bereits Pfeile aufgelegt, doch brüllte Lakalt: „Nein, nicht schiessen! Sie sind auf unserer Seite!"
Bald merkten es alle Männer, denn die geflügelten Wesen stiessen nur auf die Skralgas nieder, packten sie mit ihren Krallen und warfen sie weit draussen über dem Fluss ab. Die Skralgas zerstreuten sich mehr und mehr, einige wichen in ihre Höhlen zurück, andere rannten durch das Tal davon in Richtung Sonnenberge.
„Sieg", schrie Arak, „Sieg für Cammal und unser Volk. Dank sei unseren Rettern aus den luftigen Höhen."
Fast alle jubelten und streckten ihre Waffen mit lachenden Gesichtern in den blauen Himmel empor. Auf einmal war es nicht mehr so fürchterlich kalt. Der Wind wehte nicht mehr von den schneebedeckten Gipfeln herab, sondern blies nun das Tal herauf. Doch manche waren bedrückt, sie hatten ihre Freunde verloren, so stand auch Grendair niedergeschlagen am Fluss. Er hatte sich für den Neuen in der Truppe verantwortlich gefühlt, besonders, da ihm Lakalt das aufgetragen hatte. Gawair trat zu ihm heran und meinte tröstend: „Du konntest nichts machen. Er ist für das Gute gefallen. Ich weiss, du wolltest auf ihn aufpassen, doch das ist nicht immer möglich. Der Junge hatte ein grosses Kämp-

ferherz, in einer gewissen Art hat er mich an dich erinnert. Ich bin mir sicher, er ist stolz darauf, im Kampf für das Gute gefallen zu sein. Er hat ein Ende gefunden, wie man sich es nur wünschen kann, ein Ende, wie es jedem aus unserem Volk gebührt."

Grendair sah schweigend auf das reissende Wasser hinaus. Auf der anderen Seite erhob sich eine steile kantige Felswand gegen den Himmel. In weiter Höhe sah man die Greifs das Tal hinausfliegen. Ihre Schreie und ihr Gebrüll klangen nun wehmütig und nicht mehr so furchterregend. Ehrfürchtig blickten die Soldaten ihren Rettern nach, wie diese in der dunklen Abenddämmerung davonzogen. Manche waren froh, dass die unbekannten, geheimnisvollen Wesen, vor denen sich sogar die Yetis gefürchtet hatten, nun aus ihren Augen entschwanden, doch hätten sie sich gerne in irgendeiner Weise bei ihnen bedankt.

Dreizehntes Kapitel - Herbsttrauer

Durch das Spitzbachtal kam die Nacht herauf gekrochen und begann den feuerroten Himmel zu verdunkeln. Es wurde finster, Lagerfeuer wurden um das Schlachtfeld herum entzündet und die Männer setzten sich daran. Manche johlten freudig über den Sieg und tanzten um die Feuer, während andere traurig den Kopf hängen liessen und ihrer gefallenen Kameraden gedachten. Die Jäger versuchten die Verwundeten so gut wie möglich zu pflegen, doch gab es kaum welche. Die Überlebenden hatten nur wenige oder gar keine Wunden. Die toten Jäger wurden von ihren Kameraden auf den Felskamm hinaufgebracht. Lakalt und die gesamte Hofgarde folgten ihnen mit den gefallenen Hofgardisten dort hinauf, hoch über den Lagerfeuern und hoch über dem Fluss. Wachen wurden nur wenige aufgestellt, denn schlafen konnte niemand, und nach dem Anblick der majestätischen Wesen aus dem Himmel, die ihnen den Sieg gebracht hatten, würde es mit Sicherheit kein Skralgas mehr wagen, auch nur in die Nähe des Lagers zu kommen. Den fliehenden Skralgas trieb selbst ein Wolkenfetzen, der den Mond verdunkelte, die Furcht durch die Knochen, und so mancher von ihnen verkroch sich deswegen in einem Loch irgendwo in den Bergen.

Die gefallenen Volkssoldaten wurden in der Nähe des Flusses beerdigt, so weit davon entfernt, dass sie auch bei der Schneeschmelze im Frühjahr nicht überflutet werden konnten. Die Gräber wurden mit Steinhaufen bedeckt, in welche die Waffe des Gefallenen gestellt wurde, die dann über die Steinhaufen aufragte. Es gab auch Steinhaufen ohne Grab und Waffe zum Gedenken an jene Männer, welche vom Fluss mitgerissen worden waren. Arak stand daraufhin vor all seine trauernden Männer und begann mit kräftiger Stimme zu sprechen: „Der Tag war siegreich, der Feind im Spitzbachtal ist besiegt und das Ende des Krieges ein starkes Stück näher gerückt, doch fühle ich keine Freude in mir. Zu viele gute und tapfere Männer sind heute gefallen. Sie haben Ruhm und Ehre erlangt, doch lindert dies keinen so tiefsitzenden Schmerz. Viele Kameraden und Freunde fielen im Kampf für die Freiheit unseres Reiches und die Wahrung unserer Grenzen. Viele Mütter und Frauen werden vergeblich auf ihre Söhne und Männer warten, denn ihre Körper werden niemals wieder zurückkehren, doch mögen ihre Seelen in Frieden ruhen und den Wege zu ihren Geliebten finden."

Die Augen des sonst so gefassten Prinzen wurden feucht und er trat hinab zu Befer und fragte: „Wie viele? Wie viele sind gefallen?"

Der Hauptmann der Volksoldaten antwortete schweren Herzens mit schmerzerfüllter Stimme: „Mehr als die Hälfte. Selbst bei der Hofgarde ist mehr als ein Viertel gefallen. Wie viele Gefallene die Jäger zu beklagen haben, weiss ich nicht, doch sind es viele, zu viele."

Oben auf dem Kamm brannten zahlreiche Feuer. Die Männer bildeten einen Kreis rund um alle Gräber herum und

schienen Wache zu halten. Auf jedes der Gräber wurden abgefallene Birkenblätter gelegt. Still standen die Jäger und Hofgardisten rund um die Gräber ihrer gefallenen Kameraden. Auch hier gab es mehrere Steinhaufen, unter denen keine Begrabenen lagen, dort wurden die Steine mit Birkenlaub bedeckt und Fackeln entzündet. Verwundert sahen die Jüngeren unter ihnen, dass über der Waldgrenze, wo nicht einmal mehr Nadelbäume wuchsen, immer noch Birken standen. Auf die fragenden Blicke erklärte Triar beinahe im Flüsterton: „Hier war es, wo einstmals die ersten unseres Volkes fielen. Hier begann jener Krieg, mit dem unser Niedergang seinen Anfang nahm. Gepflanzt wurden sie nach dem Sieg als Andenken an die erste Schlacht von jenen wenigen, die hierher zurückkehren wollten. Ein Wunder ist es selbst den Pflanzenkundigsten, wie diese Birken auch die härtesten Winter in dieser Höhe überstanden haben und heute, unzählige Jahre später, immer noch hier stehen."
Die Jäger und Hofgardisten rundherum schwiegen. Man erkannte deutlich, dass sie vom selben Blut sein mussten, so ähnlich leuchteten ihre Züge im Schein des Feuers.
„Wie geht es Larior?", fragte Rubair, als er zu Lakalt herantrat. Woraufhin dieser fragend Grendair suchte und diesen still vor einer Birke stehen sah. Die beiden traten zu ihm hin und Rubair wiederholte seine Frage. Zu dessen Schrecken schüttelte Grendair nur schweigend und wehmütig den Kopf und antwortete nicht. Er wendete einzig seinen Blick zum rauschenden Bach hin, der dahinfloss, als wäre nichts geschehen.
„Was ist mit ihm passiert?", wollte Rubair daraufhin aus seiner Ruhe gerissen wissen, „was ist mit Ariors Sohn passiert?"

Als ihm Rubair daraufhin tief in die Augen blickte, antwortete Grendair: „Der Fluss hat ihn zu sich genommen. Er hat tapfer gekämpft, doch wurde er von einer Keule in den Fluss geschleudert. Es gelang ihm, sich an einem dünnen Baum festzuhalten, den aber ein Skralgas nahe der Wurzel abschlug. So wurde der Junge vom Spitzbach weggetragen, doch ehe das geschah, konnte er seinen Mörder noch mitnehmen, die Bestie starb vor ihm."
Dann wandte er sich mit traurigem Blick ab und ging einige Schritte zwischen die Bäume hinein. Rubair drehte sich daraufhin zu Lakalt um, sah diesem in die Augen und meinte dann zum Ritter: „Arior hat deinen Vater immer gedrängt, die Führung unseres Volkes zu übernehmen, ich hatte gehofft, auch Larior würde dich dazu drängen, doch er ist nun nicht mehr. Lakalt, willst du nicht dein Erbe wahrnehmen und den Kriegen ein Ende setzen? Du könntest unserem Volk endlich wieder seine wahre Heimat und Macht zurückgeben. Selbst Urak müsste deine Herrschaft anerkennen, wenn die ersten Schiffe aus Marsat nach Peyirisula zurückkehren. Du könntest ganz Caibreyiärea, dem ganzen Land diesseits der Sonnenberge, wieder den Frieden bringen wie es ihn gegeben hat, als noch Jebrior, der Vater des letzten Königs, über Marsat herrschte."
Unbemerkt trat daraufhin Grendair an sie heran und begann in bestimmtem Ton: „Ohne König wird unser Volk niemals seine Pracht zurückerlangen, die es einst hatte, doch ich wusste nicht, dass mein Feldherr der Erbe des Statthalters von Marsat ist, der uns wieder in die Nähe dieser Pracht bringen könnte."
Erschrocken fuhr Lakalt herum und sah in Grendairs nachdenkliches Gesicht.

„Keine Angst", meinte dieser, als er Lakalts erstaunten Blick sah, „von mir wird es niemand erfahren. Auch ich denke, der rechtmässige Erbe sollte unser Volk vereinen, so dass wir nicht mehr für fremde Banner fallen, sondern nur noch für das unsrige, das blaue Blatt der Könige und Hochkönige von einst. Meine Treue ist Euch weiterhin gewiss und umso höher werde ich Euch ansehen, wenn Ihr den Euch zustehenden Titel annehmt."

„Lakalt", meinte daraufhin Rubair mit hoffnungsvoller Stimme, „du kannst dem nicht ausweichen, du bist der zwanzigste deiner Linie. Der Tag wird kommen, an dem du das tust, was deine Vorfahren nicht konnten, der Tag wird kommen, an dem wir wieder einen König oder Statthalter brauchen, der Tag wird kommen, an dem unser Volk wieder ein eigenes Reich hat, und dieser Tag kann uns nur von dir gebracht werden. Fürchte dich nicht davor, höre auf dein Herz und nimm, was dir zusteht. Es ist das Beste für alle, die Gutes wollen."

„Ich bin noch zu jung dafür, doch werde ich niemals nie sagen", erwiderte der Ritter mit einem geheimnisvollen Lächeln.

Treue – Drittes Buch

Der teure Sieg trägt keinen Frieden, die Machtgier stellt sich ihm entgegen und vergiftet die Herzen.
Treue ist ein seltenes Gut und jene die sie in Ehre leben, bezahlen teuer dafür.
Verschleierte Absichten zeugen von den Ausmassen der Verschwörung, während sich der Schatten über die Lande des einstigen Isulas legt.
Doch wo Schatten ist, ist auch Licht und wo leere Hallen sind, gibt es Erben.

ISBN: 978-3-741-28245-4

Luca C. Heinrich

Luca Curdin Heinrich wurde 1997 in Davos geboren. Schon früh begeisterte er sich für Fantasyliteratur. So baute er sich bald eine eigene Fantasiewelt auf.
Im Schreiben seiner Fantasygeschichten fand der junge ehemalige Leistungssportler und Eishockeygoalie seit seinem sechszehnten Lebensjahr einen Ausgleich zum Sport und eine neue Leidenschaft.
Der Freiheitsgedanke und das Streben nach individueller Freiheit, welches die Leitlinien in Luca Curdin Heinrichs gesellschaftlichem Denken sind, ziehen sich auch als roter Faden durch seine Bücher.

Über Rückmeldungen freue ich mich jederzeit:
luca.heinrich@gmail.com

Neuigkeiten und weitere Werke auf:
www.polaria.ch